Nuova Narrativa Newton
1435

Della stessa autrice:

A cena con l'assassino
In treno con l'assassino

Questa è un'opera di finzione. I nomi, i personaggi, i luoghi, le organizzazioni, gli eventi e gli avvenimenti sono frutto dell'immaginazione dell'autrice o sono usati in modo fittizio.

Nessuna parte di questo libro può essere riprodotta, memorizzata su un qualsiasi supporto o trasmessa in qualsiasi forma e tramite qualsiasi mezzo senza un esplicito consenso da parte dell'editore.

Titolo originale: *The Christmas Jigsaw Murders*
Copyright © Alexandra Benedict, 2023
All rights reserved.
The right of Alexandra Benedict to be identified as Author of this work has been asserted by her in accordance with the Copyright, Designs and Patents Act, 1988.
Originally published in the English language in the UK by Zaffre, an imprint of Bonnier Books UK Limited, London.
Published by arrangement with Simon & Schuster UK Ltd
1st Floor, 222 Gray's Inn Road, London, WC1X 8HB
A Paramount Company

The moral rights of the Author have been asserted

Traduzione dalla lingua inglese di Beatrice Messineo e Stefania Cherchi
Prima edizione: ottobre 2024
© 2024 Newton Compton editori s.r.l., Roma

ISBN 978-88-227-8307-3

www.newtoncompton.com

Realizzazione a cura di Caratteri Speciali, Roma
Stampato nell'ottobre 2024 presso Puntoweb s.r.l., Ariccia (Roma)

Alexandra Benedict

Quattro delitti prima di mezzanotte

Newton Compton editori

*Per Guy, il pezzo di puzzle
che si incastra perfettamente.*

Gioco numero 1

Ho disseminato qua e là in tutto il libro alcuni anagrammi di titoli di romanzi e racconti di Natale di uno dei miei scrittori preferiti, Charles Dickens. Come indizio, elenco qui sotto i capitoli in cui li troverete, mentre le soluzioni saranno alla fine del libro.

Canto di Natale – capitolo 33
Racconto di due città – capitolo 3
Dombey e figlio – capitolo 13
Grandi speranze – capitolo 23
Tempi difficili – capitolo 37
Nicholas Nickleby – capitolo 26
Oliver Twist – capitolo 11
La battaglia della vita – capitolo 42
Le campane – capitolo 54
Il grillo del focolare – capitolo 55
Il patto col fantasma – capitolo 54
Il segnalatore – capitolo 43

Gioco numero 2

Sopra il titolo di ciascun capitolo c'è un pezzo di puzzle contenente una lettera o un carattere. Incastrate i vari pezzi per comporre una nota canzone di Natale e il nome del cantante. Il titolo della canzone, naturalmente, è in inglese.

Se ti spezza il cuore…
e più si farà vecchio e forte,
più si spezzerà profondamente…
amala, amala, amala!
Grandi speranze, Charles Dickens

Sono stata piegata e spezzata,
ma… spero… in una forma migliore.
Grandi speranze, Charles Dickens

«Bah», disse Scrooge, «fesserie!».
Canto di Natale, Charles Dickens

Uno

19 dicembre

Nessuno era morto, tanto per cominciare. Ma la cosa stava per cambiare. Seduto alla scrivania, con gli occhi fissi sul mare, l'assassino sentiva la morte avvicinarsi, come una puntura di aghi nella pelle. Con mani tremanti si infilò i guanti bianchi un po' corti sui polsi. Quell'anno, Babbo Natale sarebbe arrivato insieme al Tristo Mietitore. L'agrifoglio avrebbe avuto bacche di delitto.

Ripiegò il giornale, il cruciverba l'aveva già completato. Tutti i pezzi del suo piano erano a posto; ora bisognava fare la prima mossa. Ma esitava ancora. In quel momento era molte cose, ma non ancora un criminale. Rimase immobile, osservando i gabbiani sfrecciare nel cielo, su venti invisibili, centellinando i minuti che avrebbero cambiato per sempre la sua vita.

L'assassino guardò l'orologio. C'erano ancora molte cose da fare prima del tramonto. Aprì un cassetto profondo, tirò delicatamente fuori la scatola e ne controllò il contenuto. Ciò che vide gli fece risalire un fiotto di bile alla gola.

Srotolò della carta a quadretti bianchi e neri sulla scrivania e ne tagliò un pezzo. Le forbici avanzarono sospirando. Ci posò sopra la scatola e impacchettò il regalo con il nastro adesivo già tagliato in lunghi pezzi, aggiungendo strato su strato come per impedire la fuga a un ostaggio.

Mentre misurava con la lunghezza del braccio un pezzo di nastro rosso, ripensò alle candele fatte con la buccia d'arancia tanti anni prima. Il rimpianto gli bruciò dentro, come sempre. Ma era esattamente la ragione per cui stava facendo quel che stava facendo. Spegnendo con un soffio quei ricordi, legò con cura il nastro tutto attorno alla scatola e fece un bel fiocco. Il biglietto, quel biglietto che avrebbe dato l'avvio a tutto il resto, lo infilò sotto il nastro.

Reggendo il pacchetto a quadretti con la stessa reverenza che avrebbe riservato alla mirra destinata a un prezioso infante, lo infilò nel sacco con la chiusura a cordoncino che aveva preparato sul tappeto. Quando si raddrizzò, lo fece con grande determinazione. Alcune persone avrebbero perso la vita prima della mezzanotte della Vigilia di Natale. Quella consapevolezza lo spaccava in due, ma sapeva che andava fatto. Prese in mano il dono.

Che Dio mi benedica, e benedica tutte le mie vittime.

Due

Dicembre era il più orribile dei mesi, secondo Edie O'Sullivan. Portava sempre con sé gelidi ricordi, e un'oscurità che l'inzuppava come nebbia invernale. In quella fase dell'anno, lei non era mai a più di mezzo metro dalle ombre.

Non erano nemmeno le quattro del pomeriggio e la giornata si stava arrendendo alla notte. *Notte – una cosa oscura, rimaneggiata, che licenzia il sole.* Non riusciva a vedere bene i particolari del tassello che stava cercando di mettere al suo posto, nemmeno con la lente d'ingrandimento. Con quello che costavano le bollette, sempre più care, rimandava il più possibile il momento di accendere la luce e il riscaldamento; ma c'erano cose più importanti del risparmio, e i puzzle erano una di quelle.

Si alzò in piedi, con le ginocchia che scricchiolavano come fuochi d'artificio, e andò all'interruttore. Il caos in cui versava il suo salotto, con i mucchi di libri e le tazze non lavate, da quel momento in poi sarebbe stato visibile da tutta la strada. Le porte-finestre trasformavano la stanza in un palcoscenico, gli stipiti in un arco di proscenio e Edie nel personaggio di una farsa che si affrettava a chiudere il sipario prima che qualcuno potesse vederla. E invece si fermò vicino alla finestra, con la mano sulla tenda ancora non tirata.

Al di là della strada Lucy Pringle, la giovane donna assolutamente gradevole e simpatica che viveva di fronte – dalla parte opposta rispetto a Edie, in tutto e per tutto – era in cima a una grossa scala, intenta a montare lucine, ancora più lucine, alla facciata di casa sua. Avevano cominciato a decorarla all'inizio di novembre: una preoccupante tendenza che Edie disapprovava di tutto cuore. Quell'anno aveva visto palline per l'albero di Natale e confezioni natalizie di cioccolatini esposti in vendita già in agosto accanto a sacchi di carbonella per il barbecue. Edie avrebbe preferito che la stagione delle feste cominciasse la Vigilia di Natale e si concludesse a Santo Stefano. La considerava una soluzione fin troppo generosa. Sì, perché per lei il Natale poteva finire tutto quanto nella pattumiera, e non in quella dei rifiuti riciclabili, da cui qualcuno avrebbe potuto recuperarlo, ma nel bidone nero dell'indifferenziata. Quello che non sarebbe stato svuotato se non settimane dopo Natale.

Lucy stava gesticolando in direzione di suo marito, Graeme, che era sotto di lei accanto alla scala. Lui fece cenno di sì con la testa, corse nel garage e, qualche secondo dopo, un enorme Babbo Natale si illuminò sopra la porta di casa. Le luci alternate avrebbero dovuto far sì che sembrasse salutare con la mano, ma dal punto in cui si trovava Edie sembrava piuttosto che si stesse facendo una sega. Un Babbo Natale che si masturbava. Non aveva bisogno di vedere altro.

Lucy scese dalla scala e fece qualche passo indietro sul praticello per controllare l'effetto. Poi batté le mani e si voltò a scannerizzare la via per vedere se qualcuno l'avesse vista. Notando Edie, bene illuminata nel salotto affacciato sulla via, la salutò con la mano e si mosse come per attraversare la strada e raggiungerla.

Edie arrossì violentemente. Il cuore le diede qualche calcetto aritmico. Afferrò una gomma e cominciò a masticare. Fare le bolle di chewing gum non solo la calmava, ma creava anche una concreta barriera tra lei e gli altri.

Non aveva la più pallida idea del perché Lucy volesse parlarle. Forse aveva pietà di lei, e raccontava alle amiche che bisognava essere carine con quella povera donna che abitava di fronte. Se adesso veniva da lei, sicuramente era per fare qualche chiacchiera di circostanza, e Edie avrebbe dovuto bloccarla in un modo che poteva sembrare solo maleducato.

Edie tirò bruscamente le tende. Meglio non incoraggiare le visite compassionevoli, per quanto fosse annoiata e ogni tanto anelasse a un po' di compagnia. E poi non voleva assolutamente che quel Babbo Natale lampeggiasse attraverso la sua porta-finestra.

Restò immobile, in attesa di sentir scricchiolare la ghiaia verso la sua porta, ma non accadde niente. Evidentemente Lucy aveva colto il messaggio. E probabilmente non sarebbe tornata. Provò un misto di sollievo e tristezza, emozioni speculari che conosceva bene. Peggoty, un siberiano argentato, uno dei tre gatti che si degnavano di farsi amare da lei, le scivolò tra le pantofole. Edie si chinò e la prese in braccio, strofinando il naso nel suo pelo. Peggoty aveva l'infallibile, ronfante capacità di capire quando era turbata. La cosa la spronò a mettersi in movimento, e si incamminò verso la gelida cucina per mettere la teiera sul fuoco. Gatti, puzzle e tè: il consolante triumvirato di Edie.

Mentre passava davanti alla sala da pranzo chiusa a chiave da più di vent'anni, gelidi ricordi cominciarono a scongelarsi. Per buona parte dell'anno riusciva perfettamente a ignorare la presenza di quella stanza, ma ora non poteva fare a meno di ricordare l'ultima volta che ci era stata. Poco prima di Natale. Sky aveva inscatolato il suo equipaggiamento da argentiera, sistemando con cura i gioielli fatti a mano in scatoline foderate di velluto, come la bara cui avevano appena consegnato il loro amore.

Poi Sky le si era rivolta con occhi pieni di dolore. Aveva in mano una collanina – con una mezzaluna d'argento. «Questa doveva essere un regalo per te. Pensavo che potessi prenderla lo stesso, per ricordarti di noi due».

Edie l'aveva presa e scagliata contro il muro. «Non voglio più saperne di te o della tua paccottiglia». La catenina era scivolata sul pavimento. Poi lei si era voltata a guardare Sky, sperando che gridasse, che urlasse, che si sentisse male.

Ma la voce di Sky era bassa e morbida. «Possiamo lasciarci bene. Dipende solo da te. Queste saranno le nostre ultime parole».

Se c'era qualcosa che Edie conosceva erano le parole. In quanto risolutrice di cruciverba, poteva indurle a fare tutto ciò che voleva, a parte esprimere ciò che provava davvero. «La parola *paccottiglia* ha un perfetto anagramma: *pigli toccata*, che è quando ti becchi un fendente con la spada».

Le lacrime di Sky sembravano d'argento liquido. «Addio, Edie». E attese che Edie dicesse lo stesso, ma quelle parole non arrivarono mai.

Quando Sky uscì, chiudendo la porta d'ingresso come aveva chiuso il loro rapporto, senza sbatterla ma con una gentilezza ancor più dolorosa, Edie avrebbe voluto inseguirla. Ma né le gambe né l'orgoglio glielo permisero. Riuscì solamente a uscire dalla stanza e a chiuderla a chiave, facendo altrettanto con il proprio cuore.

Ora Edie tornò di corsa al presente, ricacciando i ricordi in fondo al suo profondo freezer mentale e recitando una preghiera perché ci restassero.

Fuori, attraverso la finestra della cucina, le luci si stavano accendendo nelle case altrui. Esili nubi argentate passavano veleggiando sulla luna, ricordandole ancora una volta la collana. Ma doveva assolutamente sforzarsi di non pensare alla Sky che un tempo conosceva.

Dopo essersi preparata il tè (un cucchiaino di foglie di Ceylon, uno di Assam e uno extra di Lady Grey per la teiera, lasciati in infusione per sei minuti esatti e poi filtrati per il tempo di recitare un'Avemaria), tornò a sedersi in salotto con il vassoio del puzzle in grembo, un gatto a destra e uno a sinistra, e riprese a incastrare i pezzi nel posto giusto. Ogni volta che ne sistemava uno, il suo cuore si calmava. A quell'attività poteva affidarsi, non alle persone, e in realtà nemmeno alla propria mente. Il metodico, regolare incastrarsi dei pezzi fino a ricostruire un'immagine completa, indipendentemente dal tempo che ci sarebbe voluto.

Sentì suonare il campanello. Lucy doveva aver deciso di passare a trovarla, dopotutto. Era tenace, questo doveva riconoscerglielo. Ma lei non le avrebbe dato la soddisfazione di andare ad aprire.

A ogni modo i passi sgattaiolarono subito via grattando sulla ghiaia, e poi sull'asfalto e lungo il vialetto dei bidoni accanto al suo giardino. Probabilmente era solo un corriere. Ogni anno a Natale il suo capo al «The National» le mandava un cesto di Fortnum, sempre con lo stesso biglietto: «Per la più grande solutrice di cruciverba della nazione». Un cesto sempre molto gradito, che se veniva lasciato a lungo sulla soglia rischiava di sparire altrettanto velocemente dei cioccolatini viola della scatola di latta targata Quality Street, perfino in quel quartiere.

Edie si trascinò nuovamente in piedi, attenta a non spostare i pezzi del puzzle. Peggoty e Fezziwig la seguirono nell'ingresso gelato. La sagoma di una scatola di medie dimensioni, posata sulla soglia, era visibile attraverso il vetro.

Aprì la porta e prese il pacco, avvolto in una carta a quadretti bianchi e neri e legata con un nastro rosso sangue. Era leggera come la neve che stava cominciando a cadere, e dentro si muoveva qualcosa. La busta infilata sotto il fiocco era indirizzata a lei: *Signorina Edith O'Sullivan*. La curiosità ebbe la meglio sul freddo e, posando il pacco sul piccolo scaffale a scomparsa del portico, Edie la aprì. Ne estrasse il biglietto natalizio di una qualche organizzazione caritatevole e lesse il messaggio scritto a caratteri di stampa.

Sei nota come solutrice di cruciverba, ma sapresti utilizzare le tue facoltà per scoprire un assassino? Quattro persone, forse di più, moriranno entro la mezzanotte della Vigilia di Natale, a meno che tu non riesca a incastrare i pezzi e a fermarmi. Cerca di fare tutto come si deve, non sei mai stata brava a barare e a mentire.
Riposa in Pezzi

La mente di Edie rimase immobile, ma le mani tremavano, e il cuore le fece una capriola mentre strappava via la carta del dono e ne estraeva una scatoletta bianca quadrata. Aprì il coperchio e guardò i sei pezzi di puzzle. L'abitudine ebbe il sopravvento e cominciò a metterli insieme, trovando i bordi. Ma il petto le si strinse man mano che capiva ciò che stava guardando.

Su un pezzo c'era qualcosa che pareva far parte di un simbolo disegnato a mano. Gli altri cinque sembravano delle mattonelle in bianco e nero, coperte di sangue, con parte della sagoma di un corpo umano tracciata col gesso. Una scena del crimine contenuta in una scatola, e doveva essere lei a risolverlo.

Buon sanguinoso Natale.

Tre

«Se la persona che mi ha mandato questa scatola pensa che giocherò al suo stupido gioco, si sbaglia. Che idea bislacca: decori, nodi, tutto questo non mi interessa», disse Edie dopo aver bevuto abbastanza cocktail *livener* di Riga da smettere di rabbrividire.

Riga Novack era la vicina novantenne di Edie, e una delle poche persone, a parte Sean, suo pronipote e figlio adottivo, con cui lei sopportasse di stare nella stessa stanza per un qualunque lasso di tempo. Nel giro di pochi minuti da quando aveva traslocato lì, quindici anni prima, Riga si era presentata alla sua porta indossando un vestito Chanel usato e con una latta di biscotti *kolaczki* alla lavanda fatti con le sue stesse mani. «Questi sono per conquistarmi le tue simpatie», le aveva detto. «Ma nell'improbabile eventualità che i biscotti non ti piacciano, ti ho preparato anche qualcosa di alcolico».

Da quel momento erano diventate amiche.

E ora erano nel giardino d'inverno di Riga. Foglie e rampicanti coprivano sia le pareti che il soffitto di vetro, e stare lì seduta dava a Edie la bizzarra sensazione di essere lentamente digerita da una pianta carnivora. Più un giardino che una stanza, la serra profumava di tutte le erbe che Riga coltivava per i suoi intrugli. Per alcuni era un'erborista, per altri una strega domestica. Per Edie, la migliore amica.

«Però immagino che tu sia curiosa», disse Riga, restituendole la scatola con i pezzi dei puzzle e togliendosi i guanti che Edie le aveva fatto mettere perché non contaminasse le prove. «Dopotutto sei mezzo gatta».

«È il più bel complimento che tu mi abbia mai fatto. Senza offesa, Nicholas». E Edie gettò un'occhiata alla poltrona preferita di

Riga, dove Nicholas, il suo cane, se ne stava rannicchiato sulla sua coperta. Nicholas ricambiò lo sguardo e annusò un po' in giro. Era un carlino molto criticone. «Certo che sono curiosa: è un puzzle». Edie si appoggiò di schiena alla seconda poltrona preferita della sua amica. «Una grossa, rumorosa parte di me vorrebbe scoprire tutto quello che c'è da scoprire, compresa l'identità del mittente... Ho più domande di quanti biglietti d'auguri abbia ricevuto quest'anno per Natale. Ma la faccenda non assomiglia a niente che mi sia capitato finora». Prese un biscotto fatto in casa da Riga. Era fragrante, ricco e delizioso. Esattamente come Riga. «Qualcuno minaccia di compiere un omicidio».

«Ma tu hai sempre detto di poter risolvere qualsiasi enigma». E Riga si mosse senza manifestare il dolore che invece Edie sapeva che stava provando, se non nella lentezza con cui andò a sedersi nella sua terza poltrona preferita.

«Mi riferivo ai puzzle e ai cruciverba, non a un omicidio».

«E non ci sono analogie tra le due cose?».

Edie ci pensò un istante. «Immagino che in entrambi i casi ci siano degli indizi. E per provare a risolvere un crimine comincerei dagli indizi più facili da trovare. Poi mi segnerei a matita le possibili risposte, e alla fine dovrei riuscire a incrociare le mie ipotesi e vedere se sono corrette».

«A quanto pare saresti un'ottima detective».

«Ma perché la scatola è stata inviata proprio a *me*?».

Riga rilesse il messaggio, tenendolo molto vicino agli occhi. «Fa riferimento ai cruciverba, quindi potrebbe essere uno delle migliaia di nerd che risolvono ogni giorno uno dei tuoi puzzle sulla stampa locale o nazionale. Soprattutto da quando sul "Times" è uscito un tuo ritratto in cui eri soprannominata "la Solutrice Pensionata"».

Edie fece una smorfia. Un mucchio di gente l'aveva chiamata così per mesi dopo la pubblicazione dell'articolo. Nel corso degli anni l'avevano soprannominata "So tutto io", o "Scatolina allenamente" o "Analisi Swot". E adesso avevano un altro soprannome per lei.

«Chiunque sia, vuole che usi la tua mente solutrice di enigmi».

«Se mi avessero mandato un cruciverba, potrei essere d'accordo. Ma un puzzle? Quasi nessuno sa che li uso per rilassarmi».

Nel tentativo di capire, la fronte di Riga si contrasse tracciando schemi incrociati di rughe. «Allora si tratta di qualcosa di personale. Un vecchio rancore?». E le indicò la parola *barare*. «Non ti avrei mai definita una che bara».

Edie distolse lo sguardo. Nemmeno Sky sapeva del periodo in cui le era stata infedele. O almeno lei sperava che non l'avesse mai scoperto. «Come qualunque altra persona della mia età, ho barato con la morte più di una volta, ma è un gioco in cui alla fine non si può vincere. Altrimenti non vedo ragione di barare. Preferisco vincere pulito».

«E se fosse uno scherzo? Ammettiamolo, non sei una che si guarda bene dal far girare le scatole agli altri».

«Giusto. L'ho detto anche a Sean, nel messaggio che gli ho lasciato». Poco tempo prima Sean era stato promosso detective ispettore della polizia di Weymouth. Lui sì che avrebbe saputo cosa fare. Edie continuava a guardare il cellulare per vedere se lui le aveva risposto.

«Hai chiesto a Lucy Pringle se ha visto chi aveva consegnato il pacchetto?»

«No, sono venuta direttamente qui a parlare con te».

Gli occhi di Riga brillarono. «Perché secondo te è più probabile che sia io a sbirciare da dietro le tendine?»

«No, perché sei una migliore osservatrice».

«Lo ero, un tempo. Ma il glaucoma ha ridotto i miei occhi alle valve della *lunnaria annua*». Riga si chinò in avanti e accarezzò una delle argentee capsule porta-semi della sua pianta. D'estate era stata piena di fiori viola, ma ora i suoi ovali opachi sembravano fantasmi di monete appesi a rami morti. Edie prese mentalmente nota del nome latino della pianta per le prossime parole crociate. Riga era come un mucchietto di compost, pieno di tesori per una compilatrice di parole crociate.

«Io ero qui sul retro, ovviamente, ma se *avessi* visto qualcuno», riprese Riga, «sarebbe stato solo una macchia sfocata. Questo però lo sapevi già. È solo che non avevi voglia di parlare con Lucy».

«Rimarrei bloccata alla porta di casa sua, ad ascoltare i racconti della sua ultima mezza maratona o delle mostruosità di cartapesta realizzate dai suoi innumerevoli bambini».

«Devi stare attenta, sai. O potresti finire come me. Senza nessuno che venga a farti visita a parte quei vicini pettegoli e quelle vecchie scontrose come te».

«Qualche succoso pettegolezzo da condividere?».

Gli occhi di Riga ebbero un lampo. «Indovina un po' dov'è stato che Graeme ha chiesto a Lucy di diventare sua moglie? Nel bagno di una caffetteria!».

«Forse preferivo non saperlo».

«Allora non avresti dovuto chiedere. Come ti dirà la mia prodiga famiglia, mi capita spesso di dire cose che le persone preferirebbero non sentire». La risata gracchiante di Riga sembrava una pianta spinosa. Bevve un altro sorso abbondante di Campari soda, piuttosto ricco di Campari. In momenti come quelli, Riga la faceva pensare a una vedova-vampiro che sopravvivesse solo a forza di bevande rosse come il sangue e battute di spirito.

Comunque era vero che quasi nessuno della famiglia di Riga andava mai a farle visita. L'ultimo scontro con sua figlia aveva cancellato anche quel residuo di terreno su cui il loro rapporto avrebbe potuto gettare radici, e ora, nonostante lei non stesse bene di salute, non le restava più niente.

Edie si riscosse dal suo sogno a occhi aperti quando Riga batté forte le mani. «Adesso basta parlare di me», disse con occhi fiammeggianti. «Sono praticamente ridotta a un fantasma. Accetta questo consiglio da una vecchia strega con le radici aggrovigliate e la pelle così sottile che ci si potrebbe vedere attraverso. Va' avanti con la tua vita. Incontra persone, concediti qualche avventura, sii felice».

«Ho ottant'anni, Riga».

«Esatto. Hai ancora tempo».

«Sto benissimo», mentì Edie.

«Lo sai come ti chiamo quando scrivo alla mia amica di penna? La Vedova Piangente».

Edie arrossì. «Non sono vedova. Non sono mai stata sposata».

«Non hai mai preso un doppio cognome, né ti sei mai buttata giù dalle cascate del matrimonio, ma non sei nemmeno andata avanti dopo la fine di una relazione. Tu sei la Miss Havisham della Jurassic Coast, solo che hai mollato te stessa».

Edie sentiva male al cuore. «È molto da te, Riga. Brusca ma poetica».
Riga si strinse nelle spalle. «Chi è vicino alla morte ha ben poco da perdere».
Il telefono di Edie le vibrò in tasca. Era Sean. Era senza fiato quando lei gli rispose, e tutti i rumori di un'affollata stazione di polizia facevano a gara per avere la meglio sulle sue parole. «Mi dispiace, zia Edie. Torno da te appena posso. Cosa stavi dicendo a proposito di un puzzle? Non sono riuscito a sentire bene. È un regalo che stai cercando di recuperare?».
Edie gli spiegò della scatola e del messaggio provocatorio contenuto nel biglietto.
«Vengo da te subito dopo il turno», disse Sean. «Attorno alle 19:30».
«Vediamoci al Bell». Edie non aveva voglia di tornare a casa, ma non voleva nemmeno dirlo a Sean.
Dal telefono uscirono delle urla e i rumori di una zuffa. «Adesso devo andare. Qui la situazione sta degenerando».
Dopo aver riagganciato, Edie provò un senso di sollievo all'idea che Sean avrebbe potuto aiutarla con il puzzle, ma anche un brivido di disagio. Molto tempo prima si era impegnata a tenerlo al sicuro. Coinvolgerlo in quella cosa poteva essere l'esatto contrario.
«Come procede l'adozione?». Dall'espressione stordita di Riga, sembrava che il suo aperitivo del tramonto fosse sceso sotto l'orizzonte.
Sean e Liam, suo marito, avevano intrapreso le lunghe, dolorosissime procedure per poter adottare un bambino. Avevano frequentato il corso e si erano sottoposti alla valutazione, e ora erano stati dichiarati idonei come genitori adottivi. «Hanno avuto in assegnazione provvisoria una bambina di nome Juniper, e domani incontreranno la sua assistente sociale».
«Juniper», disse Riga. «Mi piace».
«Certo che ti piace. Come ti piace il gin».
Riga scoppiò a ridere. «Giusto. Ma le bacche di ginepro sono anche protettive e curative, buone per tenere a bada un dolore. Per una bambina, è come uno scudo».
«Mi sto sforzando di non pensarci finché non lo sapremo di sicuro; è troppo doloroso, sperare».

«E se dovesse andar bene?»

«La piccola potrebbe essere con loro nel giro di un mese o due. E dopo dieci settimane da quel momento, potrebbero presentare la domanda ufficiale per diventare suoi genitori».

«E tu saresti la sua pro-prozia. Una sorta di nonna».

Edie abbassò gli occhi sui pezzi del puzzle. «Una pro-pro-prozia, o anche una buona nonna, però, non riceve scatole con dentro dei puzzle di morte come regalo di Natale. Che razza di esempio sarei per la piccola?»

«Indubbiamente una persona unica. Ma non è questa la cosa più importante. Ti sei occupata di Sean per tutta la sua vita. Non avresti voluto essere madre, eppure sei stata una madre fantastica».

«Non sempre».

«Al di là degli errori che puoi aver fatto, per lui ci sei sempre stata. E lui è diventato un magnifico ragazzo».

«Sì, lo è. Anche se probabilmente mi direbbe di lasciar perdere». Sean le regalava sempre un puzzle per Natale, ma adesso lei avrebbe scommesso che quello glielo avrebbe tolto.

«Da quando in qua ti interessa ciò che dicono gli altri?»

«Ma è una cosa che non può finir bene, ti pare?», riattaccò Edie. «Non è come mollare tutto e mettermi in modalità Poirot. Tanto per cominciare, non ho i giusti peli facciali. Anche se invecchiando me ne stanno crescendo parecchi».

Riga si massaggiò il mento come se fosse già ricoperto da una folta barba. «Aspetta di averne novanta».

«Adoro il fatto che, pur invecchiando, sarò sempre più giovane di te. Quindi vedi di non morire prima di me, okay?»

«La morte è un treno che può ritardare ma non deragliare». Riga bevve un sorso del suo Campari rabboccato e annuì, soddisfatta sia del cocktail che dell'aforisma.

Edie ripensò al *Treno della morte*, il notturno scozzese su cui erano morte tre persone il Natale dell'anno prima. C'era ancora qualcosa che non la convinceva, in quei crimini. Qualcosa che non si incastrava bene. Una parte di lei prudeva per la voglia di lavorarci sopra. Ma forse era vero che era un detective da poltrona. Meglio ancora, un detective da poltrona reclinabile.

«A che ora incontrerai Sean?»

«Alle 19:30». Qualcosa in quella frase le si impigliò nella mente, ricordandole uno dei pezzi del puzzle.

Edie prese dalla borsetta una lente d'ingrandimento, si infilò i guanti da giardinaggio e prese il pezzo in questione, esaminandolo da vicino. Raffigurava il contorno di una mano su delle mattonelle bianche e nere, con un vero orologio nel punto in cui avrebbe dovuto esserci il polso. Si bloccò. Il vetro dell'orologio era rotto, e le lancette segnavano le 19:30.

«Che cosa c'è?», le chiese Riga, chinandosi su di lei.

«L'orologio», rispose Edie, formulando a fatica quella parola. «È quello di Sean».

«Ne sei proprio sicura? Gli orologi sembrano un po' tutti uguali».

«Certo». Ma quell'orologio lei lo aveva dato come regalo di compleanno a suo fratello Anthony, il nonno di Sean. Il quale, alla sua morte, l'aveva lasciato a Duncan, il padre di Sean.

Edie barcollò sotto il peso del passato...

Era scappata via come una furia la sera della Vigilia di Natale del 1988, sbattendo la porta sulle suppliche di Sky. Incendiata dalla rabbia e dai Bucks Fizz che Sky aveva insistito a mixare perché era Natale, come se ci fosse qualcosa da festeggiare. Aveva camminato per chilometri. Il nevischio le aveva pizzicato la pelle mentre continuava a discutere nella sua testa. Poi, quando finalmente aveva alzato gli occhi, si era resa conto di non avere la più pallida idea di dove fosse. Scossa dai brividi, aveva continuato a camminare fino a trovare una cabina telefonica e aveva chiamato Anthony con le poche monete trovate in fondo alla tasca del cappotto. Dopo di che era rimasta seduta sul cordolo del marciapiede per un'ora, in attesa che lui l'andasse a prendere. Solo che non era mai arrivato.

Quando non aveva più sentito le dita dei piedi per il freddo, aveva telefonato a Sky, che era andata a recuperarla e l'aveva abbracciata nonostante tutto quello che lei le aveva detto, e l'aveva tenuta ancora più stretta quando insieme avevano scoperto che Anthony era morto in un incidente stradale causato dal ghiaccio sulle strade mentre andava da lei. Edie aveva recuperato le sue cose all'ospedale e si era premuta l'orologio che ancora ticchettava contro il cuore spezzato.

Poi aveva dovuto passare un altro Natale nella stazione di polizia di Swanage, e sempre con lo stesso orologio: nel 1990, il giorno dopo l'incidente d'auto che aveva ucciso Duncan e Melissa, i genitori di Sean, e suo fratello maggiore William. Stavano andando a vedere una pantomima, mentre Edie faceva da babysitter al piccolo Sean, di soli nove mesi. Il quale aveva continuato a dormire nel suo passeggino mentre lei stava in quella stazione di polizia puzzolente di candeggina, sudore e della torta speziata che stava passando di mano in mano tra gli agenti. L'uomo dietro il bancone le aveva riconsegnato in un sacchetto di plastica l'orsetto di William, tutto coperto di sangue, e l'orologio rotto, come se fossero gli oggetti contrassegnati con l'adesivo giallo che si ritirano all'uscita dell'aeroporto e non l'ultimo legame che avesse con Duncan e il piccolo William di quattro anni.

Aveva preso Sean che dormiva nel passeggino e l'aveva stretto forte, sussurrandogli all'orecchio cose a cui lei stessa non credeva, tipo: «Vedrai, andrà tutto bene». Se il giorno di Natale non fosse già stato avvelenato per lei dalla morte di sua madre mentre dava alla luce Anthony, il 25 dicembre 1946, lo sarebbe stato quella volta. A cosa si può credere, se al mondo accadono cose del genere?

Quando poi aveva adottato ufficialmente Sean, Edie aveva deciso di far aggiustare l'orologio e di metterlo da parte per regalarglielo il giorno della cresima. E da allora lui l'aveva portato sempre.

E ora quello stesso orologio compariva su quel pezzo di puzzle dipinto, di nuovo con il vetro rotto. Edie si sentiva come se un tralcio d'edera le si fosse avviticchiato al cuore, strangolandolo.

«Sei ancora qui, Edie?». Riga stava picchiettando sul bicchiere come a chiedere silenzio per fare un brindisi.

«Scusa. Mi sono persa nel passato». Edie avrebbe voluto chiudere gli occhi e, riaprendoli, scoprire che era già Capodanno. Ogni volta, a dicembre, lei diventava come quelle auto mezze rabberciate dopo un incidente, un miscuglio di ricordi spezzati.

«Forse è venuto il momento di scoprire perché l'hai rivangato».

Edie scosse la testa. «Il passato è morto. E dovrebbe restare sott'acqua».

«Va' a dirlo ai fantasmi», ribatté Riga. «E a ogni modo, perché mai ci sarebbe l'orologio di Sean?»

«Non ne ho idea». Girando e rigirando tra le mani il pezzo di puzzle, d'improvviso Edie cominciò a provare, per la prima volta negli ultimi anni, l'eccitante sensazione di trovarsi davanti a un puzzle che forse non sarebbe stata in grado di risolvere. Anche se in vita sua non aveva mai giocato una partita in cui ci fosse in palio una cosa simile.

Quando alzò lo sguardo, Riga la stava fissando. «Hai una strana luce negli occhi, e non credo dipenda dal mio cordiale. Stai accettando di indagare, vero?».

Edie si sentì sul viso un sorriso cui non era abituata. «Sono la Solutrice Pensionata. Certo che indagherò».

Quattro

L'adrenalina scorreva nelle vene dell'assassino, gridandogli di entrare in azione. Ma lui non le diede retta; la fretta poteva renderlo più visibile. Più in alto, i rami degli alberi si protendevano verso di lui come le mani ossute di ziette che volessero scompigliargli i capelli. Sotto i suoi piedi, radici sporgenti rendevano instabili i suoi passi. La buia foresta di Godlingston Heath era piena di trappole, e ancora lui non ci aveva collocato una delle sue.

Un fruscio si levò da alcuni cespugli, e il cuore dell'assassino accelerò bruscamente. Si guardò attorno, ma non riusciva a vedere nemmeno il sentiero davanti a sé. Non doveva accendere la torcia che aveva sulla fronte, e nemmeno il cellulare, che avrebbero potuto tradire la sua presenza, ma il suo alito era come un segnale di fumo nell'oscurità gelata. Nessuno l'aveva seguito, ne era quasi certo, ma sarebbe bastato un tipo in giro con il cane o un jogger che lo intravedessero nell'oscurità e tutto il suo piano sarebbe saltato. Doveva fingersi una persona che fosse lì per tutt'altro motivo, per una passeggiatina in quella bella notte d'inverno, come se fosse una cosa perfettamente normale.

Forse allora avrebbe potuto farla franca anche se l'avessero beccato con un ciocco destinato non a un focherello natalizio, ma a colpire alla testa la sua prima vittima.

A quel pensiero cominciò a tremare: capiva che era esattamente così che il suo corpo si preparava all'azione. Il tremito metteva in moto il cortisolo e ancor più adrenalina. Risorse che doveva utilizzare con saggezza. Ogni eccesso avrebbe mandato a gambe all'aria tutto il piano.

I gufi bubolavano sopra la sua testa. In lontananza, sentì sbattere la portiera di una macchina.

La vittima era in perfetto orario. Adesso non era più possibile tornare indietro. Non ora. Quella notte avrebbe messo fine a una vita, e cambiato per sempre quella dell'assassino. Il buio stava scendendo su tutti loro.

Carl Latimer correva verso la quercia in fondo al sentiero. Due giorni prima aveva battuto il suo record personale, ed era intenzionato a migliorare il tempo del Carl del passato su quel terreno intriso d'acqua. *Io sono il migliore*, si diceva e si ripeteva mille volte nella mente, cercando di convincersene a ogni passo che faceva sul fondale boschivo. Gli sembrava di vedere già le facce del suo gruppo di corsa quando avrebbe raccontato del suo successo. Stavano ancora rimuginando sulla sua vittoria alla Caccia del Budino, il giorno prima sulla spiaggia – quando era stato il Babbo Natale più veloce sulle sabbie di Weymouth. Adorava assistere alla loro invidia, alla loro gelosia, al loro orgoglio.

Era buio, ma il terreno lo conosceva bene. Era sempre perfettamente al comando della situazione. I suoi piedi erano svelti e sicuri e sapevano cosa fare su ogni radice contorta spuntata dal terreno.

Carl andava sempre a correre lì, a quell'ora della notte. Era a suo agio con i gufi, con i tassi che si bloccavano in mezzo al sentiero prima di chinare la testa e andarsene a passo lento, supplici. Gli uccelli che facevano il nido sugli alberi spogli, incapaci di solitudine. Diversamente da Carl. Che invece eccelleva nello starsene per conto suo. L'aveva sempre fatto. E l'avrebbe fatto sempre. Fanculo alle donne che lo lasciavano; gliel'avrebbe fatta vedere lui. Perché lui correva veloce. Era forte. Aveva una volontà d'acciaio.

Una musica fluttuò sopra le chiome degli alberi, zittendo per un attimo gli uccelli notturni. Riconobbe subito la canzone, anche se non sapeva da dove venisse.

Ma quella musica significava che c'era qualcun altro nel bosco insieme a lui. Proprio nella direzione verso cui stava correndo. C'era qualcun altro sul suo sentiero, qualcuno che voleva rubargli lo spazio. Accelerò. Avrebbe battuto l'intruso e sé stesso contemporaneamente. E più tardi si sarebbe concesso due pinte, dopo la barretta proteica.

Le parole di quella canzone vagavano tra i suoi pensieri. Qualcosa che aveva a che fare con dei quadri. Ci fu un lampo di luce. Dei ragazzi, probabilmente, che si sbaciucchiavano e si palpeggiavano sul ceppo di un albero, bevendo del sidro che il giorno dopo non gli avrebbe fatto venire il mal di testa né avrebbe rovinato le imprese ginniche che avevano in programma. I giovani non sanno nemmeno di essere nati. Hanno un corpo che può correre per chilometri senza fermarsi e senza provare dolore, e non se lo meritano.

Il vento gli esplodeva attraverso, inviandogli una gelida sfida, e lui lottava contro quella sensazione. Che infuriasse pure. La musica sembrava affievolirsi, come respinta indietro dal suo coraggio.

Accelerò di nuovo sul tratto che lo riportava verso casa. Le gambe gli bruciavano, i polmoni si dilatavano al massimo, il cuore gli batteva talmente forte che gli uccelli gridavano e volavano fuori dalle chiome degli alberi nel buio che subito li inghiottiva. La quercia era un'immensa ombra alla fine del sentiero. Ne avvertiva la presenza, solida, antica, inglese. Doveva solo raggiungerla e sarebbe stato a casa.

Ma d'improvviso il suo piede prima così sicuro si fece incerto, urtando qualcosa. Stava cadendo. Il suolo gli sferrò un pugno sul viso e sul petto. Ora era sul terreno boscoso, la faccia schiacciata contro gli aghi di pino. Fango sulle mani. Dolore alle braccia e alle costole. Senza fiato, ma non impossibilitato ad agire. Cercò con la mano la borraccia e, gridando per un dolore bruciante, trovò al suo posto un lungo ramo di traverso sul sentiero. Doveva essere caduto col temporale della notte prima.

La musica si fece più forte, e un'immagine gli invase la testa, i capelli pettinati all'indietro e pure l'eyeliner.

Rametti che si spezzavano. Rumore di passi. Qualcuno si stava avvicinando.

Cercò di tirarsi su, ma il polso non lo resse.

La persona era proprio dietro di lui. Era accorsa per aiutarlo, certo, sicuro. Carl cercò di voltarsi per vedere chi fosse.

Ma poi sentì che qualcosa lo colpiva forte dietro la testa. Il dolore si tramutò in un urlo, dopo di che fu ingoiato dal buio.

Cinque

Come tanti altri pub analoghi, anche il Bell stava morendo. L'odore di fumo di legna, cane bagnato e vin brulé non riuscivano a coprire quello di muffa nera. Dall'altra parte della strada, a un certo punto, intorno agli anni Dieci del nuovo secolo, l'Anchor era passato dagli sputi e dalla segatura allo Chenin Blanc e ai taglieri di salumi assortiti. Siccome il popcorn era gratuito, Edie ne era entusiasta, ma il Bell occupava ancora un posticino nel suo cuore riscaldato a carbonella, nonostante le sue pacchiane decorazioni natalizie. Là dentro aveva pogato al ritmo della musica punk per poi passare allo ska. Inoltre il Bell era molto silenzioso, e stasera era proprio di questo che aveva bisogno.

Edie ordinò qualcosa al bar, attenta a non toccare in alcun punto il bancone. Non voleva che il suo bel cappotto Westwood si appiccicasse a una pozzanghera di birra secca.

Siccome i nervi le friggevano, cercò di calmarsi con le parole. *The Bell* si poteva anagrammare come *Bet Hell*, l'inferno di Bet, molto adatto a un angolino del bar – slot machine lampeggianti e tintinnanti. Un po' come il Natale, la scritta «Giochi a premi» prometteva più di quanto avrebbe mai potuto dare.

Sophie, la padrona del Bell, posò sul bancone un doppio brandy e ci schiaffò accanto un giornale aperto alla pagina dell'enigmistica. E le indicò un difficile cruciverba. «È uno dei tuoi, vero, Edie?».

Edie scosse la testa. «Io non lavoro per quel giornalaccio».

«Che peccato. Speravo potessi aiutarmi».

«Non sapevo che facessi i cruciverba, Sophie».

«Ho sempre desiderato saperli fare. È solo che non so da dove cominciare».

«Come per qualsiasi altra cosa, una volta che conosci le regole non è difficile. La prima o l'ultima parola, o frase, spesso definisce l'insieme, dopo di che c'è un I.S., un indicatore sussidiario».

«Cosa?»

«Un modo ricercato per mettere un indizio dentro un altro indizio, che può aiutarti a risolvere la cosa. Potrebbe essere un sinonimo, o una metonimia, o qualcosa che suggerisce che potrebbe trattarsi di un anagramma – lo Scarabeo funziona un po' così – oppure la parola stessa potrebbe essere nascosta dentro l'indizio».

«Ma i cruciverba giocano sempre pulito?»

«Se c'è un punto interrogativo, oppure un "forse", significa che l'autore gioca un po' con le regole. E a volte c'è un rebus, e allora parte dell'indizio contiene alcune lettere che devono essere inserite in un riquadro. Ma è una cosa rara, e dovrebbe essere segnalata».

Sophie sembrava ancora piuttosto confusa. Tamburellò sul cruciverba. «Fammi vedere».

Edie lesse rapidamente le definizioni. «Il quattro orizzontale è un po' il gioiello della corona delle definizioni. "Un augusto filetto respingerà il sale"».

Sean entrò mentre Sophie fissava la breve striscia di cinque quadretti allineati. Con un'espressione vuota come i quadretti stessi.

«Ehi, forza», disse Edie. «È realmente facile».

Sophie raddrizzò le spalle e le lanciò un'occhiataccia. «Così non mi aiuti, amica mia».

Sean si chinò per scoccare un bacio sulla testa di Edie. «Stai ancora tormentando la gente con i tuoi cruciverba?»

«Tu sì che la saprai, la risposta». Edie aveva insegnato a Sean a risolvere i cruciverba prima ancora che imparasse ad andare sullo skateboard. «Allora: un sinonimo di "augusto"?»

«Un nobile? Un Pari?», provò a suggerire Sean.

«Qualcosa del genere. E cosa ti viene in mente se vedi un "filetto"?»

«Che la parola potrebbe essere nascosta sotto pelle nella definizione».

«Quindi qual è la parola che Sophie sta cercando?».

Edie si sentì arrossire d'orgoglio quando Sean scrisse la parola "reale" al quattro orizzontale.

Sophie gemette. «E in che senso sarebbe facile?».

Edie sottolineò il punto in cui la parola "reale" era nascosta come re Carlo I in un nascondiglio per preti, dentro a "respingerà" e "il sale". «E poi ti avevo detto che era "realmente facile", con l'accento su *re*».

Sophie scosse la testa, disperata. «Hai detto anche che era il gioiello della corona delle definizioni. E non hai detto che mi stavi aiutando».

«Fa sempre così», disse Sean dando un rapido abbraccio alla sua prozia. «Cerca di aiutarti senza che tu te ne renda conto».

«Cosa posso offrirti?», chiese Sophie a Sean.

«Un sidro alla spina, per favore. E le tue decorazioni sono fantastiche». Sean indicò il soffitto pieno di ghirlande colorate; di quelle che si comprano piatte e poi si tira un cordino e si allungano a fisarmonica. Ma erano macchiate e rotte, come se fossero state comprate da Woolworths negli anni Ottanta e da allora nessuno le avesse più tirate giù. Sean però diceva sul serio, come sempre. Adorava il Natale quanto Edie lo detestava.

«E stasera farò anche l'albero», disse Sophie. Perfino i *suoi* occhi, che avevano visto ogni cosa e anche di più, prendevano fuoco al pensiero di abbattere ad accettate una cosa viva per metterla in un angolo del salotto. «Ho fatto delle decorazioni con il fondo delle bottiglie di birra».

Sophie e Sean continuarono a chiacchierare dell'adorabile natura del Natale e di altre questioni irrilevanti. «Bene, possiamo andare avanti?», disse Edie dopo un po', interrompendo un'accalorata discussione su come arrostire il prosciutto nella Pepsi alla ciliegia. «Io e Sean abbiamo qualcosa di molto serio di cui parlare».

Mentre si spostavano in un privé, Sean passò un braccio attorno alle spalle di sua zia. «Sono felice che tu mi abbia chiamato. Sarai contenta che mi sia unito alle truppe».

Edie aveva fatto del suo meglio per convincere Sean a fare un lavoro completamente diverso – qualunque cosa purché non fosse potenzialmente fatale. L'idea che potesse mettersi in situazioni di pericolo la faceva star male. «Non ci dilungheremo ancora su quello, vero?»

«Tutto ciò sarebbe molto più facile da risolvere se avessi fatto installare un videocitofono come ti ho suggerito secoli fa. Così ora avremmo potuto vedere chi ha lasciato il pacco».

«Pensi che non lo sappia?». Edie si avvicinò a grandi passi al tavolino nell'angolo e si afflosciò accanto alla finestra. Un Babbo Natale di vinile stava togliendo la neve dal vetro. *Babbo Natale*, pensò, cercando di distrarsi dai suoi fallimenti: anagramma, *al babbo tane*.

«Che mi dici dei tuoi vicini? Qualcuno potrebbe avere una telecamera di sorveglianza?», le chiese Sean, chinando la testa sotto i festoni decorativi che si incrociavano sul soffitto. Edie provava l'urgenza di aggrapparsi a uno di quei fili scintillanti per tirare giù tutto quel pacchiano rischio d'incendio.

«Qualcuno, ma sono orientate verso le porte, nel caso in cui qualcuno provasse a rubare i pacchi Amazon. E io gliene avrei dette quattro se avessi pensato che le avevano orientate in un punto qualsiasi vicino a casa mia. Il diritto alla riservatezza è perennemente minacciato, lo sai».

«Ma quando qualcuno ti lascia una scena del crimine sullo zerbino, una certa mancanza di riservatezza potrebbe essere d'aiuto».

Edie incrociò le braccia sul petto e mise il broncio. «E tutto ciò in che modo può esserci d'aiuto, adesso?»

«Sono preoccupato per te, tutto qui».

«Non ce n'è bisogno. Gli ottanta sono i nuovi trenta. L'ho sentito alla televisione».

«E in tal caso io cosa sarei?». Il boccale di Sean traboccò un po' mentre si metteva seduto. Asciugò la piccola pozza con la manica della felpa, con un gesto che a Edie fece ricordare i tempi in cui era un bambino.

«Uno zigote un po' troppo cresciuto».

Sean sorrise, ma la sua risata si trasformò in un colpo di tosse. Il sibilo proveniente dal suo petto rendeva difficile anche la sua respirazione. Mentre lui prendeva dalla tasca l'inalatore azzurro e inspirava, le tornarono in mente quelle notti terrificanti all'ospedale quando, da piccolo, era stato attaccato a un respiratore. Era sempre stato un "bambino malaticcio", come anche Anthony, suo nonno e fratello di lei. E ultimamente sembrava più magro che mai, anche se un tantino più muscoloso perché si allenava. Era tutta colpa di Liam, il marito di Sean. Che lo incoraggiava continuamente a migliorarsi, come se Sean potesse mai diventare meglio di com'era. Liam gli aveva trovato un personal trainer, e il suo bis-nipote magari era diventato un po' più nerboruto, ma era pur sempre pallido come il latte scremato.

Quando Liam e Edie si erano conosciuti, lui si stava preparando per diventare fiorista, e le aveva regalato un bouquet più grande e più bello di qualunque altro mazzo di fiori le avesse mai regalato un amante. Una composizione monocroma di pallidi gigli, ranuncoli e peonie, sistemati a ventaglio come la coda di un pavone bianco. Lei aveva provato una fitta di dolore talmente profonda all'idea di non provare mai più l'amore che, con parole impolverate di un veleno sottile come il polline, gli aveva detto: «Non credere di poterti comprare un posticino nel mio cuore come hai fatto con Sean. Io non sono tanto ingenua». Sean se n'era subito andato con Liam. Erano passate settimane prima che la perdonasse. Non che lei si fosse scusata. E adesso che Liam era diventato uno dei migliori fiorai di tutto il Sud, non le aveva mai più regalato un mazzo di fiori, e non andava quasi mai a trovarla. Edie non poteva fargliene una colpa.

Le tornò in mente qualcosa che Sky aveva detto il giorno in cui se n'era andata. «Tu fai sempre del tuo meglio per spingere la gente oltre il bordo del burrone e fuori dalla tua vita».

Edie impacchettò e mise via quei pensieri invadenti come avrebbe potuto allontanare dei pezzi di puzzle.

«Posso vederlo?», disse Sean. «Il puzzle?».

Edie ripescò i guanti da giardinaggio dalla tasca del cappotto, ma Sean scosse la testa. Aprì lo zaino e le allungò un pacchetto sigillato di guanti da scena del crimine, dopo di che ne prese un paio per sé.

Infilati i guanti, lei tirò fuori dalla sporta la scatola bianca e la mise sul tavolo. Aprì il coperchio, che sembrò sospirare.

Sean si chinò in avanti e prese in mano i pezzi del puzzle. Li girò per il verso giusto e li sistemò nella scatola con le lunghe dita ossute coperte dai guanti.

«C'erano solo questi cinque?», chiese poi.

Il cuore di Edie cominciò a battere troppo in fretta. Se gli avesse mostrato il pezzo con sopra il suo orologio, proprio quello che in quel momento faceva tic-tac contro il suo polso, e la cosa si fosse trasformata in un'indagine di polizia ufficiale, probabilmente il caso gli sarebbe stato tolto perché era troppo coinvolto. E senza l'aiuto di Sean lei non avrebbe potuto avere accesso a tutte le informazioni che potevano aiutarla a risolvere il puzzle.

Edie si fissò le ginocchia per impedire a Sean di guardarla negli occhi. «Sì. Quattro che si incastrano perfettamente, presumibilmente combinandosi con altri per formare la sagoma di un corpo, che dovrebbe occupare buona parte dello spazio e forse anche il centro del puzzle. Quanto all'altro pezzo, è l'angolo in alto a sinistra».

Sean spostò lo sguardo da lei al puzzle. «Le riconosci, le piastrelle bianche e nere qui sotto il bordo?»

«No, non direi».

«Sembra un po' un collage, varie immagini combinate tra loro. Vedrò di sottoporre i pezzi e la scatola al test per le impronte digitali, e se il budget ce lo permette chiamerò un medico forense specializzato in impronte».

Edie si sentiva sollevata all'idea che si potessero controllare le impronte, e ancor più per il fatto di aver già fotografato i pezzi. «Sì, c'è un'ombra tra i segni del corpo che si presume mancante e le piastrelle bianche e nere che mi fa pensare al vecchio Photoshop».

Sean aveva inarcato le sopracciglia così tanto che gli toccavano quasi la frangia.

«Non essere tanto sorpreso. Voi millennial non avete mica inventato il mondo digitale. Questa tecnologia è in giro da parecchio tempo – non tanto quanto me, ovviamente, ma non ne sono del tutto digiuna. Sottovalutare gli ottuagenari è una cosa che fate a vostro rischio e pericolo».

«Io non oserei mai».

«Bene».

Sean prese in mano il pezzo di puzzle ad angolo che non si incastrava con gli altri e se lo rigirò nelle mani guantate, palpandone i bordi. E continuò a studiarlo aggrottando la fronte.

«Che c'è?», chiese Edie.

«Questo pezzo mi dà parecchio fastidio. Mi ricorda qualcosa, ma non riesco a ricordarmi cosa».

Edie lo guardò di nuovo. «Strisce parallele, forse di legno, con sopra un segno, ma non riesco proprio a capire cosa ci sia scritto sopra». Poi riprese la lente e cercò di leggere la scritta, ma l'ingrandimento non era sufficiente.

«Lascia, provo io». Sean tirò fuori il cellulare, aprì la funzione macchina fotografica e scattò una foto del pezzo. Poi lo zoomò.

Lei gli prese il cellulare e lesse le parole scritte a mano su un grosso pezzo di carta attaccato con lo scotch alle strisce di legno.

L'unica persona che può farti cadere sei tu.
L'unica persona che può portarti al successo sei tu.
Sei tu la causa della tua rovina.
Sii il tuo materassino di sicurezza.

Le lesse ad alta voce, con un tono imbottito di sarcasmo, e poi disse: «Che assurdità. Parole senza senso per la Generazione Blob».

«Materassino di sicurezza!», esclamò Sean, picchiando sul tavolo con tanta forza che i pezzi del puzzle sussultarono nella scatola. «Ecco dove l'avevo visto. Nella palestra di una scuola dove sono stato qualche settimana fa per le solite conferenze contro la droga».

«Che scuola era?»

«La St. Mary, mi sembra. Quella che sta su a Martyr's Hill».

«Lo so dov'è». E Edie ingollò un'enorme sorsata di brandy.

Sean annuì. «Non insegnavi proprio lì, prima di darti al volontariato e ai cruciverba?»

«Sì». Altri ricordi le affollarono la mente, come una marea carica di segreti che pensava di avere ormai annegato. Ma subito dopo le arrivò un'ondata di curiosità. Per una volta, non sapeva già ogni cosa in anticipo. Un pensiero elettrizzante.

Sean si chinò su di lei. «Non voglio spaventarti, ma esiste una possibilità che tu sia stata contattata per un ragione personale, e non solo perché sei una che risolve indovinelli?»

«C'è una grossa differenza tra creare un puzzle e risolverlo», ribatté Edie, nella speranza che lui non avesse notato che non aveva risposto alla sua domanda.

«Non hai risposto alla mia domanda».

Edie visualizzò l'altro pezzo del puzzle, che aveva messo in un vaso da fiori sulla mensola del caminetto accanto alle ceneri di suo fratello. L'orologio di Sean, e ora la St. Mary, la ricollegavano direttamente a ciò che stava succedendo, qualunque cosa fosse. «Non vedo proprio cosa c'entro io», disse, per poi subito cambiare argomento. «Sarebbe sufficiente, secondo te, per farne un'indagine ufficiale?».

Sean scosse la testa. «No, non ancora».

«Allora cosa pensi che dovrei fare?». E cercò di sistemare i tratti del viso in un modo che potesse suggerire che era debole e indifesa.

Sean scoppiò nuovamente a ridere, tenendosi il petto nel caso gli fosse venuta ancora la tosse. «Non sforzarti di sembrare una creatura inerme, Edie. Non ti si addice, davvero. Te lo dico io cosa faremo. Domani ho il giorno libero, dato che il nostro incontro per l'adozione è nel pomeriggio. Che ne dici se, prima, facciamo un salto alla St. Mary?».

Edie esitò. La St. Mary aveva fatto da sfondo a talmente tante scelte sfortunate.

«Mi aiuterà a distogliere un po' il pensiero dall'incontro. Adesso dipende tutto dall'assistente, vedremo se le piaceremo. Ma nel frattempo mi faresti un favore se volessi venire alla scuola con me».

«Benissimo», mentì lei. E abbassò gli occhi sul contorno dei pezzi. C'erano stati talmente tanti cadaveri nel suo passato, e non tutti sepolti.

«A cosa stai pensando?». Sean la fissava, preoccupato.

«Ho sempre pensato che un giorno avrei avuto una casa stupenda con un ingresso col parquet o con le piastrelle bianche e nere». Mentire era sempre l'approccio migliore in circostanze del genere.

«Potresti ancora averla!».

Edie rise. «Non si guadagna molto con i cruciverba».

«So di una persona con un account OnlyFans che risolve puzzle completamente nuda dal vivo davanti a una webcam».

«Lieta di sapere che sostieni le belle arti, Sean».

«È una mia amica, Edie. E la cosa chiaramente non mi interessa. Però se fosse un uomo, e risolvesse il cruciverba del "Times" con addosso solo un cardigan e un paio di occhiali con la montatura di corno, *allora sì* che mi iscriverei».

«Bene, io non mi spoglierò certo per un mucchio di coglioni online. Fa già abbastanza freddo così, in casa mia».

Sean si scolò l'ultimo sorso di birra e si alzò. «Un'altra?»

«Non devi tornare a casa da Liam?». Lo disse sperando che il labbro non le si arricciasse nel pronunciare il nome del marito di Sean.

«Stasera è uscito, andava a correre come al solito, dopo di che si incontra con alcuni amici per una bevutina natalizia. Mi ha detto di non aspettarlo sveglio».

«E tu lo farai?»

«Ma certo. Mi piace preparargli una tazza di tè, dargli una bustina di Ibuprofene e un bel bicchierone d'acqua. Sono anche le uniche volte in cui mangia carboidrati, quindi ne approfitto sempre per mangiare un bel mucchio di pane con la crema al caramello insieme a lui. E poi, comunque non riuscirei a dormire».

«Per l'incontro per l'adozione?»

«Lo so che mi hai detto di non investirci troppo, ma non posso farne a meno. Allora, qualcosa da bere?»

«Una lager in bottiglia, per me, stavolta. E lascia perdere la fettina di lime infilata nel collo. Sono già anche troppo acida».

E mentre Sean andava al bancone, Edie si sforzò di non pensare ai ricordi legati al St. Mary. Preferì pensare che *Santa Maria* si anagramma in *samaritana*. Non credeva molto alle congiunzioni astrali, ma sperava che quella doppia protezione potesse giocare a suo favore.

Sei

Il sangue aveva creato una pozzanghera tutto attorno alla testa e a una gamba di Carl Latimer. L'assassino rabbrividì, e non di freddo. Qualcosa si mosse dietro di lui, e si voltò di scatto. Un gufo spiegò le ali sopra la sua testa, chiamando chissà chi per averne aiuto. C'erano dunque testimoni di ciò che era successo.

La mano di Latimer si contrasse: l'assassino aveva visto in televisione che ai moribondi può succedere. Non aveva mai visto nessuno morire sotto i suoi occhi. Non c'erano indicazioni che stesse succedendo qualcosa di spirituale. Nessuna luce spettrale, nessun cambiamento impercettibile nell'ambiente circostante, nessuno spirito come un esile filo di fumo che si levasse verso le chiome degli alberi.

L'assassino tremò. Non aveva mai colpito una persona prima di allora, nemmeno dato un pugno per scherzo, e abbattere il ramo d'albero sulla testa di Latimer aveva richiesto più forza del previsto. Aveva dovuto sferrargli un secondo colpo, come un boia determinato a portare a termine il lavoro. Ma almeno Latimer era a terra, privo di sensi, a faccia in giù, con le gambe piegate di qua e di là come una rana, quando il ramo aveva colpito il ginocchio dell'insegnante di ginnastica. La persona incaricata di somministrare la morte dovrebbe farlo con grande senso di responsabilità.

Il sangue era uscito a fiotti, inzuppando il terriccio e le foglie del sottobosco. Chiudendo gli occhi, l'assassino aveva mormorato la preghiera degli atei, ma poi si era bloccato. Un dio disposto ad accogliere l'offerta di un assassino non era un dio da cui volesse ottenere una benedizione.

Riaperti gli occhi, l'assassino si era accorto di stringere ancora in mano il ramo. Doveva lasciarlo lì, dove la polizia avrebbe potuto ritrovarlo, ma le sue dita sembrava che non volessero aprirsi. Restavano aggrappate al legno con la stessa testardaggine con cui Latimer si teneva aggrappato alla vita. Era come se l'assassino dovesse rimanere inchiodato lì finché Carl Latimer non fosse morto. Forse è proprio così che doveva essere. Latimer forse meritava di morire, ma in quanto essere umano aveva una vita sua che doveva essere rispettata, anche da chi gliel'aveva tolta. L'assassino si raddrizzò in tutta la sua altezza sotto l'oscuro cielo d'alberi. «Mi dispiace».

Le dita di Carl fremevano, immobili. Forse doveva colpirlo ancora una volta, abbatterlo come si farebbe con un animale ferito e in fin di vita.

Un fiotto di bile percorse l'assassino. Bruciava, e lui ne fu lieto. Un po' perché meritava quel dolore, ma ancor più perché significava che era di nuovo in grado di provare qualcosa. Per troppi anni si era sentito come morto dentro. Ora c'era almeno una possibilità di sentirsi vivo. Degluti quel sapore non appena gli arrivò in bocca. Sul luogo del delitto non ci sarebbe stata traccia del DNA dell'assassino.

La canzone si sentiva ancora, e in quel momento fu certo che l'avrebbe odiata finché non fosse morto a sua volta.

Carl non si muoveva più. Aveva gli occhi chiusi. L'assassino era contento di non doversi chinare su di lui, di non doversi avvicinare troppo, di non doverlo toccare; la morte era già evidente dalla cessazione del respiro. Carl era morto. E in giro c'era un nuovo assassino.

Prendendo il pezzo del puzzle dalla tasca del cappotto, l'osservò un'ultima volta. Era il passo successivo della sua espiazione, e l'indizio seguente per la Solutrice Pensionata. Solo quando Edie O'Sullivan si fosse decisa a confessare ciò che aveva fatto, la lavagna sarebbe stata cancellata e tutti loro, finalmente, sarebbero stati liberi.

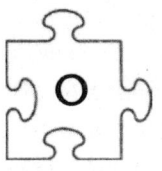

Sette

20 dicembre

La St. Mary's School si affacciava sul mare. Fatta di scuri mattoni rossi con le bifore, era cambiata talmente poco da com'era nella tetra giornata in cui Edie l'aveva lasciata che, per un istante, ebbe l'impressione di fare un giro turistico nel suo passato.

Perfino l'odore era lo stesso quando varcarono il grande portone d'ingresso: detergente per pavimenti, sudore, dolci da teglia e il bruciante sentore agrumato di tanti ego e altrettanti cuori.

«Detective ispettore Brand-O'Sullivan». La segretaria della St. Mary fissava Sean con occhi talmente stretti che il bianco quasi non si vedeva più. Lo schermo di vetro che aveva davanti era tutto pieno di ditate e aveva una piccola apertura per parlare. La smorfia scontrosa del suo viso sembrava fissa, e le ombre scure che aveva sotto gli occhi dicevano che non aveva dormito troppo. In generale aveva l'aspetto di un cassiere che si rifiuta di consegnare i soldi.

«Lieto di rivederla, signora Challis. E l'ultima volta ricordo di averle chiesto di chiamarmi semplicemente Sean», disse lui con uno dei suoi sorrisi più seducenti.

Ma la signora Challis non si lasciò ammaliare. «Non sapevo che avesse un appuntamento, ispettore. Mi lasci controllare». E sfogliò le pagine del pesante registro scolastico che aveva davanti senza nemmeno dargli un'occhiata. Piuttosto, guardò Sean dritto negli occhi senza sbattere le palpebre. «Vede? Niente appuntamento».

Sean strascicò i piedi, facendosi piccolo piccolo. Le sue guance erano bianche come due crespelle, e il collo rosa salmone.

Edie era combattuta tra il bisogno di difendere Sean e l'ammirazione per la signora Challis. Un tempo quella donna era stata definita una "tartara", cioè una donna talmente formidabile che il suo atteggiamento passivo-aggressivo sembrava poter battere qualsiasi aggressione diretta. Tutti hanno bisogno di avere una Challis al proprio suo fianco.

«Sono qui per una potenziale indagine di polizia, signora Challis», ribatté Sean. «Speravo che avremmo potuto dare una rapida occhiata alla palestra».

La signora Challis scosse la testa. I suoi capelli erano fissati con uno strato di lacca talmente spesso che nemmeno un vento forza dieci avrebbe potuto scompigliarli. «Assolutamente no. Non possiamo permettere al primo venuto di aggirarsi senza scopo per la scuola».

«Nemmeno se si tratta di un agente di polizia?», le chiese Edie.

La signora Challis prese in mano una copia religiosamente ripiegata del «National» e l'aprì. Fece finta di leggere, evidentemente nella speranza di vederli andare via. Sull'altra pagina del giornale, il mini cruciverba di Edie era già stato ordinatamente compilato, come anche tutti gli altri rompicapi. La libreria dietro la signora Challis era piena di faldoni cartonati, ma c'era anche l'ultimo romanzo di Elly Griffith, con dei post-it gialli che emergevano dalle pagine come la lingua di Sean che gli spuntava dai denti quando era intento a riflettere.

Sean raddrizzò un po' la schiena. «Abbiamo ricevuto una possibile minaccia che riguarda la palestra della scuola».

La signora Challis inclinò la testa da un lato. «Una minaccia?»

«Forse un semplice avvertimento, ancora non ne siamo sicuri».

«Dovrò sapere qualcosa di più prima di concedervi l'accesso».

«Non posso rivelarle delle informazioni che potrebbero essere essenziali per le indagini».

Sean e la signora Challis si fissarono dritto negli occhi, incastrati in un punto morto.

«Io però posso», disse Edie. «In un certo senso riguarda un puzzle, tra cui alcuni pezzi misteriosi, uno dei quali ha delle strisce di legno che fanno pensare all'attrezzatura da arrampicata della vostra palestra, con sopra attaccato un segno misterioso».

La signora Challis sbatté le palpebre e si voltò verso di lei. «E lei sarebbe?»

«Edie O'Sullivan», rispose Edie indicando il giornale. «Quella che scrive...».

«La Solutrice Pensionata!», esclamò la signora Challis, con un sorriso autentico che le si arrampicava su per il viso.

«Di solito non mi presento con quel nome».

«Risolvo la sua enigmistica tutti i giorni. Cronometro i tempi. A volte gareggio con il dottor Berkeley, così, per divertimento».

Edie sospettava che l'idea di divertimento della signora Challis comportasse un'enorme, feroce competizione e davvero pochissima allegria. Ma vedeva anche che l'amministrazione scolastica, con tutti quegli alunni e quei genitori da affrontare, somigliasse parecchio a uno di quegli enigmi in cui si spostano i pezzi all'interno di un quadrato fino a formare un disegno.

«Non sono alla sua altezza in filosofia, educazione e scienze. In quanto farmacista, il dottor Berkeley conosce la tavola periodica a menadito, quindi tutti quei simboli che lei usa non lo turbano minimamente. Ed è anche ossessionato dalla storia. Ma anch'io me la cavo».

«Ci scommetterei», commentò Edie.

«Io sono appassionata di letteratura, non male in musica e preparatissima sull'attualità. Non vediamo l'ora di affrontare il suo prossimo enigma».

«E io vi sono grata per l'interessamento. Siete voi a procurarmi un lavoro». Edie sperava di essersi espressa in modo più educato e gentile rispetto a ciò che realmente provava. «Ora, pensa che potrei dare una rapida occhiata alla palestra della scuola? Non sappiamo nemmeno cosa stiamo cercando, ma dobbiamo pur cominciare da qualche parte. È un po' come cominciare un nuovo cruciverba o un puzzle».

La signora Challis annuì lentamente. «Una sorta di procedura».

«O un rituale», disse Edie. «Versare il tè, intingere il biscotto, collegare il cervello. Risolvere un cruciverba o un sudoku è un po' come sgranare un rosario, attraversarne i misteri uno alla volta».

La signora Challis continuava ad annuire e a sbattere le ciglia, incredula di essere davvero vista e compresa.

Edie, però, si sentiva un po' a disagio nell'intimità di quello sguardo. «Allora, pensa che potremmo fare un salto là dentro per dare un'occhiata? Ci staremo solo pochi minuti, non è vero, Sean?».

Sean la stava guardando sbalordito.

«Vi accompagno». La signora Challis si era già alzata in piedi e stava uscendo da dietro il bancone, cullando il «National» al petto come se fosse un gattino. D'improvviso lo tese a Edie. Sembrava una timida adolescente, e non una cinquantenne che avesse appena smesso il giubbotto antiproiettile. «Me lo firmerebbe?». E indicò il nome di Edie stampato sopra il cruciverba.

Edie firmò, incerta se sentirsi orgogliosa del suo lavoro o imbarazzata per la signora Challis. Ci aggiunse anche uno svolazzo, come aveva visto fare dagli autori di libri, e le restituì il giornale.

La signora Challis rimase lì, immobile, con gli occhi fissi sulla firma. Sembrava che stesse per piangere. «Grazie, signorina O'Sullivan».

«Chiamami pure Edie». E Edie sperò che il suo sorriso fosse tale da ingraziarsela, invece di dare l'impressione che stesse digrignando i denti.

«E io sono Sandra». E gli occhi di Sandra Challis si spalancarono così tanto che Edie vide le pagliuzze verdi nelle sue iridi azzurre. Era ancora immobile, come se si fosse dimenticata che ora doveva accompagnare i visitatori in palestra. Edie conosceva il detto «mai incontrare nella vita vera i tuoi eroi», ma in quel momento decise di rivoltarlo dal punto di vista degli eroi: «mai incontrare nella vita vera i tuoi ammiratori».

«Dopo di te, allora, Sandra», disse Sean, cercando di rimetterla in movimento.

Edie trasalì, aspettando la reazione di Sandra.

«Per lei sono ancora la signora Challis, ispettore», scattò la donna.

La palestra della scuola era molto più grande di come Edie la ricordasse. I loro passi riecheggiavano sulle tavole un po' consunte ma ancora lucide di un pavimento che aveva visto più di un secolo di bambini seduti a gambe incrociate mentre fingevano di ascoltare gli insegnanti. Edie sentiva quasi le grida e le risate e i singhiozzi dei ragazzini del passato, impegnati al volteggio sul cavallo con le maniglie o ad arrampicarsi sulla corda appesa al soffitto. L'orologio alla parete ticchettava avanzando verso le dieci, come per ricordare a tutti che il tempo scivola via come una corda tra mani infiammate.

Edie fu sbalzata indietro fino a una sera di dicembre del 1999. Sky era venuta a scuola da Edie invece di aspettare che tornasse a casa dopo il lavoro. Edie era in cima alla scala, proprio lì, nella palestra, ad appendere le decorazioni natalizie. Quando ne era scesa, si erano ritrovate sotto l'orologio, come una coppia di amanti che si fossero dati appuntamento in una stazione.

Sky si era messa su un ginocchio e le aveva teso il palmo della mano. Sopra c'era una scatoletta azzurra aperta a mostrare un anello con diamante. «Edie Katherine O'Sullivan», aveva detto. Aveva i capelli raccolti in due lunghe trecce. «Abbiamo passato insieme molti anni, ma io voglio davvero diventare tua moglie. La legge non ce lo permetterà, ma noi due possiamo saltare sulla scopa, organizzare una grande festa e cominciare una nuova vita insieme. Avremo dei figli e tutti i gatti che vorrai. Vuoi sposarmi?».

Edie aveva provato un'onda di panico. «Figli?»

«Lo so che ne abbiamo già parlato quando ci siamo messe insieme, e tu hai detto che non li volevi. Ma poi hai adottato Sean, e sei stata una madre meravigliosa. Adesso potremo essere le mamme di un figlio tutto nostro».

«Ho cinquantasei anni, Sky!». La voce di Edie, più forte del dovuto, era riecheggiata in tutta la palestra. «E alla fine di ogni giornata sono così stanca che praticamente non ci vedo più. Tra pochissimi anni Sean sarà un adulto, e io potrò andarmene in pensione e dedicarmi a qualcosa che mi piace, e non mi va di avere un bambino che gattona per casa».

Gli occhi di Sky erano lucidi. «E io? E quello che posso desiderare io?»

«Sei stata tu a dire che la differenza di età non aveva importanza. Sei stata tu a dire che eri d'accordo a non avere bambini». Edie puntava l'indice dritto contro Sky. Una rossa pallottolina di rabbia si stava gonfiando dentro di lei. «Non hai voluto nemmeno essere l'altro genitore di Sean. Dicevi che non ne saresti stata capace».

«Lo so. Ma negli ultimi anni ho davvero desiderato un bambino mio».

«E perché non me l'hai detto?»

«Te lo sto dicendo ora».

Mentre immaginava di sostenere Sky nel momento del parto, e di tenere in braccio insieme a lei il loro bambino e di allevarlo insieme, il cuore di Edie si gonfiava come vetro soffiato. Dopo di che visualizzò Sky incinta, e subito dopo Sky morente, come sua madre, la Vigilia di Natale. Non era più il 1956, ma i rischi di complicanze erano maggiori per una madre non più tanto giovane. E il cuore di Edie sarebbe andato in pezzi se avesse perso Sky.

«So che la mia gravidanza ti fa impazzire di paura, per via di tua mamma. Ma staremo benissimo. Ti prego, Edie. Pensaci, almeno». Mentre se ne stava lì davanti a lei Sky sembrava così giovane e accorata. I sedici anni che c'erano fra loro non erano mai sembrati tanto rilevanti.

«No», fu l'unica cosa che riuscì a dire.

«Ne ho davvero bisogno». La voce di Sky era tranquilla e ferita. «Mi piacerebbe tantissimo farlo insieme a te, o almeno con il tuo sostegno».

«Non avrai mai il mio sostegno per una cosa del genere. Si fa come dico io o non se ne fa niente».

«Ti prego». Sky si era messa su entrambe le ginocchia, e le tendeva i palmi in atteggiamento supplice, quasi per ricevere un sacramento.

Quella sua nuda disperazione riempiva Edie di paura e di rabbia. «Hai avuto ragione fin dall'inizio. Saresti stata una madre orribile». Un millisecondo dopo aver pronunciato quella frase, Edie fu sicura di aver messo fine al loro amore. Ma ormai non poteva rimangiarsela.

Il viso di Sky si annuvolò. Le lacrime sgorgarono.

Si lasciarono sotto quell'orologio, due amanti che si staccano invece di incontrarsi. Le scarpe da ginnastica di Sky frusciarono sul pavimento.

«Sei ancora con noi, Edie?». Sandra Challis, e Sean accanto a lei, la stavano fissando con espressione preoccupata.

Edie si trascinò a forza verso il presente concentrandosi sull'orologio com'era in quel momento, con ogni tic che scalpellava via il tempo che ancora mancava all'incontro di Sean per l'adozione.

Ma il menisco del passato non voleva lasciarla andare. Un capo della palestra era occupato da un palcoscenico invisibile. Edie ricordava di essere stata dietro le tende che lo nascondevano alla vista, in attesa della sua ultima assemblea scolastica. Era successo qualche settimana dopo che Sky l'aveva lasciata, e il giorno dopo l'evento che aveva cambiato ogni cosa. Là in piedi, con il cuore che era un pessimo attore, si era sentita come un cadavere in attesa di essere messo in mostra a una veglia funebre.

«Edie?», la chiamò dolcemente Sean, strappandola via da quelle tende.

Dovette far ritorno un'altra volta da quei remoti ricordi. Era lì per risolvere un puzzle.

«Sono queste le barre di legno di cui stava parlando?», le chiese la signora Challis mentre si avvicinavano alla spalliera alta fino al soffitto.

«Il segno che ho visto era grossomodo qui». Sean indicò col dito il centro delle barre, all'altezza della sua testa, e poi una piccola zona dove il legno era più chiaro. «È come se ci fosse stato sopra un nastro adesivo che poi è stato strappato».

«Non so quante volte ho detto agli insegnanti di usare sempre i giusti materiali per il loro lavoro», disse la signora Challis. «Sono peggio dei bambini. I bambini almeno posso metterli in punizione. Ma sono gli insegnanti che dovrebbero essere messi a sedere sulla panca dopo aver finito i compiti della giornata, rinunciando alla loro bottiglia di vino rosso. Forse allora la smetterebbero di rovinare i materiali che appartengono alla scuola e alla società».

«Be', è abbastanza vero». Ma Edie pensava che fosse meglio cambiare argomento. Le chiacchiere di quel tipo, come le grandi società nel corso del tempo, finivano sempre per degenerare. «Ti ricordi di un cartello appeso qui? Dev'essere stato… cosa?… due settimane fa al massimo», disse, alzando su Sean uno sguardo interrogativo.

Sean annuì. «È allora che l'ho visto». E mostrò alla signora Challis l'immagine che aveva sul cellulare.

«Lo ricordo, quel cartello. Mi ha fatto pensare che i miei giorni in salita, socialmente, professionalmente o letteralmente, erano finiti».

«Si ricorda chi l'avesse scritto, o chi l'avesse appeso lì?», le chiese Sean.

«Il signor Latimer fa spesso di questi manifesti "motivazionali" per le sue classi. Non funzionano affatto. I bambini sanno essere molto pigri», disse la signora Challis con un verso di disapprovazione.

«E non solo i bambini, Sandra», e Edie si chinò più vicino alla signora Challis nel tentativo di mostrarsi amichevole. «Come dicevi tu, anche gli adulti sanno essere neghittosi».

«*Neghittosi!* Era nel cruciverba di ieri! Sono stata molto orgogliosa di averlo capito».

Edie dovette impedirsi di strillare che era facilissimo da indovinare, e che era ovvio che la signora Challis ce l'avesse fatta, e che lei, Edie, aveva detto "neghittosi" solo per cercare di instaurare un legame che si potesse sfruttare. Sentiva quelle parole ammonticchiarsi dentro di lei fino a riempirle la bocca.

Ma in quel preciso istante i due battenti della porta si aprirono ed entrò un uomo alto con dei capelli sale e pepe. Aveva la schiena dritta come un manico di scopa e un abito su misura. Solo una spruzzatina di irritazione da rasatura sulla mandibola granitica esprimeva qualcosa di meno di autorità e precisione.

Edie ci avrebbe scommesso una bella sommetta che era il preside. «Allora siete qui, signora Challis!». L'uomo stava sorridendo, ma c'era come un bordo seghettato nella sua voce. E con la mano destra giocherellava con il fermacravatta.

«Mi scusi, dottor Berkeley», disse la signora Challis, sorridendogli da sotto in su e arrossendo bruscamente. Poi si tolse dalla tasca un fazzolettino piegato e stirato e si asciugò le gocce di sudore che le erano improvvisamente comparse ai lati del collo. «Stavo mostrando a questi ospiti la nostra palestra».

Ma il dottor Berkeley non la stava guardando. Era troppo impegnato a fissare Sean. «Lei è il poliziotto che è venuto qui da noi nella nostra scuola qualche settimana fa per la conferenza sulle droghe», disse poi. «L'hanno mandata a investigare sul signor Latimer?»

«Il signor Latimer?», chiese Sean voltandosi verso la signora Challis. «Sarebbe…».

«Il professore di ginnastica di cui vi stavo parlando».

Edie provò un prurito cripto-gelido di inquietudine. «Perché avremmo dovuto chiedere di lui?».

Il dottor Berkeley finalmente spostò lo sguardo su Edie con un sopracciglio alzato, probabilmente perché solo in quel momento aveva preso atto della sua presenza. Edie era piuttosto abituata a essere invisibile – perfino con i capelli tinti di arancione, le donne anziane tendono a sparire.

«Posso dirle una parola in privato, signora Challis?»

«Ma certo, signor preside». Il volto della signora Challis esprimeva la massima attenzione mentre frugava in quello del preside in cerca di ulteriori informazioni. Poi si voltò verso Edie e chinò un po' la testa. «Torno subito». E si portò alle labbra il giornale autografato come per recitare una preghiera, dopo di che seguì il preside attraverso la palestra e fuori dalla porta.

«A quanto pare hai una *fangirl*, zia Edie». Gli occhi di Sean brillarono.

«Lasciamole almeno la dignità di essere un'adulta, Sean».

«Una *fandonna*, allora».

«Se non fosse una fanatica dei cruciverba, non ci avrebbe mai fatti entrare. Non che qui dentro ci sia qualcosa da guardare. Perché diavolo il messaggio ci ha mandati qui?»

«Chiunque ti abbia inviato quei pezzi di puzzle voleva che notassimo qualcosa». E Sean cominciò a fotografare la spalliera per confrontarne le barre con quelle del puzzle.

Ma poi il preside aprì di nuovo le porte e fece entrare l'addetta alla reception. «Lascio la cosa nelle sue capaci mani, allora, signora Challis». Edie sospettava che non fosse la prima volta che diceva quella frase. La signora Challis sembrava il tipo di donna che sistema sempre i casini degli altri, e sempre con quell'aria di disapprovazione.

Sandra Challis barcollava un po' mentre si avvicinava agli ospiti, come se il suo solito equilibrio fosse stato modificato. Il giornale non l'aveva più, e al suo posto c'era un logoro registro che lei fissava corrucciata, come un puzzle che doveva risolvere. E si stava mordicchiando un labbro. Quando li raggiunse e alzò gli occhi, aveva lo sguardo di ghiaccio.

«Cosa succede, Sandra?»

«Avete parlato di pezzi di puzzle?». Le mani le tremavano.

«È successo qualcosa?»

«Il signor Latimer è stato trovato nel bosco, stamattina, con una ferita alla testa e una gamba rotta. L'hanno portato all'ospedale».

«E che cosa avrebbe a che fare con…».

«Pensano sia stato aggredito. E nella mano stringeva il pezzo di un puzzle».

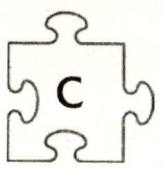

Otto

Il reparto ospedaliero in cui era ricoverato Carl Latimer puzzava di roba da mangiare chiusa in campane di plastica. Tutti i letti erano occupati. Un uomo piangeva dietro una tendina azzurra; un altro parlava al telefono, mentendo sul posto in cui si trovava con una persona cui voleva bene. Edie odiava gli ospedali quasi quanto le stazioni di polizia. Tutti luoghi che parlavano di morte. Almeno le decorazioni natalizie non avevano invaso anche il reparto. Il Natale non era il massimo dal punto di vista sanitario.

Latimer era seduto sul letto. Mentre si avvicinavano, Sean guardò l'orologio. Anche Edie lo fece. Mancava solo un'ora all'appuntamento per l'adozione.

«Dovresti andare, e magari tornare più tardi», gli sussurrò Edie.

Sean scosse la testa, ma lei vide che era molto combattuto.

«Di quale stazione siete?», chiese Latimer quando si furono seduti. Aveva una gamba ingessata, un gomito appeso al collo e il petto bendato. Le sue pupille erano come lune nere, gonfie di oppiacei, e la pelle era grigiastra. Somigliava poco all'energico vincitore della mezza maratona che Edie aveva visto su Google mentre si recavano sul posto. Le parole gli uscivano lente e un po' biascicate, e si teneva aggrappato alle spondine del letto come per cercare di trattenere le parole.

«Weymouth», rispose Sean.

«Speravo foste di Swanage. Il mio partner lavora là».

«Temo che dovrà accontentarsi di me», disse Sean. «Sono il detective ispettore Brand-O'Sullivan».

«E io la sua socia», disse Edie. Sean le scoccò un'occhiata severa. Le aveva chiesto di stare zitta durante l'interrogatorio e lei si era detta d'accordo, una cosa che non le veniva mai particolarmente facile. Cercò di distrarsi con qualche anagramma. *Latimer = altri me. Reparto = pretora. Bacinella reniforme = reclamabile inferno.*

Latimer però sembrava non notare nemmeno la sua presenza. Edie si mise in bocca un chewing gum e cominciò a masticare.

Sean tirò fuori il taccuino. «Vorrei farle qualche domanda sui fatti della notte scorsa».

Mentre arrivavano, Sean aveva parlato con il suo superiore, il capo ispettore Leyland, aggiornandolo sugli eventi. Leyland gli aveva detto chiaramente che finché non era assolutamente certo del fatto che Latimer fosse stato aggredito, e che non si trattasse di un incidente, non c'erano i presupposti per avviare un'indagine. Ma come il capo ispettore stesso aveva affermato, la presenza di un pezzo di puzzle era una coincidenza troppo inquietante per ignorarla. Quindi aveva dato istruzioni a Sean di interrogare ufficialmente Latimer. E aveva ordinato che fosse circondata con il nastro giallo tutta l'area in cui Latimer era caduto, in quanto potenziale scena del crimine, anche se per il momento non c'erano elementi per far venire il medico forense o la scientifica, o per mettere qualcuno di guardia alla zona.

Sean aveva provato a dire che senza un ufficiale della scena del crimine e la messa in sicurezza del sito, le prove sarebbero state contaminate. Ogni ulteriore prova sarebbe stata distrutta dagli intrusi, dagli agenti atmosferici, dagli animali ecc.

«Cosa vuole sapere?», disse Latimer, cercando con difficoltà di raggiungere il bicchiere d'acqua sul comodino.

Sean con delicatezza glielo avvicinò. «Per ora ci servono solo alcune informazioni generali. Nome e cognome, indirizzo, occupazione, data di nascita eccetera».

Latimer fece un sospiro esagerato, come se avesse un posto più importante deve andare rispetto a un letto d'ospedale dove tutte le persone intorno desideravano solo essergli d'aiuto. «Carl Benjamin Latimer. 25 Ashton Road, Weymouth. Nato il 13 marzo 1987. Insegnante di ginnastica presso la St. Mary. In cos'altro posso esservi utile?». Il suo sarcasmo era forte e amaro.

Edie lo immaginò marciare dietro gli ansanti ultimi di una corsa campestre, prendendosi gioco di loro. Aveva un risentimento di lungo corso contro gli insegnanti di educazione fisica.

Sean stava scarabocchiando qualcosa. «Ripercorriamo con precisione gli eventi accaduti prima del suo arrivo qui».

«Ero andato a correre, come al solito, e stavo facendo un buon tempo». Latimer parlava con difficoltà, con brevi sorsi di fiato, sorreggendosi le costole rotte. «Stavo migliorando il mio record. Tutto filava liscio. Ero quasi arrivato alla fine quando sono inciampato in qualcosa, come un grosso ramo messo di traverso sul sentiero. Sono caduto, malamente. Sentivo dolore, ma stavo per rialzarmi e per riprendere la corsa, capite cosa voglio dire, ogni secondo è importante, quando ho sentito qualcuno arrivare da dietro».

Sean alzò lo sguardo dagli appunti. «L'ha visto?»

«Ci ho provato, ma subito dopo ho sentito un dolore terribile alla testa, e tutto è diventato nero».

«Ricorda qualcos'altro?».

Latimer inclinò la testa, come se quel movimento potesse aiutarlo a far rotolare fuori i ricordi come sassolini. «Ho sentito della musica, e c'era movimento tra i cespugli, ma ce n'è sempre. Gli uccelli tra i rami degli alberi sembravano spaventati, ma sul momento ho pensato che fosse per via della mia presenza».

Ci scommetterei che l'hai pensato, si disse Edie, ma riuscì a controllarsi e a non dirlo. Si sentiva un po' come se stesse giocando a Shangai, con ancora poche bacchettine da togliere prima di far crollare il tutto. Ci giocava sempre con Sean. E presto, forse, ci avrebbe giocato anche con suo figlio. «Che musica era?».

Latimer corrugò la fronte. «E questa qui chi sarebbe?», disse, indicando Edie. Evidentemente era la prima volta che notava la sua presenza.

«Sono la sua prozia». Il tono di Edie era freddo come se l'avesse tenuto nella camera mortuaria dell'ospedale.

Sean le scoccò un'occhiata, cercando di dirle con gli occhi di stare zitta. Ma non lo disse con la bocca, così lei decise di andare avanti.

«E com'era suonata? La musica, dico».

«È autorizzata a farmi delle domande?», chiese Latimer a Sean. «Perché l'ha portata qui con sé? Si porta sempre dietro delle vecchiette?». Rise, e subito dopo si strinse il petto con la mano.

Qualunque forma di solidarietà avesse provato, Edie la sentì evaporare in un momento. La gomma che aveva in bocca era diventata morbida, così cominciò a formare una bolla. L'aria si riempì del profumo di ciliegia finta. Mentre la bolla diventava sempre più grossa, Edie non perse il contatto oculare con Latimer. I suoi occhi, pieni di orrore, sembravano diventare più grandi man mano che la guardava.

«Sembra un troll», disse Latimer. «Sa cosa intendo, vero? Uno di quei mostri con i capelli dritti sulla testa».

Sean contrasse la mascella. «Risponda alla domanda».

Latimer staccò lo sguardo da quello di Edie e rabbrividì. Sembrava non avesse mai visto un'ottantenne fare le bolle con il chewing gum. Cercò di incrociare le braccia sul petto, come un bambino che mette il broncio, ma subito gridò di dolore. «La canzone aveva qualcosa a che fare con dei quadri».

«*Picture to Burn* di Taylor Swift?», gli chiese Sean.

Edie fece scoppiare la bolla.

Latimer sussultò, con una smorfia dovuta dapprima al male, poi al disgusto di vederla appiccicare la gomma alla vaschetta di cartone accanto al suo letto.

«No, era una voce maschile».

Sean ci provò ancora. «*The Photograph* di Ed Sheeran?»

«No, era senz'altro *Quadri di... qualcosa*. Una vecchia canzone».

«*Pictures of Lily?*», chiese Edie, ricordando di quando ascoltava gli Who in camera da letto.

Latimer corrugò la fronte. «Forse, non saprei. Mi faceva pensare a qualcosa di gotico».

Edie sbuffò. «Non sarà stata *Pictures of You* dei Cure? Perché questa non si può dire che sia vecchia». Fece un calcolo a ritroso – doveva avere almeno trent'anni. Sky aveva ascoltato *Disintegration*, l'album di cui faceva parte, un'infinità di volte, talmente tante che Edie era arrivata a considerarlo il loro disco. *Lovesong* era stata il loro inno d'amore. E lei l'aveva deliberatamente evitata da quando Sky l'aveva lasciata.

Il tempo non si limita a volare, fa volar via le cose. Scarica il vecchiume sul bordo della strada e gli altri ci passano accanto.

«Quella!». Latimer sembrò animarsi per la prima volta da quando erano arrivati. «È quella la canzone!».

In quel momento Edie si rese conto di stare canticchiando, e che Sean la guardava strano.

«Credo provenisse da un cellulare. Un po' metallico, ma forte. Ho pensato che fossero dei ragazzini che ne stavano combinando una delle loro». Una pausa. «E ricordo che la musica è diventata più forte dopo che sono caduto».

«Quando il rumore di passi si è fatto più vicino?», chiese Edie.

«Immagino di sì».

«Le viene in mente qualcuno che potrebbe volerle fare del male, signor Latimer?», gli chiese Sean.

«A parte quelle pazzoidi delle mie ex?». Latimer rise, ma Sean no, e nemmeno Edie. «Il mio gruppo di corsa potrebbe farmi fuori per vincere una gara di tanto in tanto». E quando Sean lo mise per iscritto, Latimer aggiunse: «Scherzo. Nessuno vorrebbe farmi del male. Sono un fottuto sogno per tutti».

Edie alzò gli occhi al cielo. «Ci scommetto».

Sean diede una rapida occhiata all'orologio. Edie controllò il suo. Cinquanta minuti all'incontro. «Allora, cos'altro è successo dopo il black-out?»

«La cosa successiva che ricordo è che qualcuno mi scuoteva e gridava».

«Quando?», chiese Edie chinandosi in avanti.

«Le prime ore del mattino. Vedevo distintamente la persona china su di me con in mano la torcia del cellulare. E il grosso faccione del suo cane che cercava di leccarmi via il sangue».

«Non bisognerebbe permettere agli animali di farlo», disse Edie. «Possono prendersi qualche malattia dalla persona che sanguina».

Sean sospirò.

Edie si strinse nelle spalle. Era vero.

«Lei comincia a farmi perdere la pazienza, sa?». Latimer scoccò un'occhiata al pulsante per chiamare l'infermiera. «Devo sopportare una tonnellata di dolore, e lei se ne sta qui a trollare».

«È stato lei il primo a dire che somigliavo a un troll. E i troll trollano». A volte serve essere il genitore anziano di un millennial.

«Torniamo a ciò che è successo, vi spiace?». Sean lo disse in fretta. «Si è fatto dire il suo nome? Il nome della persona che l'ha ritrovata?».

Latimer scosse la testa, poi trasalì. «Ma ha chiamato un'ambulanza, quindi il nome dovrebbe essere stato registrato, non so».

«E cos'hanno detto i medici delle ferite che ha riportato?»

«Che il taglio alla testa può essere dovuto alla caduta, mentre l'altro, quello dietro il cranio, probabilmente è stato provocato da un colpo. Inoltre ho una costola rotta e in alcuni altri punti ci sono dei lividi. Il gomito destro è rotto, ma a quanto pare non può essere ingessato, quindi è una bella seccatura. Il ginocchio è la cosa messa peggio». Il labbro di Latimer cominciava a tremare. «Sembra che qualcuno abbia voluto farlo a pezzi».

Edie lo guardò fisso negli occhi. «A pezzi?»

«La rotula è in frantumi. Il dottore dice di non sapere se e quando potrò tornare a correre». Abbassò lo sguardo sulla sua gamba, e gli occhi gli si inumidirono. Un ragazzino che si sforzava di non piangere.

«Mi dispiace», disse lei. «Dev'essere una prova molto difficile per una persona come lei». E lo pensava davvero.

Una lacrima si staccò, e lui l'asciugò con il pollice. Poi corrugò le sopracciglia, e i suoi occhi si riempirono di rabbia. «A lei cosa gliene può importare?»

«Effettivamente lei non mi rende facile la solidarietà».

«L'ha scritto lei questo?», chiese Sean, mostrando a Latimer la foto ingrandita del cartello.

Latimer annuì. «Un classico incentivo motivazionale. Bisogna inculcargli un po' di fiducia in sé stessi».

«E non c'è niente nel testo che potrebbe fare arrabbiare qualcuno?», chiese Edie.

«Solo le persone deboli».

Sean controllò di nuovo l'orologio e si alzò in piedi per andarsene. «Se viene fuori qualcos'altro la contatteremo, signor Latimer».

«Il pezzo del puzzle», gli sussurrò Edie.

Sean chiuse gli occhi e annuì. «Ci hanno detto che lei aveva qualcosa in mano quando l'hanno trovata».

«Sì, una cosa piuttosto strana. Un pezzo di puzzle».

«I puzzle hanno qualche significato speciale per lei?», gli chiese Sean.

«Si prende un'immagine, la si spezzetta, e tu devi rimetterla insieme. Che senso ha?»

«Adesso dov'è, il pezzo ritrovato nella sua mano?». Edie lo disse cercando di nascondere l'eccitazione.

«Nel mio armadietto». E gli occhi di Latimer lo indicarono, vicino al letto. «Servitevi pure. Io non lo voglio».

Sean aprì l'armadietto e ci guardò dentro. Si infilò un paio di guanti di plastica e tirò fuori un vassoietto di cartoncino grigio. Sopra c'era un angolo di puzzle del bordo sinistro con sopra quella che sembrava essere una parete di mattoni con qualcosa di bianco.

Edie tirò fuori il cellulare dalla borsetta, rovesciando in giro fazzolettini di carta e un pacchetto di gomme. Se ne infilò una in bocca e ricominciò a masticare. L'aiutava a riflettere.

Dopo aver scattato una fotografia al pezzo di puzzle, lo ingrandì come Sean aveva fatto il giorno prima. Chi ha detto che un vecchio cane non può imparare nuovi giochetti? Anche se Edie era piuttosto un vecchio gatto.

«Cosa ci vedi?», chiese Sean.

«Il bordo di quello che sembra essere un segnale stradale, attaccato su un muro di mattoni».

«E qui sopra cosa c'è?»

«Solo la prima lettera, dopo è tagliato. "P"». Poi lo ingrandì ancora un po'. «E sul muro c'è anche qualcosa che potrebbe essere sangue».

«Farò venire qualcuno, gli chiederò di cercare un segnale stradale su un muro che cominci con "P", ma...».

«Sarà come cercare un chiodo di garofano in un sacco di chiodi».

«Perlomeno è qualcosa da cui cominciare». Sean si alzò e si incamminò fuori dalla stanza, già con il cellulare in mano.

Gli occhi di Latimer cominciavano a chiudersi, la bocca si abbandonava al sonno. Ora che Sean se n'era andato, era come se anche lei fosse sparita.

«Signor Latimer?».

Lui alzò appena le palpebre. «Che c'è?». Il tono era rancoroso.

«Faccia attenzione, me lo promette? Quando uscirà di qui, voglio dire. Ho la brutta sensazione che la persona che l'ha aggredita volesse ucciderla. Congratulazioni, lei non è morto e tutto quanto, ma quella persona potrebbe tornare per finire il lavoro».

Latimer la sbeffeggiò. «Che ci provi».

Edie ebbe una fiammata di collera. «Sto solo cercando di tenerla in vita».

«Torni pure nella sua casa di riposo per vecchiette».

«Le vecchiette a volte ne sanno più di lei, hanno visto più cose di lei e, come lei ha appena dimostrato, sono sostanzialmente invisibili».

Sean tornò indietro e si fermò in piedi accanto alla sedia di Edie.

«Se avesse avuto con sé una vecchia signora, ieri sera», aggiunse Edie alzandosi in piedi, «avrebbe potuto dirle cosa è accaduto. O impedire che accadesse».

Latimer esplose in una risata sardonica. «Certo, come no!».

«Le vecchie signore non portano sempre abiti di tweed, sa?».

Latimer voltò la testa dall'altra parte. Certa gente si rifiuta semplicemente di accettare un buon consiglio.

«Ma tu porti sempre un abito di tweed, zia Edie», le sussurrò Sean mentre si avvicinavano alla porta.

«Vero. Ma questo è un Vivienne Westwood, tesoro».

Nove

«Quell'orso mi fissa». Edie stava guardando attraverso lo specchietto retrovisore il gigantesco orso di pezza giallo che Sean aveva comprato al negozio dell'ospedale. Ovunque andasse, ormai, non faceva che trovare qualcosa che sarebbe stato perfetto per Juniper. Edie gli aveva spiegato che porta male comprare le cose in anticipo. Sean le aveva risposto che secondo lui era più come cercare di rendere manifesta l'adozione comportandosi come se fosse già stata decisa, dopo di che l'aveva presa in giro per le sue sciocche superstizioni.

E ora l'orso era seduto in mezzo al sedile posteriore, con gli occhietti d'ambra che lampeggiavano a ogni lampione acceso.

«Ti tiene d'occhio», disse Sean, tenendo invece i suoi, di occhi, sulla strada. «Vuole proteggerti nel caso il nostro creatore di puzzle si riveli un tipo pericoloso».

«Se avessi bisogno di guardie del corpo per proteggermi da ogni minaccia a opera di esperti di puzzle, non credo basterebbe un orso alto un metro. A ogni modo, qui sono io la persona più anziana: quindi sono io a proteggere *te*».

«Sai che ti voglio bene e che ti sono grato per tutto ciò che hai fatto per me, Edie, ma oggi sono un ufficiale di polizia sposato e sulla trentina. Puoi lasciar fare a me, ormai».

«Mai. Mi pongo pochissimi obiettivi nella mia vita, e uno è fare in modo che tu sia sempre al sicuro».

Edie fissava davanti a sé senza sbattere le palpebre, mentre il vetro sembrava mostrarle alla moviola i suoi ricordi. In piedi davanti all'incubatrice di Sean, nell'Unità Neonatale, i giorni seguenti alla sua nascita, mentre i suoi piccoli polmoni imparavano lentamente a respirare. In piedi accanto alla fossa di Duncan, Melissa e William, tenendo per mano Sean che con l'altra stringeva il suo elefantino di pezza per la zanna imbottita. C'era una fotografia di lei che gettava una palata di terra sopra le bare, due grandi e una di una piccolezza straziante, vicino a tutte le altre. Con la tuta argentata, i capelli rosa lisciati all'indietro, sembrava un po' un cavaliere con una piuma sull'elmo nell'atto di sfidare la morte ad avvicinarsi ancora.

«Ciò nonostante», disse Sean, «da adesso in poi devi lasciare tutta questa faccenda a me. Chiaro? Se dovessi ricevere qualcos'altro, dovrai cederlo a me senza lasciarti coinvolgere».

«Come se potessi».

«Edie...».

«È il tuo lavoro, non il mio. Io non sono qualificata, tu invece sì. Non hai ragione di preoccuparti».

Arrivò una chiamata dagli speaker, era Liam.

«Sto arrivando, amore», disse Sean, prima ancora che Liam riuscisse a dire qualcos'altro. «Dovrei farcela ad arrivare in tempo, o subito dopo l'inizio delle formalità».

«Avevi detto che saresti stato qui con me fin dall'inizio». La voce di Liam era spinosa come un riccio di mare. «È per questo che ti eri preso la mattina libera, perché potessimo prepararci insieme».

«Lo so, ma poi si è presentato un caso».

«Ma certo. Non sarà quella roba dei puzzle con cui Edie ti ha affascinato ieri?».

Sean sussultò.

«Guarda che sono qui, Liam», disse Edie con voce piatta.

Un istante di silenzio.

«Ti racconterò tutto più tardi», si affrettò a dire Sean. «Passo a lasciare Edie a casa e vengo subito da te. Forse, al ritorno, indipendentemente da come andrà, posso comprare qualcosa di buono per cena. Qualcosa di tua scelta».

«Vediamo, sì». La voce di Liam era tesa.

«A tra poco. Ti amo».

Liam chiuse la comunicazione senza rispondere.

Sean fissava oltre il parabrezza come un orsacchiotto dagli occhi di vetro. Edie sapeva che odiava deludere le persone. Il minimo indizio di conflitto gli faceva torcere le viscere come un pesciolino. Ma doveva imparare ad affrontare quel genere di situazioni, ora che aveva una figlia.

Edie incrociò le braccia sul petto e accavallò le gambe, colpendo col ginocchio artritico il vano portaoggetti. «Non puoi mettere me o il tuo lavoro prima della tua famiglia, Sean. Credimi».

«Tu *sei* la mia famiglia, Edie. Sei mia zia, la mia guardiana». Una pausa. «La mia mamma».

Edie cercò di controllare un sussulto, ma il suo cuore accelerò. Lui non la chiamava quasi mai così.

«E in quanto famiglia verrai per Natale?».

Quindi l'aveva appena chiamata mamma perché stava cercando di convincerla a fare qualcosa che lei non voleva. «Assolutamente no».

«Cosa pensi di fare, tutta sola?»

«Ho i miei gatti. Non sono mai sola».

«Ma farai pure qualcosa di speciale».

«Tratterò il giorno di Natale esattamente come tutti gli altri giorni: mi alzerò alle sei, farò la mia solita passeggiata, un po' di puzzle, un po' di cruciverba, poi guarderò uno spettacolo su YouTube, andrò a trovare Riga e mi ubriacherò piacevolmente… Con un po' di fortuna, non mi ricorderò nemmeno che è Natale».

«A noi farebbe tanto piacere se tu venissi».

Edie scoppiò a ridere. «Vuoi scherzare. Liam vuole che venga da voi per la cena di Natale?».

Sean non disse niente.

«Ecco. A ogni modo», riprese Edie, «questo sarà il vostro ultimo Natale senza figli. Tu e Liam dovreste concedervi tutto il sesso e il romanticismo del mondo, fintanto che potete».

«*Zia Edie!*».

«Non dirmi che non è vero. Presto saranno molte notti insonni, e niente notti di bagordi. L'ultima cosa di cui avete bisogno è di avermi con voi con un orribile maglione natalizio».

«Tu con un maglione natalizio sarebbe l'evento dell'anno, per me». E sorrise a quell'immagine. «Comunque ogni tanto ci farai da babysitter, vero, quando avremo la bambina?». L'urgenza con cui lo disse la fece sciogliere un po'.

«Chi altro potrebbe insegnare alla piccola come risolvere un cruciverba, e altre competenze essenziali per la vita?».

Sean sorrise. «Se dovessi cambiare idea riguardo al Natale, sappi che ci sarà comunque abbastanza da mangiare anche per te».

Imboccarono la sua via mentre il silenzio riempiva l'abitacolo, insieme a una certa tristezza. Sapevano entrambi che lei non cambiava mai idea.

Edie guardò Sean andare via, con il sistema di navigazione satellitare già in funzione per individuare il caffè di Swanage dove lui e Liam avrebbero incontrato l'assistente sociale. Recitò velocemente una preghiera a santa Monica, la patrona dei genitori e dei bambini sperduti, chiedendole di fare di lui il genitore che desiderava essere.

«Edie!». Un grido ansimante arrivò dal vialetto d'accesso alla fine della strada. Lucy Pringle stava correndo verso di lei in shorts e canottiera, un abbigliamento decisamente fuori stagione. Aveva la pelle rossa e macchiata, la coda di cavallo pendula e sudata.

Lucy si fermò davanti a Edie e si piegò in due, con le mani sulle ginocchia. E mentre si raddrizzava premette *stop* sul suo smartwatch. «Non male. Venti secondi meno di ieri».

«Molto bene», disse Edie, senza alcuna sincerità. «Sarai contenta». E si voltò per andar via, ma Lucy le posò una mano sudata sulla spalla coperta di tweed.

«Speravo proprio di incontrarti. Poco fa ho ricevuto un pacchetto indirizzato a te».

Una sensazione di gelo scivolò lungo il collo di Edie come nevischio.

«Se aspetti un secondo te lo porto. Oppure potresti venire un momento da me?»

«Preferisco restare qui», rispose Edie.

Lucy attraversò al piccolo trotto la strada fino a casa sua. Prese un pacco avvolto nella carta marrone dallo scaffale del portico e tornò lentamente indietro, tenendolo in mano. «Eccolo».

Edie guardò l'etichetta stampata con la scritta «Alla Solutrice Pensionata». Dentro, lo percepiva attraverso il pacchetto, c'erano altri pezzi di puzzle.

«La polizia cerca testimoni per un incidente verificatosi nei Godlingston Woods la notte scorsa. Un insegnante della scuola locale è stato abbandonato ferito ma in condizioni stabili. Se avete visto qualcosa di sospetto attorno alla mezzanotte, per favore chiamate la polizia di Weymouth al...».

L'assassino cercava di concentrarsi sulle parole che uscivano dalla radio, ma era come se le campane di una chiesa gli facessero din don all'orecchio. Non c'era niente di solido. Si aggrappò al bordo della scrivania, ma anche quel ripiano gli sembrava fatto d'acqua.

Aveva ucciso Carl. Ne era sicuro. Non gli aveva controllato il polso, ma aveva sentito che dalla bocca non gli usciva più un respiro. Una prova assolutamente schiacciante.

Ma se non era un trucco o una trappola della polizia, Carl era sopravvissuto. L'assassino si chiese se la sua preghiera interrotta fosse stata intercettata da un dio impostore, o dal Signore del Caos, che aveva mandato all'aria tutti i suoi piani. Ma doveva tornare all'ipotesi più probabile: che fosse stato proprio lui a incasinare tutto. Di nuovo.

E così adesso avrebbe dovuto rimediare ai suoi errori, ma come? Forse doveva aspettare che Latimer tornasse a correre, ma con una gamba rotta quanto tempo ci sarebbe voluto? L'assassino aveva mandato a monte i suoi stessi piani prima ancora di iniziare l'opera.

Ma doveva restare in azione. Il pensiero di prendersi la vita della prossima vittima lo faceva piangere, ma c'erano talmente tante cose che doveva recuperare, così tanti Natali andati male. *Questo* era il modo in cui avrebbe dimostrato a tutti il suo valore. Pezzo dopo pezzo, omicidio dopo omicidio, avrebbe reso perfetto il Natale.

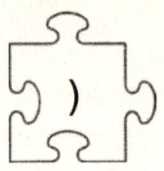

Dieci

Sean parcheggiò subito e schizzò via sul lungomare di Swanage. Il nevischio gli pungeva il cranio da fuori, i pensieri da dentro. Cosa avrebbe pensato, l'assistente sociale, del suo ritardo? Avrebbe testimoniato contro di loro il fatto che avesse scelto di incontrarli in un caffè? E se avesse già rovinato tutto prima ancora che l'incontro avesse luogo?

Sean rallentò avvicinandosi al Cellar Bar, annidato sotto il cinema Mowlem, affacciato su Swanage Bay. Lui e Liam erano andati lì per bere un Martini espresso al loro primo appuntamento, otto anni prima, e da allora erano rimasti sempre insieme.

Liam era seduto a un tavolo d'angolo; davanti a lui c'era una donna, probabilmente l'assistente sociale. Aveva i capelli rosa legati in una crocchia un po' disordinata, e indossava un maglione marrone di due taglie più grande. Dagli speaker usciva *All I Want For Christmas Is You*, di Mariah Carey, potentissima. Sean decise di interpretarlo come un segno del fatto che tutto sarebbe andato bene.

Liam alzò lo sguardo e il sollievo gli inondò il viso, subito seguito dall'irritazione.

Sean si chinò su di lui per abbracciarlo e dargli un bacio sulla guancia. Liam gli diede una pacca sulla spalla. «Scusatemi, sono in ritardo», disse Sean, infilandosi nel posto libero. Oltre la grande vetrina, il mare agitato sembrò immobilizzarsi, come in ascolto. «Il traffico a Weymouth è terribile».

La donna lo guardò sbattendo le palpebre: aveva gli occhi enormi dietro le lenti spesse e rotonde. Sembrava un po' un gufo scettico.

«E comunque», aggiunse, «sono partito un po' troppo tardi».

«Liam mi ha detto che saresti scappato via da un caso importante». E gli tese una mano tintinnante di braccialetti. «Io sono Sunny, l'assistente sociale che si occupa di Juniper».

Si strinsero la mano. «E come sta Juniper?». Sean rivide con gli occhi della mente la bimba di quattro anni dai capelli rosso-dorati che in ogni fotografia se ne stava senza sorridere appoggiata al muro o alla porta più vicina, con le mani dietro la schiena. La prima volta che aveva visto quella foto e letto la sua biografia nel pieghevole strappacuore pieno di bambini senza famiglia (quanto aveva rimproverato Edie per averlo soprannominato "catalogo Postalmarket degli adottabili"), aveva provato un senso di affinità che la sua terapista lo stava ancora aiutando a comprendere. E poi, quando l'aveva conosciuta, a un picnic al Lodmoor Country Park, lei era andata a sedersi sulla loro coperta con una scatoletta di Lego. Avevano costruito una torre per circa un'ora, senza dire una parola.

«Non vede l'ora che arrivi Natale. Ha già preparato la calza».

Sean si portò la mano al cuore al pensiero di tutto quello che avrebbero potuto fare con Juniper il prossimo Natale se tutto fosse andato bene – il trenino degli elfi di Weymouth, le pantomime al Pavilion, il Polar Express con il trenino a vapore di Swanage... Edie non l'aveva mai portato nemmeno a vedere Babbo Natale.

Liam prese la mano di Sean e la strinse. «Allora, cosa vorrebbe sapere di noi?»

«In realtà ci sono due o tre cosette che vorrei sollevare con entrambi prima di procedere. Primo, la madre biologica di Juniper si è messa in contatto con noi – è incinta al quinto mese ed è in estrema difficoltà. Non sappiamo ancora se vorrà farsi carico del bambino, o quali servizi sociali potranno aiutarla, ma come sapete, se è possibile tenere insieme i fratelli, noi lo preferiamo. Quindi, mi stavo chiedendo se...».

Sean e Liam si guardarono. «Sì», dissero all'unisono.

Sean sentiva il suo cuore gonfiarsi fino al doppio delle sue dimensioni normali. «In caso non fosse chiaro, ci piacerebbe molto adottare anche il fratellino o la sorellina di Juniper».

Sunny sorrise. «Speravo proprio che lo diceste».

«La mamma di Juniper ha qualcuno che si prenda cura di lei?», chiese Sean.

Sunny annuì. «Sta ricevendo tutte le cure possibili. Il che mi porta all'ultima cosa di cui voglio parlare con voi, prima di chiacchierare un po' del più e del meno. Una cosa che vorrei chiedere a te, Sean».

Sean rabbrividì. Fuori, grandi onde si gonfiavano, la schiuma spruzzava fin oltre il muretto del lungomare. «Chiedi pure».

«Ho letto nel tuo file che sei appena stato promosso detective ispettore».

«È esatto». La paura crebbe ulteriormente dentro di lui. E se il suo lavoro avesse impedito a lui e Liam di diventare genitori? Come avrebbe reagito Liam?»

«Sean ha passato l'esame con i voti più alti di tutta la regione», si intromise Liam. E l'orgoglio trapelava chiaramente dalla sua voce.

«Significa che dovrai affrontare più o meno situazioni pericolose?», chiese Sunny. «Juniper ha già vissuto dei momenti difficili. Devo essere sicura che la sua vita domestica sia stabile e sicura».

Sean si sforzò di tenere giù il livello dell'ansia, in modo di parlare con voce salda e serena. «È ciò che anche noi vogliamo per lei. E anche se quando ero un semplice agente mi sono trovato ad affrontare un certo numero di situazioni rischiose, ora che sono diventato detective me ne capiteranno molte meno. E più farò carriera in polizia, più mi occuperò solo del lavoro d'ufficio. Gli unici rischi che correrò saranno quello di tagliarmi con un foglio di carta o di farmi male con la macchinetta che fa i buchi».

Lo sguardo artificialmente ingigantito dell'assistente sociale non ne sembrava troppo convinto. «Devi essere sincero con me. Solo così andrà davvero tutto bene».

«Capiterà sempre qualche rischio, questo non lo posso evitare. Ma sono sicuro che non sarà un problema».

«Sembri particolarmente stressata», disse Riga quando Edie si sedette al grande tavolo della sua cucina. Riga indossava uno dei molti maglioni natalizi della sua collezione. Questo era rosso, un po' aderente, il ritratto dell'eleganza se non fosse stato per le parole «Amo il Pacco di Babbo Natale» ricamate sul davanti. «Guardami. Mostrami le tue iridi».

Edie alzò gli occhi al cielo.

«Non è quello che intendevo dire, ma non importa. Ho visto

quanto basta». Riga andò nella serra, camminando lentamente. Il rumore delle sue forbici da potatura che scattavano qua e là interruppe il canto di un pettirosso. Tornò indietro con qualche ramoscello di camomilla, timo e salvia, li mise in una pentola sul fornello e bisbigliò una preghiera a Ecate. Poi aprì i cassetti da speziale sul lavandino e prese qualche pizzico di varie erbe essiccate. Edie era abituata a vedere Riga preparare le sue pozioni – finché quelle erbe erano messe in infusione in brandy e zucchero, non le importava di berle.

«Allora, cos'è successo?», chiese Riga.

Edie l'aggiornò sugli eventi della giornata, e in conclusione le raccontò di aver ricevuto dei nuovi pezzi di puzzle.

«Allora è per questo che hai portato il vassoio da puzzle. Temevo che volessi costringermi a farne uno insieme a te».

«Mai più. Ho imparato la lezione».

L'unico tentativo che Edie avesse mai fatto di appassionare la sua amica ai puzzle era finito con Riga che scagliava pezzetti di puzzle in giro per tutto il pavimento per la frustrazione. Perfino il carlino Nicholas li aveva annusati con aria disgustata.

«Sei così brava a fare da cassa di risonanza per i miei cruciverba, che pensavo di poter parlare con te anche di questo puzzle».

Riga alzò le sopracciglia meticolosamente dipinte. «"Cassa di risonanza" mi fa sembrare un po'… piatta».

«Facilitatrice, allora».

«Ecco, molto meglio».

Edie posò il vassoio sul tavolo e ci stese sopra la versione cartacea dei primi pezzi di puzzle che aveva ricevuto, insieme a quello che aveva tenuto nascosto a Sean.

«Li hai fatti tu?».

Dal tono di voce di Riga, Edie non capì se la stesse prendendo in giro per la sua arte. Raddrizzò la schiena, sulla difensiva. «Lo so che non sono perfetti. Ma avevo fretta».

«Era solo un'espressione di meraviglia. Sono esattamente come li ricordavo io».

«È facile quando hai le foto». Edie fece scorrere le immagini sul cellulare. «E ho potuto usare quelli di oggi per la scala». Aggiunse i pezzi della busta imbottita che le aveva dato Lucy Pringle. «Questi tre si aggiungono alla sezione che rappresenta la scena del crimine, e che probabilmente sta al centro del puzzle. Le stesse piastrelle bianche e nere, ma con delle foglie di agrifoglio sparse qua e là».

«Niente fa Natale come un po' di fogliame festivo e il contorno di un cadavere sul pavimento». Il tono di Riga era secco come i suoi Martini al timo.

«Gli altri cinque, comunque, sono ancora più utili». Edie ne mise sul tavolo uno che conteneva la lettera successiva del cartello stradale: "O".

«"PO"», mormorò Riga. Poi si chinò in avanti e prese un certo numero di mappe della città dall'incasinato contenuto di un cassetto.

«Sono secoli che non ne vedevo una», disse Edie.

«Io continuo a sentirmi più a mio agio nel mondo analogico». Riga le passò in rassegna tutte fino alla fine. «Se ipotizziamo che le vittime abbiano a che fare con le aree di Weymouth, Swanage e Studland, abbiamo Pocket: Lane, Street o Avenue; Point Road o Lane; Pointer Lane; Polar Road e varianti; Poole Road e varianti; Pound Street e...».

«Aspetta», disse Edie, tirando fuori un taccuino e appuntandosi il nome di tutte le possibili strade. Questo tipo di esame capillare la faceva sentire a suo agio. Ma anche così, non era detto che dovessero limitarsi a quella zona.

Seguendo le regole dei cruciverba, sarebbero dovute passare all'indizio seguente. I successivi due pezzi si incastravano a formare l'acronimo "VIP".

«"VIP"», disse Riga. «Una Persona Molto Importante, quindi forse un dignitario, un consigliere? O una persona famosa?»

«Può essere». Ma Edie sapeva che quasi sempre la prima risposta, a meno che si trattasse di un mini-puzzle o di uno particolarmente facile, era una falsa pista. «Però le lettere si incastrano, quindi forse potrebbe essere un'insegna».

«Magari un'area VIP all'interno di un club? Che bei tempi quando li frequentavo negli anni Sessanta». Gli occhi di Riga erano appannati sia dall'età che dal glaucoma. «C'è qualcosa del genere a Weymouth?»

«Come faccio a saperlo?». Edie masticò una gomma per cancellare il sapore di medicinale della bevanda di Riga. «Che ne dici di dare un'occhiata al terzo indizio?». E mise giù gli ultimi due pezzi di puzzle. Una volta accostati, rappresentavano una sorta di 8 fatto di corda intrecciata. «Il simbolo dell'infinito, inventato dal matematico John Wallis nel 1655». Edie ne aveva utilizzato spesso delle varianti nei suoi cruciverba. «Chiamato anche lemniscata nella geometria algebrica. O otto sdraiato nella marchiatura del bestiame. Però è anche un altro modo di scrivere la lettera greca omega. Ma potrebbe essere anche il simbolo della piattaforma Meta, come per Facebook e Instagram. A volte l'ho usato anche come indizio per la risposta "nastro di Möbius"».

«Può significare molte altre cose in culture differenti», disse Riga, gentile come al solito, cercando di ricordare a Edie che c'è tutto un mondo fuori oltre a quello dei fatti e dei puzzle. «Per esempio pace, tranquillità, amore infinito e la sopravvivenza dell'anima oltre il corpo. Forse significa che la morte di una persona non è la fine».

A quel pensiero Edie sentiva freddo. «Tutto ciò espande le possibilità, invece di restringere il campo». Edie provava la rara sensazione di essere scavalcata da una compilatrice migliore. «Forse la corda può aiutare?». Stava arrivando alla disperazione.

«In che modo?»

«Non ne ho idea». Edie sputò con discrezione la gomma nel fazzoletto che teneva nella manica. Poi lesse per l'ennesima volta il biglietto dattilografato che aveva trovato nella busta insieme ai pezzi di puzzle.

> Questi pezzi sono solo per te. So che sai come tenere un segreto. Forse potrai usarli per impedire una morte, invece che per esserne corresponsabile. Se li porti, questi o altri, alla polizia, sia tu che il detective Sean sarete nel mio mirino.
> Riposa in Pezzi

Riga guardò da sopra la sua spalla senza toccare il foglio. «Non va per niente bene».

«Sei una maga delle iperboli, Riga».

«Cosa pensi che significhi "sai come tenere un segreto"?».

Edie scosse la testa. «Non lo so». E non aveva la minima voglia di rifletterci sopra. I segreti vanno lasciati in fondo al mare.

«Bene, cercheremo di non fartene una colpa se non ci arrivi al primo tentativo. Non si può risolvere un puzzle senza avere tutti i pezzi».

«Ma è esattamente quello che devo fare, se voglio impedire a qualcuno di morire».

«E cosa ne dice Sean di questa nuova serie di pezzi?».

Edie non rispose.

«Non gliel'hai ancora detto, vero?»

«Ha detto chiaramente che non dovevo lasciarmi coinvolgere. Ma io non voglio essere tagliata fuori dalle indagini». Il puzzle ormai l'aveva catturata.

«Promettimi che glielo dirai domani mattina».

«Forse». Edie non faceva mai promesse che non poteva mantenere.

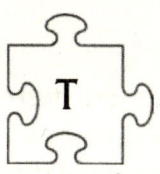

Undici

Una nuova ghirlanda di fiori decorava la porta quando Sean arrivò a casa, non molto dopo Liam. Eucalipti, lavanda e cardi creavano degli spunzoni che si irraggiavano da un ciuffo di licheni delle renne coperto di rose di un rosso intenso insieme a gelsomini e melograni spaccati in due. Dei tralci d'edera scendevano fino allo scalino come la coda di una cometa.

Sean si chinò per annusare il gelsomino, cogliendo un sussurro dello spirito natalizio.

La porta si aprì e Liam era là, che gli tendeva le braccia.

Sean mise giù il grosso orsacchiotto giallo e le buste con la cena da asporto che aveva comprato tornando a casa. «È bellissima», disse mentre si abbracciavano. «La più bella che tu abbia creato finora».

«Volevo fare qualcosa che somigliasse a una ghirlanda della buona fortuna».

«Credo proprio che abbia funzionato. A Sunny siamo piaciuti tantissimo! Un altro passo e avremo la nostra piccola famiglia».

«Forse non così piccola come avevamo pensato».

«Lo spero». Mentre tornava a casa, Sean si era chiesto se fosse il caso di comprare una bottiglia di champagne per festeggiare, ma poi aveva deciso che era meglio non tentare il fato. Avevano dovuto affrontare tante difficoltà per arrivare a quel punto. Ma secondo Sunny tutto stava andando a meraviglia. Non vedeva l'ora di dirlo a Edie.

Portò in cucina i piatti da asporto dell'India meridionale, fermandosi un attimo per baciare Liam sotto il grosso ciuffo di vischio appeso sulla soglia. Liam aveva preso in braccio l'orso, creando un tenero *ménage à trois*.

Intavolati i piatti, Liam prese un pezzo di *dosa* e lo mise sul piatto di Sean, dopo di che si servì un grosso pezzo di pesce avvolto in una foglia di banano. «Allora, vuoi dirmi perché c'era Edie in macchina con te? È per via della faccenda del puzzle?»

«Sì». Sean mise un cucchiaio di *aloo masala* sul suo *dosa*. Poi ne mangiò un boccone e subito si rese conto di quanto fosse affamato. «Un uomo è stato trovato ferito e privo di sensi nei Godlingston Woods, e aveva in mano un pezzo di puzzle».

Liam alzò un sopracciglio. «Stai parlando di Carl Latimer?»

«Lo conosci?»

«Fa parte di uno dei miei club di corsa. Su WhatsApp era circolata la notizia che aveva avuto un incidente nel bosco».

«Forse non è stato un incidente. È la persona che sono andato a interrogare in ospedale».

Le sopracciglia di Liam scattarono ancora più su. «Ma starà bene, vero?».

Sean annuì. «Sì, anche se difficilmente potrà tornare a correre con voi».

«A ogni modo non è mai stato molto veloce». Liam lo disse con la sua voce spiritosa, ma era impallidito e le mani gli tremavano un po'. Non sopportava la violenza. «E tutto ciò ha a che vedere con il puzzle di Edie?»

«Il sangue sul pezzo che Carl aveva in mano sembra suggerire che ci sarà un altro delitto».

A questo punto ormai Liam era grigiastro e in preda alla nausea. «Ma sangue vero?».

Sean sapeva di non dover dire altro, ma non sopportava di vedere Liam così sconvolto. «Sembra che l'immagine sia stata alterata con Photoshop, ma i pezzi saranno mandati alla scientifica. Sembra che la persona che ha creato il puzzle voglia sfidare Edie a risolvere gli indizi prima che altre persone si facciano male».

«Ma perché proprio lei? Voglio dire, so bene che Edie è capace di trasformare la persona più collaborativa in un nemico giurato».

«Ieri ho pensato che potesse essere uno dei suoi fan, ma oggi non lo penso più».

Liam sembrava ancora molto nervoso. «Pensi che Edie sia in pericolo?»

«Chiunque le abbia spedito i pezzi sembra volerla stuzzicare più che minacciarla. Sembra più un modo per mettere in mostra il proprio ego». Ciò nonostante, il fatto che l'unica persona che gli fosse stata accanto per tutta la sua vita potesse essere in pericolo rendeva Sean ancora più determinato a tenerla fuori da quella storia.

«Ma che rapporto può esserci tra lei e Carl?».

Sean intinse un pezzo di *dosa* nel delizioso *sambar*. «Non lo so». Ma era una cosa che lo inquietava. Soprattutto perché aveva avvertito chiaramente che Edie gli stava tacendo qualcosa.

Liam assaggiò il pesce. «Forse dovresti frugare nel passato di tua zia».

«Cosa intendi dire?»

«Avanti, amore. Se si trattasse di chiunque altro, avresti cominciato a frugare nella sua storia fin dal primo istante. E se fosse proprio lei ad aver fatto qualcosa di male? Ricordi tutte le domande che mi ha fatto quando ci siamo messi insieme? E che ha fatto di tutto perché tu ti tirassi indietro?».

Sean si sentiva sempre in conflitto ogni volta che Liam parlava di Edie, o Edie di Liam. E lui era sempre quello preso nel mezzo. «Stava solo cercando di essere protettiva. Le ci vuole molto tempo per fidarsi di qualcuno. Non è proprio come provocare qualcuno perché commetta un omicidio».

Liam non ne sembrava troppo convinto. «A patto che questo far west rivolti solo la sua vita, e non anche la tua».

«Lo so. Non voglio mettere a rischio l'adozione per qualcosa che sta succedendo solo a me».

Liam gli prese la mano. «No, non è quello che volevo dire. Io ti amo. Non posso perderti».

Più tardi, sul divano davanti al fuoco, Sean scartò dei Ferrero Rocher e si mise a mangiarli. Ne aveva comprato una grossa confezione per le feste, ma ormai Natale era piuttosto vicino. Poteva sempre comprarne un'altra. Si rivolse a suo marito. «Mi dispiace davvero di non aver passato la mattina con te e di essere arrivato in ritardo. Avrei dovuto dare la priorità a noi due».

Liam aprì un braccio come un'ala e Sean ci si accoccolò dentro. Liam appoggiò la testa su quella di Sean. L'orsacchiotto era seduto nella grande poltrona del bovindo, e sembrava sorridere. «So che succederà ancora, qualche volta. È il tuo lavoro. Non è come se mi dessi buca per andare in palestra».

«Isla ne sarebbe felicissima, se mi offrissi volontario un po' più spesso». Isla era la personal trainer di Sean, le rare volte in cui lui si faceva vedere. Avrebbe dovuto ricontattarla; gli aveva mandato un messaggio per ricordargli che il giorno dopo ci sarebbe stato un boot camp sulla spiaggia. Non che Liam gli avrebbe permesso di dimenticarlo. Quando ci andavano insieme, Sean era senz'altro il meno entusiasta. Le avrebbe risposto più tardi, senza menzionare il cibo da asporto o il mucchietto di involucri di Ferrero Rocher. «Anche tu andrai a correre, domani?»

«Dipende da cosa faranno gli altri. Dato che Carl stava correndo da solo, non avrei molta voglia di farlo anch'io, capisci?»

«Ma certo».

Restarono per un po' in silenzio, guardando il fuoco torcersi e dimenarsi. Sembrava danzare nei lucidi occhietti di vetro dell'orso.

«Come lo chiamiamo?»

«Cosa?»

«L'orso».

«Aberystwyth». L'accento di Liam migliorava notevolmente quando pronunciava i nomi dei luoghi della sua terra.

«Perché?»

«Perché avevo battezzato il mio primo orsacchiotto Carmarthen, quindi quel nome è già stato preso».

Sean diede a Liam un bacio al cioccolato con le nocciole. «Mi sembra che abbia senso. Vada per Aberystwyth».

«Juniper l'adorerà». Liam fece una pausa. «Con un po' di fortuna, pensi che potremo avere Edie per Natale?». Lo disse in un tono che alludeva a possibili complicazioni.

«La stessa fortuna che ci vorrebbe per dar vita ad Aberystwyth e fare insieme un picnic natalizio».

Liam si girò e mise i piedi in grembo a Sean. «Pensi che potrà mai superare il passato?»

«Lo spero». Ma mentre massaggiava i piedi a Liam, Sean non poté fare a meno di pensare a tutte le cose orribili che erano accadute a Edie durante le feste di Natale. Concluse che nessuno può superare una cosa del genere, e men che meno Edie.

«Con tutto quello che è successo ho dimenticato di chiederti a che ora sei tornato ieri notte. Ti ho aspettato sveglio fino all'una ma poi non sono più riuscito a tenere gli occhi aperti».

«Non molto dopo. La festa era ancora in corso quando sono venuto via». Liam guardò l'orologio. «Adesso che ci penso devo fare un salto fuori, più tardi. Uno dei clienti dell'albergo offre un drink natalizio ai fornitori. E mi ha invitato ad andare quando ho consegnato le ultime ghirlande di Natale».

«Potremmo andarci insieme!», disse Sean. «È da un secolo che non usciamo. L'ultima volta dev'essere stata la sera sulla spiaggia in cui abbiamo deciso seduta stante di rinnovare i nostri voti. Il nostro lato spontaneo si era riacceso, per una volta».

Ma Liam scosse la testa. «Mi spiace, tesoro. È lavoro, non credo che mi divertirò molto. Tornerò al più presto, ma non aspettarmi sveglio».

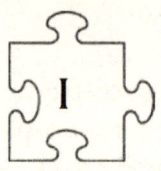

Dodici

La dottoressa Veronica Princeton non aveva mai smesso di ridere per tutta la sera. Avevano bevuto qualche cocktail da Nook, altri drink durante la cena al porto e poi qualche shot in tutti i bar che le avevano fatte entrare. La città sembrava avvolta nello spirito natalizio, dalle persone uscite dal teatro cantarellando *hey-ho* dopo aver visto *Biancaneve* al Pavillon ai poco raccomandabili tipi che agli angoli delle strade ululavano carole con in testa berretti da Babbo Natale. Ma la cosa più bella era stare con gli amici. Non ricordava un altro tempo in cui si fosse sentita tanto accettata, compresa e a casa. Senza dubbio non si sentiva così nella sua, di casa.

«Andiamo da me», disse Helen mentre salivano sul taxi spargendo dappertutto briciole di patatine. «Ho una bottiglia di tequila».

«Bum-bum!», gridò India. «Come ai bei vecchi tempi».

Veronica le tenne aperta la portiera, esitante. Erano le due del mattino. Poteva saltar su anche lei. L'unica cosa che avesse desiderato quella sera era fingere di avere vent'anni di meno, quando le cose a livello emotivo erano molto più semplici.

Ma sarebbe stato altrettanto divertente?

«La prossima volta». Sbatté forte la portiera del taxi e salutò con la mano le sue amiche che se ne andavano a leccare sale dal pugno chiuso, scambiare storielle piccanti e nascondere lacrime salate prima di perdere i sensi con le luci ancora accese.

Mentre lei faceva una visitina all'oscurità.

L'assassino non ricordava di essere tornato in camera sua. Sapeva solo che il primo omicidio era stato completato. «Mi dispiace, mi dispiace, mi dispiace». Camminava avanti e indietro, su tavole di legno che gemevano. «Mi dispiace davvero tanto». Non sapeva nemmeno più a chi lo stesse dicendo, sapeva solo che se avesse smesso avrebbe subito chiamato la polizia per confessare.

Si sfilò i guanti e li mise sul tavolo, non sapeva più cosa farne, solo che non avrebbe potuto metterli mai più, come se fossero stati i guanti a colpire da soli Veronica sulla testa e poi a strangolarle fuori gli ultimi secondi di vita, e non lui.

Quel viso non avrebbe mai più lasciato la sua mente. Ed era indubbiamente morta, stavolta se ne era assicurato. Non avrebbe mai più dimenticato i suoi occhi mentre moriva. Le pupille fisse nelle sue, a pochi centimetri di distanza, immobili. Tutta la vita che aveva avuto, sostituita da una morte perenne.

L'assassino barcollò in avanti tenendosi le mani sulla bocca, come se il caffè che aveva bevuto per restare sveglio fino alle ore piccole e il whisky che aveva bevuto per attenuare il dolore gli fossero tornati su. Trapelando tra le dita, il vomito inondò il pavimento. E le tavole furono zittite.

Da qualche parte in fondo alle sue credenze mentali, l'assassino si era già chiesto prima che tutto ciò accadesse se avrebbe provato piacere nel dare la morte a un altro essere umano, ma non c'era stato nemmeno un infinitesimo focherello di gioia quando la scintilla della vita l'aveva lasciata. Ora che lo sapeva, e ne provava angoscia, l'assassino ripensava al sentiero che aveva intrapreso. Alle proprie ragioni. Ai propri voti. Quelle riflessioni nonostante tutto riaccesero una scintilla di determinazione in un punto profondo dentro di lui. Qualunque ne fosse il prezzo, doveva continuare. Non c'era altra scelta possibile. «Mi dispiace tanto», sussurrò. «Per tutto».

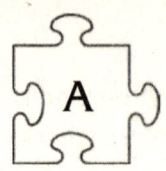

Tredici

21 dicembre

Sean non riusciva a sentire il rumore del mare sotto il battito del suo cuore. A partire dallo squat che gli stava facendo urlare i quadricipiti, costrinse le gambe a effettuare un plank, e poi ancora un'ultima volta prima di alzarsi in piedi. Nella speranza che Isla stesse guardando un altro degli idioti che frequentavano il suo boot camp sulla spiaggia, si prese una pausa. Ma per quanto cercasse di fare dei respiri profondi non riusciva a incamerare abbastanza ossigeno – i polmoni gli sembravano fatti di cemento. E nemmeno i burpee gli erano particolarmente amici.

Dall'imperiosa posizione sulla poltroncina del bagnino, Isla alzò il megafono. «Avanti, Sean, ricomincia! Guarda che ti vedo, boy! Moglie fedifraga!».

Lucy Pringle, vicina di casa di Edie e braccio destro e vice di Isla, lo esortava a fare sempre meglio. «Puoi farcela!». Era un po' troppo presto per tutti quei punti esclamativi. «Guarda Liam se vuoi vedere un uomo in forma perfetta».

Liam, come da lei suggerito, stava eseguendo i suoi burpee con grazia e facilità mormorando al contempo un'antica carola natalizia. Ancora una volta, Sean si domandò che cosa Liam ci vedesse in lui.

«Adesso un po' di esercizio con le corde elastiche per una metà di voi, corsa tra i coni per gli altri!», annunciò Isla. Lucy portò degli elastici fatti di funi intrecciate nere e rosse e li distese sulla sabbia fredda come serpenti impegnati nella lotta.

Sean si avvicinò alle funi e ne prese una in ciascuna mano, cominciando subito a farle ondeggiare.

Accanto a lui, una donna con una maglietta dei Fleetwood Mac scuoteva le corde con la stessa facilità con cui l'avrebbe fatto con delle stringhe da scarpe.

«Impressionante!», le disse Sean.

«È un inferno!», rispose lei. «Comunque, io sono Nina».

«Sean».

«Lo so». Il suo sorriso era asimmetrico e carico di significati.

«Più svelto, Sean!». La voce potenziata di Isla scivolava sulla superficie del mare. Era evidente che stava seguendo i suoi stessi urlati e consacrati consigli – anche con la felpa nera abbondante era evidente che era ancora più magra di quando l'aveva accettato come cliente. Sean non era affatto sicuro di poter dire altrettanto di sé, ma quantomeno aveva acquisito un maggior tono muscolare. E così poteva mettere delle T-shirt smanicate senza vergognarsi troppo.

Liam stava correndo tra i coni da traffico stradale a tutta velocità, una vista che distraeva un po' Sean dal dolore alle spalle.

«Adesso sulla schiena per un po' di addominali!», gridò Isla.

Lucy era in piedi accanto ai materassini che aveva sistemato sull'erba. «E saranno più intensi del solito!».

Sean sussultò. La settimana precedente, dopo quel tipo di esercizi la pancia gli aveva fatto talmente male che per alcuni giorni non era riuscito nemmeno ad allungare la mano per prendere i biscotti. Ma non appena si stese per terra, il suo cellulare squillò. «Scusa!», gridò a Isla, tirandosi su. «È lavoro. Devo rispondere».

Isla scoppiò a ridere. Attraverso il megafono quel suono sembrò strano come il richiamo di un gabbiano. «Ti crederò, stavolta».

Sean afferrò la sacca in tempo per rispondere alla chiamata dell'ispettore detective. «Sì, capo».

«Abbiamo bisogno che tu torni in stazione, Sean», disse l'ispettore Leyland. «Il tuo giochetto del puzzle non è affatto una bufala. Una donna è stata assassinata».

Riga stava tenendo un discorsino d'incoraggiamento a una poinsezia quando Edie entrò senza bussare. «Penso proprio che ormai dovresti metter fuori qualcosa», stava dicendo alla pianta. «Non sono arrabbiata con te. Solo delusa».

«Pensi davvero che senta e capisca quello che le dici, vero?», disse Edie, andando a sedersi al solito posto al tavolo della serra. Indossava un vestito scozzese sui toni del viola e una camicia verde, per mostrare più sicurezza di sé di quanta ne provasse.

«Metterla in imbarazzo le fa arrossire le guance delle foglie. Chiedi pure a chiunque. Ecco, prendi un croissant». E Riga le indicò con un gesto il piatto con i dolci per la colazione posato in mezzo al tavolo. «Sto provando una nuova panetteria».

Edie scelse un grosso croissant che faceva pensare a un armadillo con l'armatura squamosa: croccante fuori, morbido come una nuvola all'interno e delizioso in tutte le sue parti. Porse il piatto a Riga.

Ma la sua amica, un po' annebbiata dalla nube di sigaretta elettronica all'aroma di dolciumi, scosse la testa. «Il pane di lievito madre mi ha quasi rotto un dente, prima. Dubito che quei cosi possano fare di meglio».

Edie non credeva che Riga avesse mangiato alcunché, ma le resse il gioco. «Se erano così orribili, perché li hai offerti a me?».

Riga sorrise. Con il turbante verde in testa e il fumo dolce che le si avvolgeva tutto attorno, ricordava il Brucaliffo di *Alice nel paese delle meraviglie*. «Sei un po' la mia cavia. Il mio porcellino d'India. Hai fatto qualche passo avanti in quella faccenda, da ieri?»

«Sono stata in piedi per ore a cercare tutte le strade del Dorset che cominciassero con PO e che avessero un qualche rapporto con un VIP».

«O con il simbolo dell'infinito».

«Sì, e avrai pensato che almeno quello fosse un indizio facile da decifrare, vero?».

Riga rise, ma la risata si trasformò in un colpo di tosse. Prese una boccata dal suo inalatore, e quel gesto le ricordò Sean.

Le immagini di lui all'ospedale, a soli due anni, la travolsero, come accadeva sempre. I suoi piccoli polmoni che sembravano balbettare mente si gonfiavano e sgonfiavano. Itterico, febbricitante, così piccolo. Non era stata capace di proteggere Anthony, ma avrebbe fatto di tutto per proteggere suo nipote. Suo figlio.

«Ho chiesto ai vicini se avevano visto qualcuno aggirarsi qui attorno quando la scatola è arrivata». Riga bevve un sorso del suo caffè amaro. «E a quanto pare Lucy ha visto una figura avvolta in un parka, con il cappuccio tirato su, nell'atto di deporre un dono davanti alla tua porta. Dice che probabilmente era un uomo, ma non ci giurerebbe».

Edie sbatté le palpebre. Sapeva di dover cambiare idea, e di dover finalmente parlare con Lucy. Non aveva alcun problema quando doveva interrogare un estraneo; quelli che la spaventavano erano i vicini di casa. «Grazie per averlo chiesto».

«Se facessi parte del gruppo WhatsApp della nostra via, l'avresti saputo prima».

«Non sono una che fa parte di gruppi, Riga».

Riga sospirò. «Ma ti sarebbe d'aiuto, se lo fossi. Tutti coloro che possiedono una videocamera hanno controllato i loro video per te. Il signor Pickwick dice che lo sconosciuto non può essere arrivato in auto – la sua telecamera copre tutta la strada».

«Sono solo un gruppo di stronzi impiccioni».

«Edie, vogliono solo essere d'aiuto. Se tu potessi anche solo...».

«È l'ossessione dei podcast di cronaca nera. Tutti vogliono fare i detective da divano». Edie si rendeva conto che quell'ondata di frasi difensive copriva in realtà qualcos'altro, ma non aveva voglia di guardarsi dentro per scoprire cosa.

Riga alzò un sopracciglio disegnato a matita. «E tu cos'altro saresti?».

Edie distolse lo sguardo. Nel giardino esterno, un pettirosso volò sulla piccola mangiatoia per uccelli attaccata a un ramo. Il ghiaccio argentato sul terreno faceva sì che l'intera scena somigliasse a uno di quei biglietti di Natale che ogni anno strappava in quattro.

«Anche tu dovresti farti installare una videocamera sulla porta di casa, no?», disse Riga, puntandole contro la sigaretta elettronica come se fosse una bacchetta magica.

Edie provò un guizzo di riluttanza. Perché mai un criminale doveva indurla a cambiare il suo stile di vita? «Non appena avrò tempo», mentì.

«Bugiarda!», abbaiò Riga.

«È solo che non mi piace che gli altri mi dicano cosa devo fare».

«Non dire stronzate! Qualcuno ti ha mai detto di prendere in considerazione la sindrome da evitamento patologico?»

«No, e se qualcuno me l'avesse detto probabilmente non l'avrei fatto. Nessuno corregge mai i propri comportamenti. Sul serio».

«Oh, Edie. Cosa posso fare con te?». Una strana corrente elettrica zigzagò tra loro.

Il cellulare di Edie ronzò dalla borsetta.

Era Sean. Stava chiamando dall'auto; lo capiva dal tic-tac delle frecce. «Il pezzo del puzzle con il bordo di un segnale stradale: è Pocket Lane, una stradina tra High Street e il lungomare».

Edie sentì lo stomaco precipitare. Pocket Lane era una delle strade che aveva individuato. Avrebbe dovuto capirlo. Ma come? Conosceva bene quel posto. Lei e Sky ci si erano sbaciucchiate un po' al loro secondo appuntamento. «Come hai fatto a capirlo? Ti hanno mandato degli altri pezzi?»

«Il corpo di una donna è stato appena ritrovato a Pocket Lane».

«Oh no!». Edie stava per vomitare. «E com'è morta?»

«Ancora non ne sono sicuri, e comunque non te lo direi». Sean fece una pausa. «Ma aveva dei pezzi di puzzle nei capelli».

Quattordici

Il vento rincorreva Sean lungo l'Esplanade, spingendolo verso Pocket Lane. Mentre passava davanti alle case in stile georgiano, agli alberghi, ai caffè e alle pensioncine esposte al salmastro sguardo del mare, provava sia paura che eccitazione – era la sua prima indagine per omicidio. Una cosa che non capitava spesso, a Weymouth. Vedeva già i lampeggianti blu e l'ufficiale di guardia all'ingresso dello stretto vicolo che tagliava Crescent Street. Mentre svoltava per imboccare Pocket Lane, vide Edie nella vetrina del Corner Café. Aveva pulito un cerchio nella condensa del vetro e gli faceva cenno, tutta giuliva.

Sean provò un raro lampo di collera contro sua zia. L'amava con una intensità che di solito rendeva impossibile ogni irritazione, ma stavolta era diverso. Il suo superiore aveva detto chiaramente che Edie doveva stare alla larga dalle indagini, e proprio perché era a lei che venivano spediti gli indizi. Ma prima che potesse entrare per dirle di andar via, lo vide Helena Rice, la sua agente della scientifica preferita.

«Sean! Speravo proprio che fossi tu a occuparti delle indagini». Helena si stava sfilando la tuta e le scarpe di plastica infilandole in un sacco delle prove. Dalle serate passate insieme in pub e locali, Sean sapeva che odiava le restrizioni imposte da quegli indumenti tanto quanto dal lavoro stesso. Diceva sempre che le sembrava di sentir frusciare quella roba anche mentre dormiva.

Lui annuì. «Cosa abbiamo trovato, finora?».

Helena si sfilò una ciocca di capelli dalla crocchia e la lasciò svolazzare nel vento come una Gorgone. «Una donna è stata colpita dietro la testa e poi strangolata in un momento imprecisato delle ore successive. Dagli schizzi e dalle macchie di sangue sul terreno, dev'essere stata uccisa vicino a Crescent Street e poi trascinata fin qui perché nessuno la vedesse».

«Qualche idea sul movente?»

«Improbabile che si tratti di una rapina finita male, perché aveva ancora borsetta e portafoglio, con dentro parecchi soldi. Ma questo è il tuo lavoro».

«E poi ci sono i pezzi di puzzle», disse Sean.

Helena annuì.

All'altra estremità del vicolo, il corpo veniva caricato su una barella per essere portato al patologo forense.

Sean restò un momento zitto, mentre tra sé e sé giurava alla vittima di scoprire chi fosse stato a ucciderla. «Documenti d'identità?»

«Una patente nella borsetta a nome Veronica Princeton. La fotografia sembra somigliante. Abitava a Redcliffe View».

«Elegante».

«Molto. Ho trovato anche un biglietto da visita della clinica della fertilità di cui era proprietaria».

Sean ripensò alle cliniche per la fertilizzazione in vitro che lui e Liam avevano visitato con Jinn, amica ed ex potenziale surrogata. La montagna di soldi che ci volevano era impressionante, una cifra che loro due assolutamente non potevano permettersi. E senza nessuna garanzia che la cosa avrebbe funzionato. Un iter che poteva rendere infelici parecchie persone, ma difficilmente spingere addirittura a commettere un omicidio. Comunque non si sa mai, un fallimento del genere poteva causare un crollo psicologico. Considerando il dispendio di denaro ed emozioni, poteva benissimo diventare una motivazione per un reato.

«Tracce di armi?», chiese.

«Qui nel vicolo, no. Mark ha mandato il personale della scientifica a frugare nei bidoni dei rifiuti sul lungomare e nelle vie circostanti. Eppure, se l'aggressore avesse voluto liberarsi di un qualche oggetto, penso che probabilmente l'avrebbe...».

«Gettato in mare». Sean adorava il mare, ma sapeva che era un amico capriccioso, che spesso lavorava contro gli interessi della polizia. A volte manteneva a lungo i suoi segreti; altre volte li risputava subito sulla spiaggia. Uno dei primi lavori di cui si era occupato quando si era arruolato in polizia era stato di aspettare che il mare ributtasse a riva un cadavere gonfio. L'odore e l'angoscia gli erano rimasti addosso per settimane. La sera in cui aveva confidato a Edie quanto gli fosse stato difficile dirlo alla famiglia, lei gli aveva detto che era tutta colpa del mare. Avrebbe dovuto inghiottire per sempre il suo segreto. Tenerlo per sé. A volte Sean davvero non la capiva.

«I pezzi di puzzle, anche quelli sono stati mandati alla scientifica?»

«Sì, ma li ho fotografati, sia mentre erano tra i suoi capelli che una volta rimossi. Te li mando sul telefono. Ho dovuto sforzarmi per non provare a metterli insieme. Adoro i puzzle».

«Come mia zia».

«Lo so. Una volta ci ha tenuto una lezione su come farli».

«Avevo dimenticato che era stata una tua insegnante».

«Io certamente no. È difficile dimenticare un'insegnante come Edie. E "insegnante" non è nemmeno la parola giusta. Quando veniva a farci da supplente, sapevamo che non avremmo dovuto fare niente».

«A parte risolvere i puzzle. Lei glielo faceva sempre fare, ai suoi studenti. Probabilmente l'hai sentito dire, ma ieri qualcuno le ha spedito una scatola con dentro alcuni pezzi, e un biglietto in cui si diceva che spettava a lei risolvere il puzzle».

«Un pizzico di pressione, quindi». Helena si avvolse una sciarpa attorno al collo e si cacciò in testa un cappello di lana che impedì al vento di giocare ulteriormente con i suoi capelli.

«La cosa più difficile sarà tenerla lontana dalle vere indagini».

«Buona fortuna. Mi sa che con Edie non funzionerà». Helena rise. «Bene, il mio turno è finito; vado a timbrare. Voglio andare a casa a farmi un bel bagno caldo e infilarmi in un letto fresco».

«Non dimenticare di mandarmi le foto. Ci vediamo la Vigilia di Natale per bere qualcosa insieme?», le chiese Sean mentre Helena si incamminava verso il mare. Avevano la tradizione, se una consuetudine di tre anni può chiamarsi tradizione, di uscire insieme dopo il lavoro, ubriacarsi e andare ad assistere alla messa di mezzanotte. Quel che restava della loro abbandonata fede cattolica.

Lei annuì.

«Voglio provare a convincere Liam a venire con noi. Ha avuto tantissimi impegni di lavoro, non ricordo nemmeno l'ultima volta che siamo usciti insieme. E se presto avremo le bambine...».

«Cosa?».

Sean sapeva perfettamente che la cosa l'avrebbe intrigata. «Probabilmente adotteremo una bimba che si chiama Juniper, e forse anche la sua sorellina, o fratellino. Dita incrociate, comunque».

«Ma è fantastico! Bene, allora deve assolutamente uscire con noi. Gli parlerò più tardi; il club della corsa si riunisce per una breve sgambata e una lunga bevuta in onore di Carl. Lo tampinerò allora».

«Avevo dimenticato che anche tu conoscevi Carl Latimer. C'è forse qualcuno che *non* appartenga al club della corsa?»

«Anche tu dovresti unirti».

«Sembra di sentir parlare Liam. Non faccio che ripetergli che correre fa male alla salute».

«Guarda cos'è successo al povero Carl...».

«Pensi di sapere perché qualcuno potrebbe aver voluto fargli del male?»

«Mi stai facendo l'interrogatorio, detective Brand-O'Sullivan?». Helena sembrava scherzare, ma i suoi occhi lampeggiavano.

«È solo che mi sembra sempre di essere un passo indietro rispetto a tutti gli altri. Io non lo conoscevo affatto».

«Be', è un po' un ragazzaccio, o per meglio dire lo era; ed essere un ragazzaccio ben oltre i trent'anni è una cosa piuttosto triste. Sono andata a scuola con lui, ed era un vero idiota, si metteva sempre nei guai. Ma mai niente di davvero grave. Per quanto ne so io. E non credo che le persone vengano aggredite perché sono dei coglioni. Nei pub, forse, ma non nel bel mezzo di un bosco».

«Grazie, collega. E se dovesse venirti in mente qualcos'altro...».

«Te lo farò sapere. Adesso vado». Quando arrivò alla fine del vicolo, Helena fu quasi ributtata indietro dal vento. Sean la sentì imprecare contro gli elementi mentre svoltava l'angolo.

Decise di chiamare l'ispettore capo.

«Cosa c'è, Sean?»

«Voglio indagare sull'aggressione a Carl Latimer come tentato omicidio ricollegabile a quest'ultima morte. Mi serve l'autorizzazione, e i fondi necessari per perquisire e mettere al sicuro la scena del crimine di Godlingston Woods». Sperava che quel ritardo non avesse già compromesso le eventuali prove, ma questo lo tenne per sé.

«Autorizzazione concessa. Manderò sul posto una squadra e velocizzerò tutta la burocrazia connessa».

Sean lasciò andare un sospiro di sollievo. «Grazie, capo».

«Fa' attenzione alla stampa; sono già arrivate non so quante telefonate che chiedevano informazioni su quella morte. Forse dovremo organizzare una conferenza stampa».

Di là dalla strada, sul lungomare, Sean riconobbe Della Ingrit, una giornalista del «Dorset Echo», che correva verso Pocket Lane col suo caratteristico basco rosso. In giro si diceva che lo tenesse in testa anche quando andava a letto. «A quanto pare sono già qui, capo».

«Cerca di tenerli a bada, capito?»

«Sarà un piacere».

Sean chiuse la comunicazione e si incamminò a passo svelto verso la giornalista. «Ah, Della. Sempre la prima alla festa, eh?»

«Vorresti rilasciare una breve dichiarazione, ispettore Brand-O'Sullivan?». Della sporgeva molto la testa in avanti. «Perché se non vuoi, vorrei parlare con qualcun altro che invece sia più incline».

«Non posso dirti niente di ufficiale, Della. Al momento non sappiamo ancora cosa ci sia sotto».

«Ho sentito dire che si tratta di un'importante donna d'affari della nostra regione. È una cosa piuttosto sicura, secondo le mie fonti. E abbiamo sentito dire che potrebbe esserci un legame con l'aggressione di un professore. E tu sai benissimo quanto i nostri lettori si interessino di qualsiasi cosa che riguardi la nostra comunità locale».

«Tutti, a Weymouth, fanno parte della comunità locale».

«Giusto, ma nel caso di ex assessori e professori della nostra scuola le cose sono un po' diverse, non credi? La gente ci presta più attenzione. Sono un po' come dei VIP a livello locale».

Sean si stava sforzando di mantenere l'espressione del viso completamente distaccata anche mentre apprendeva che Veronica Princeton era stata assessora. «Immagino che non vorrai dirmi chi è la tua fonte?». Sperava con tutto sé stesso che non si trattasse di qualcuno della sua squadra.

«Immagino che tu abbia ragione».

Sean raddrizzò la schiena e fissò intensamente Della. «Se tu, o uno dei tuoi amici vi avvicinate agli alloggi o alla famiglia della vittima, giuro che ti arresto».

«Come osi, ispettore. Non mi è mai passato per la testa». Della gli fece l'occhiolino, poi se ne andò a parlare con uno dei curiosoni che si raccolgono sempre attorno alla morte.

Sean guardò su e giù lungo il vicolo. Gli edifici incombevano alti sulla viuzza, facendola sembrare ancora più stretta. Era stato una buona scelta come luogo di un crimine. Niente telecamere a circuito chiuso né a un estremo né all'altro, anche se nel caso ce ne fossero state la possibilità che funzionassero era al massimo *fifty-fifty*. Aveva già controllato Esplanade e Crescent Street a caccia di telecamere, ma prima di ogni altra cosa aveva una prozia da sgridare.

Quindici

Il Corner Café si affacciava sul mare e odorava di Natale, ma Edie gli perdonava entrambi questi peccati per la sua vicinanza alla scena del crimine. Sforzandosi di ignorare il contrasto olfattivo tra cannella, chiodi di garofano, arancio, marzapane e torta salata al formaggio che riempiva l'aria, rimase a osservare i poliziotti che si davano da fare attorno all'imboccatura di Pocket Lane. I gabbiani gli svolazzavano sulla testa come paparazzi. Nubi nere si sovrapponevano al cielo, accalcandosi come se anch'esse si stringessero per guardare il morto.

Edie continuava a rimuginare sugli indizi che aveva ricevuto, chiedendosi se non fosse possibile ricavarne di più. Se non *dovesse* ricavarne di più.

La sua poltroncina era rivolta verso la cassa, ma lei sentiva comunque la presenza del mare dietro la schiena. Che la provocava. Cercò di distrarsi dai sensi di colpa e dai pensieri e dai ricordi su cui cercava sempre di galleggiare facendo degli anagrammi. *Riva = vari. Onda = dona. Segreto nascosto = cassette sorgono.*

Jennie, la padrona, le si avvicinò con il secondo ordine del mattino. Posò sul tavolino la grossa teiera e la torta di mele Dorset che Edie aveva ordinato per Sean. Era la sua preferita. Lei stessa gliel'aveva preparata ogni venerdì da quando era piccolo fino al giorno in cui se n'era andato di casa. E la faceva ancora per il suo compleanno. Lo calmava quando andava da lei di cattivo umore. Edie sapeva perfettamente che non avrebbe resistito e l'avrebbe rimproverata non appena avesse finito di parlare con i suoi compagni della scena del crimine nei loro pigiamoni fruscianti.

«Hai sentito qualcosa di quello che è successo?», chiese Edie.

Jennie si chinò in avanti. «Io ero fuori sul retro e ho visto che il corpo veniva portato via con un'ambulanza. Poi ho sentito uno degli agenti dire che era una di qui, e che era stata uccisa all'alba. E qualcun altro l'ha riconosciuta. Veronica Princeton». Jennie doveva aver spiato a lungo dalla finestra sul retro. Edie approvava.

Veronica Princeton. Il nome le sembrava familiare. Le iniziali, VP. «Immagino tu non sappia il suo secondo nome?»

«Perché, la conoscevi?». Jennie si chinò ancora più avanti, affamata di informazioni che si potessero raccogliere come briciole di torta.

«Non ne sono sicura».

«Orribile faccenda».

«Ma non tanto orribile per gli affari». Edie fece un gesto che comprendeva tutto il caffè – pieno come un uovo.

Jennie scosse lentamente la testa, quasi a disperare di quei clienti pettegoli che pure riempivano la sua cassa di bei soldoni decimando il suo pan di Spagna. «Il cielo sembra un po' impertinente», disse poi, osservando le nubi mentre riprendeva il vassoio. «Potrebbe scoppiare un temporale, più tardi». Annuì con fare deciso e se ne andò.

Edie si era abituata da tempo al fatto che le previsioni meteorologiche conducessero sempre alla fine di una conversazione, nel Dorset. Lei ovviamente avrebbe preferito essere su un dolce pendio di Kilkenny, e sentire il tipico saluto irlandese che scivola via senza che nessuno lo noti. Guardò il tè nella teiera. Era appena giallino. Jennie aveva il braccino corto con le bustine di tè. Edie ne prese due delle sue dal sacchettino di plastica che teneva nella borsa proprio per occasioni come quella. Il tè deve essere tenuto in infusione fino a raggiungere una bella sfumatura mogano, o almeno come il colorito post-abbronzatura di Claudia Winkleman, cosa che non si può fare senza una tonnellata di tannino. Guardando fuori dalla vetrina, vedeva il mare scarmigliato dal vento, esattamente come lei faceva sempre con i capelli di Sean.

Ed ecco là il suo pronipote, che svoltava l'angolo per raggiungerla come se i suoi pensieri l'avessero convocato. La porta tintinnò quando entrò nel caffè. «Ti ho fatto preparare un po' di tè e qualcosa per colazione». Edie gli indicò il grosso pezzo di torta di mele.

«Stai cercando di corrompermi per farti perdonare?». Ma Sean guardava il soffitto, non lei. Lo faceva sempre quando era arrabbiato. «Perché guarda che non funzionerà. Non ho fame». Ma lo stomaco lo tradì con un forte borbottio.

Edie cercò di nascondere un sorrisetto di trionfo, ma non ce la fece.

Sean sospirò e si sedette. Prese la forchetta e tamburellò sulla spessa crosta di zucchero scuro che ricopriva la torta, con non poca soddisfazione. «Pensavo di averti detto di stare fuori dai piedi».

«Volevo solo farmi un'idea del luogo in cui è successo. E non ho fatto domande a nessuno che fosse coinvolto». Aveva deciso che quello di Jennie non contasse come interrogatorio. Sarebbe risultato molto più strano se non avesse fatto nemmeno una domanda in un posto come quello.

Sean si riempì la bocca di torta e chiuse gli occhi per assaporarla meglio. «Meno buona della tua», disse controvoglia.

Certo che no. «Cosa sai di Veronica Princeton?». Pronunciando il suo nome, Edie ripensò a Veronica. Una delle pochissime studentesse, tra quelle cui aveva insegnato alla St. Mary, di cui si ricordasse davvero. Aveva fatto del suo meglio per cancellarle tutte, per seppellire quel tempo. Ma Veronica era stata un'allieva stupenda, piena di vivacità, di brillantezza e di sfide. E ora era morta.

«Edie!». Sean si guardò attorno per controllare se qualcuno li stesse ascoltando. Il che probabilmente era vero. «L'identità della vittima non è ancora stata confermata. Devo ancora parlare con il parente più prossimo, e solo allora sarà formalmente identificata».

«Avanti, ci deve pur essere qualcosa che puoi condividere con me». Edie lo guardò con un'espressione il più possibile simile a quella di un gatto quando cerca di convincere un cretino che sta *davvero* morendo di fame.

Sean chinò la testa e pugnalò un grosso pezzo di mela con la forchetta da dolce.

Edie appoggiò la schiena all'indietro e si stiracchiò. «Cosa c'era sui pezzi di puzzle?». E la sua voce, se ne rese conto solo allora, era di nuovo aumentata di volume. Voleva sapere se avevano trovato gli stessi pezzi del giorno prima. E si chiedeva se lei personalmente ne avrebbe ricevuti altri entro quel giorno.

«Sssh!». La coppia seduta al tavolino accanto li stava fissando.

«E voi due, tenete gli occhi sui vostri panini», disse Edie. I due abbassarono gli occhi sui loro dolcetti, sussurrando qualcosa.

«Dico sul serio, Edie». Anche i sussurri di Sean erano piuttosto seccati. «Qui non si tratta di un puzzle che puoi risolvere dalla comodità di casa tua. Qualcuno è morto, e qualcun altro è stato gravemente ferito. Non si tratta di un passatempo».

«Certo».

«Per questo devi ascoltarmi e fare come ti dico, per una volta. Hai ottant'anni. Non dovresti trastullarti con un omicidio».

«Potresti almeno venire da me, stasera per bere qualcosa insieme?»

«Sei stata tu stessa a dire che dovevo mettere Liam e l'adozione al primo posto. Soprattutto ora che sembra possibile che ci diano Juniper, e forse anche il suo fratellino o la sua sorellina».

«Cosa, cosa?». Edie mise la mano sulla sua, con il cuore che mostrava i muscoli. «È questo che è successo alla riunione?»

«L'avresti già saputo se me lo avessi chiesto». Il cellulare di Sean ronzò. Aprì il messaggio, e Edie si chinò in avanti per leggerlo. «Ohi!», esclamò lui coprendo lo schermo con la mano.

Edie, però, aveva già registrato l'immagine di alcuni pezzi di puzzle sistemati su un vassoio per le prove, e stava calcolando quali di loro avrebbero potuto incastrarsi con quelli che già aveva. Bevve un sorso di tè. Sentendo che il tannino le stava già colorando i denti, ebbe un sospiro di soddisfazione.

Sean mangiò quel che restava della torta. «A dopo». E si avviò verso la porta, spazzolandosi le briciole dal cappotto e portando via con sé anche il cuore di Edie, che provò subito una punta di rimorso per il fatto che non gli avrebbe obbedito. Ma poi lui si voltò verso di lei, con un viso ammorbidito. «Grazie per il dolce. E stai attenta, capito? Ancora non sappiamo perché tu sia stata presa di mira. Non voglio che ti faccia male».

«Cerca di stare attento anche tu». La voce di Edie si era nuovamente trasformata in un sussurro, e nessuno, e men che meno Sean, poté sentirla.

Edie lasciò una mancia sul tavolo – un pezzetto di carta strappato dal suo taccuino su cui aveva scritto il messaggio «nella teiera bisogna mettere più bustine» – e se ne andò. Mentre ci passava davanti, lanciò un'occhiata a Pocket Lane. Il vicolo era stretto come il Dame Court di Dublino, anche se puzzava leggermente meno di urina. Nessuna targhetta che indicasse una telecamera a circuito chiuso sugli alti muri, né in quella zona del litorale.

Oltre la strada, sul lungomare, un uomo alto la guardava da sotto la falda di una tenda da spiaggia. Lei se ne accorse, e allora lui si voltò dall'altra parte. La gente adora lasciarsi impregnare dalle tragedie altrui, come se così facendo potesse tenere a bada le proprie. Lo stesso valeva anche per lei, che rallentava sempre passando accanto a un incidente stradale, e che leggeva dalla prima all'ultima riga i dettagli di una morte scuotendo il capo al pensiero di tanta disumanità.

E in quel caso lei la conosceva, la vittima. I ricordi di Veronica si andavano accumulando tutto attorno a lei. Della prima volta in cui aveva visto in azione il suo velocissimo cervello matematico per risolvere un'equazione quadratica senza la minima esitazione; di quando aveva preso il massimo dei voti al GCSE di matematica e aveva corso come una pazza tutt'attorno alla palestra della St. Mary sventolando quel risultato trionfale; di quando era scoppiata in lacrime per non essere riuscita a farsi ammettere a Oxford al primo tentativo, e Edie non aveva saputo cos'altro fare per lei a parte darle delle goffe pacche sulla spalla e aiutarla a mettere a punto un altro piano.

Ciò nonostante, una parte di lei era contenta che fosse morta Veronica e non Sean, anche se il resto di lei era fradicio di paura che un giorno potesse succedere anche a lui.

Il vento si era calmato, e aveva anche cambiato direzione, e portava con sé un fracasso di carole natalizie suonate da una banda di ottoni. Più che a una retorica festiva, quel suono somigliava a un canto funebre – una malinconia che, nella mente di Edie, era adattissima alla stagione. Senza pensarci, si avviò in quella direzione. Veniva dal centro città, New Bond Street, forse, oppure dal porto.

Percorrendo i vicoli successivi, seguì quel suono attraversando gli incroci e cercando di ignorare la folla in giro per acquisti con le borse traboccanti di porcherie. Dal porto sicuro di casa sua, la gente era molto più facile da ignorare.

Svoltando in Hope Square, sentì subito un odore di ciambelle e di hot dog e comprese, con un attimo di ritardo, che la banda degli ottoni era nel Mercatino di Natale. La settimana prima qualcuno le aveva lasciato un volantino sotto la porta, che ovviamente era finito subito nella pattumiera, ma in quel momento pensò che avrebbe fatto meglio a leggere almeno la data.

Le bancarelle si susseguivano lungo i lati del porto, disegnando una curva da Cove Row a Cove Street e riempiendo lo spazio di finte casette pan-di-zenzeresche e di birrifici vittoriani. Passò in tutta fretta davanti a un commerciante che costringeva dello zucchero a entrare in un alveare di zucchero filato, e un altro che vendeva sidro autoprodotto, offrendone un assaggio in piccole tazze. Qualcun altro vendeva conserve realizzate con prodotti locali, tra cui marmellate di susine selvatiche e, cosa più orribile di tutte, chutney di alghe pescate nel porticciolo. A Edie non importava un fico secco degli effetti benefici di quella roba, ed era assolutamente impossibile indurla a spalmare quelle alghe schifose sui suoi biscotti. L'odore che ne proveniva era quello dell'estate precedente, quando la morbida sabbia della spiaggia di Weymouth era stata ricoperta da lunghe strisce di alghe puzzolenti.

Ma c'erano anche bancarelle che vendevano merci più gradevoli – borsette fatte a mano e sciarpe di seta, lane colorate lavorate da una donna seduta su un seggiolino pieghevole con i ferri che ticchettavano per produrre un nuovo cappello. Edie sapeva di dover comprare qualcosa per Sean e Liam, e voleva anche qualcosa di splendido per Riga.

Attraversando una zona dove la gente beveva cioccolata calda rinforzata da qualcosa di alcolico e ricoperta di panna montata, si fermò un attimo a una bancarella che vendeva grossi formaggi tondi, prese qualche bocconcino gratuito d'assaggio e lo avvolse in un fazzoletto. I gatti li avrebbero graditi.

Mentre passeggiava, sbocconcellando l'azzurro formaggio del Dorset, le venne da pensare che erano passati secoli dall'ultima volta che aveva fatto compere per il puro piacere. Si stava quasi divertendo. Certo, la gente le passava un po' troppo vicina. E avrebbe volentieri fatto a meno della diffusa bonomia natalizia, ma nell'insieme non era male. Il che, per Edie, era il massimo della lode. Forse la vicinanza della morte la stava spingendo ad apprezzare un po' di più la vita. Sarebbe stato un bel cambiamento.

Ma poi, d'improvviso, si bloccò. Una donna dai lunghi capelli mossi, una disordinata chioma d'argento, era in piedi dietro una bancarella che vendeva gioielli. Da lontano Edie non riusciva a distinguerne i lineamenti, ma dalla curva delle spalle, dall'inclinazione della testa mentre rispondeva a qualcuno, e dal modo in cui salutava con la mano, sembrava proprio Sky. La quale però si era trasferita altrove da più di vent'anni; era assolutamente impossibile che si trovasse lì, a Weymouth.

Edie aveva deliberatamente evitato di rispondere a chiunque le chiedesse dov'era andata. Si era tenuta alla larga dai siti di Amici che si Ritrovano, per non parlare di Facebook, da quando era diventato il posto per rintracciare gli ex. Non aveva più voluto sapere dove fosse Sky, e se fosse diventata madre o no. Se fosse felice con qualcun altro. Ma non aveva mai smesso di pensare a lei.

Qualcuno la urtò da dietro, ma Edie praticamente non ci fece caso.

Stava avanzando verso la bancarella come tirata da una fune gigante. Non si era mai sentita così fuori controllo. Non sapeva nemmeno se sperasse che fosse la sua ex o che non lo fosse.

Quando arrivò a pochi metri dalla bancarella e la vide, in piedi lì accanto, ne fu sicura. Quel sorriso poteva essere solo quello di Sky. La sua pelle aveva qualche ruga, ma le linee attorno agli occhi li facevano risaltare ancora di più. E i gioielli erano basati su oggetti celesti, ma più raffinati. Una coppia di orecchini era modellata come due lune crescenti, con la superficie butterata e irregolare. La mano di Edie andò al lobo dell'orecchio. Si sentiva trafitta dalla gelosia all'idea che qualcun altro avesse dato a Sky quelle sagome ridenti, e che Sky stessa potesse dare a qualcun'altra quei gioielli.

Sky tirò fuori da sotto la bancarella un vassoio di collanine e cominciò a sistemarle su un piedistallo di velluto. Come lei, quei gioielli sembravano brillare anche senza il sole.

Il cuore di Edie balbettava, come se fosse rimasto sotto pressione fin dal momento in cui Sky l'aveva lasciata.

O lei aveva lasciato Sky, dipende da come si guardava la cosa. Poi Sky alzò gli occhi. E la vide.

Il magnetismo di un tempo era ancora lì. I loro occhi si incastrarono. Era come se non si fossero mai perse, ma Edie sapeva che non era vero. Non era nemmeno sicura che Sky l'avesse riconosciuta.

«Mi stavo giusto chiedendo se ti avrei rivista, qui». La voce di Sky era come un rotolo di seta. Apparentemente pacata. E la cosa, in qualche modo, peggiorava il tutto. Se Sky le avesse parlato con amarezza, con astio, Edie avrebbe avuto qualcosa contro cui scontrarsi. E invece quella voce la rase al suolo.

Le parole le entrarono in testa. Frizzarono dentro di lei, gridando. Alcune erano archi – cancelli ricurvi, accoglienti. Altre invece erano come frecce puntate verso il cielo. Edie non avrebbe saputo dire quale delle due cose.

Si voltò e se ne andò, inciampando, senza vedere cosa ci fosse davanti a lei né sentire il terreno sotto i piedi.

«Edie!», le gridò dietro Sky.

Edie avanzò sbandando verso il Red Lion. Afferrandosi al muro, guardò indietro. Sky non l'aveva seguita. Ovvio che no, perché avrebbe dovuto? Eppure il cuore aritmico di Edie sembrò smettere di danzare.

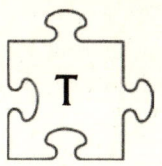

Sedici

La casa di Veronica Princeton era uno dei grandi edifici di Redcliff View affacciati sul mare. Una casa edoardiana di quattro piani, con un giardino antistante pieno di rose immerse nel sonno invernale. La sua clinica privata della fertilità in città senza dubbio le rendeva bene.

La casa aveva delle alte siepi su tutti i lati per tenere fuori il mondo. Ma evidentemente la morte era riuscita a trovare un varco. Aprendo il cancello, Sean fece un respiro profondo e risalì il vialetto, con la sergente Jessica Michaels al seguito. Avrebbe preferito se gli fosse stata assegnata l'agente Ama Phillips, perché Michaels doveva ancora perdonarlo per averle rubato la promozione a ispettore detective.

Il cellulare ronzò, il messaggio era di Edie. La zia Sky era tornata. Sean si sforzò di frenare l'ondata di sentimenti che rischiava di travolgerlo. Sky aveva gettato un'ombra sulla vita di Edie fin da quando se n'era andata, ma in quel momento non poteva proprio pensarci. Doveva concentrarsi. Gli era già capitato di dover dire a una persona che un suo parente era morto, ma mai in seguito a un omicidio.

La porta principale era di un bel rosso brillante, e la canzone *Paint It Black* gli risuonava nella testa. Il picchiotto era a forma di testa di leone. Sean sperò che chiunque stesse per aprire fosse altrettanto coraggioso.

Gli aprì la porta un uomo dalla schiena rigida e dalla testa pelata. Indossava una vestaglia di seta marrone con sotto una camicia rosa e un papillon, e nel vedere Sean sembrò piuttosto irritato. Sean si chiese se stesse aspettando la moglie. «Cosa c'è?». Dietro di lui, un gigantesco albero di Natale si ergeva su un pavimento di piastrelle bianche e nere.

«Sono l'ispettore detective Brand-O'Sullivan», disse Sean. «E lei è la sergente Michaels. Parlo con il signor Princeton?»

«Non c'è nessun signor Princeton. Io sono il dottor Samuel Newman». Lo disse sventolando la mano come a scacciare delle noiose imprecisioni. «C'è qualche problema? È solo che mi stavo preparando per...».

«Possiamo entrare, per favore, dottor Newman?». Sean si sentiva come una sorta di vampiro del lutto, che può varcare la soglia solo se invitato.

L'uomo impallidì e si aggrappò allo stipite della porta. «Non si tratterà... di Ronnie?»

«Sarebbe meglio se potessimo parlarne dentro casa».

Newman arretrò lungo tutto il corridoio, strusciando la mano sulla modanatura di legno. Curvo, dimostrava già dieci anni di più.

Senza che nessuno gliel'avesse chiesto, e senza chiedere a sua volta, Michaels sparì in cucina per preparare il caffè, mentre Sean si sedeva proprio sul bordo di un divano nel salotto di Princeton e Newman. Era enorme, grosso almeno il doppio del pianterreno di Sean e Liam. Una veranda di porte-finestre dava su una scintillante cintura di sole all'orizzonte, che separava il mare grigio-pesce dal cielo grigio-cadavere. Davanti alla vetrata c'era un'enorme scrivania.

Newman si sedette su una poltrona di tessuto felpato, ma subito dopo si alzò, per poi sedersi di nuovo. «Non so dove andare a mettermi». Sembrava così vulnerabile, che Sean avrebbe voluto abbracciarlo. Proteggerlo. E invece doveva scoprire se era stato lui a uccidere la moglie.

«La prego, si sieda ovunque si senta più comodo».

Newman si spostò verso un'imponente mensola del caminetto drappeggiata di verde. Poi prese una fotografia racchiusa in una grande cornice dorata. Dal punto in cui Sean si era seduto, gli sembrò di vedere che era la foto di un matrimonio.

«Non potrebbe dirmi subito cos'è successo?». Newman stava visibilmente sudando. Le mani gli tremavano. Quest'ultimo indizio poteva essere la conseguenza di un trauma anticipato, oppure l'effetto di un senso di colpa, o della paura di essere scoperto. In un modo o nell'altro, il suo corpo si stava preparando a una cattiva notizia.

«Saprebbe dirmi dove si trova in questo momento sua moglie, dottor Newman?». Sean odiava dover porre quella domanda, senza rispondervi lui stesso come avrebbe potuto fare; ma se Newman era coinvolto, quelle prime domande erano cruciali.

Gli occhi dell'uomo avevano un'espressione selvaggia. Si avvicinò e prese Sean per il braccio. «Non ne ho idea. Pensavo che fosse rimasta in clinica, ieri notte, o che fosse uscita con gli amici. Ma lei ovviamente lo sa». Poi abbassò gli occhi sulla propria mano, sembrò comprendere solo in quel momento cosa stesse facendo e lasciò andare Sean. Andò a sedersi sul tappeto, a gambe incrociate, e in quel momento assunse un'espressione da bambino piccolo. «La prego, me lo dica».

Se qualcuno gli avesse taciuto delle informazioni su Liam, Sean non l'avrebbe sopportato. «Mi dispiace doverle dire che è stato ritrovato un corpo, e che abbiamo ragione di credere possa trattarsi di sua moglie».

Newman scosse la testa ma non disse niente a parte: «No».

«I documenti d'identità sono stati rinvenuti sulla scena del crimine. Mi dispiace tanto».

Newman sbatté gli occhi. «Un corpo».

Quanto doveva suonargli astratta, quella formulazione. La donna con cui aveva condiviso la vita, con tutte le esclusive intimità e le vulnerabilità che la cosa comportava, adesso veniva descritta come "un corpo", come parte di una "scena del crimine". Sua moglie e tutta la sua vita improvvisamente ridotte alle virgolette.

Michaels tornò con la caffettiera e tre tazzine posate su un vassoio. Chissà come era riuscita a trovare dei biscotti e li aveva sistemati a ventaglio, in un'incongrua rappresentazione del sole.

La vista delle tazze sembrò riscuotere Newman dalla sua trance, anche se non dalla fase di negazione che stava vivendo. Fissò la caffettiera come se anche lui fosse stato pressato come il caffè. Poi prese una tazza e, avvolgendola con le mani, se la tenne davanti al cuore. Ma un buon caffè non può evitare le brutte notizie. «Il corpo... lei... non è stata ancora identificata, dico bene?»

«Ci vuole un'identificazione ufficiale», rispose Sean.

«Allora devo andare, vederlo... vederla... e così potrò dire che non si tratta di mia moglie». Detto ciò si alzò e si avviò verso la porta, somigliando un po' di più all'uomo d'affari che li aveva accolti sulla porta.

«Non appena sarà vestito e pronto, l'accompagneremo noi. Ma prima devo farle qualche domanda».

«Perché?»

«Se la donna che abbiamo trovato non fosse sua moglie, dovremmo scoprire perché i suoi documenti d'identità fossero in possesso di qualcun altro, e quindi di chi si tratta».

Sembrava che l'uso del presente l'avesse calmato un po'. «Anch'io vorrei saperlo».

«Capita spesso che passi la notte fuori casa?».

Newman si irritò e tornò a sedersi. «Se allude al fatto che tra di noi ci fossero dei problemi, le dico subito che si sbaglia. Spesso esce a bere qualcosa o a cenare con gli amici, e si ferma a dormire nella stanza degli ospiti o nella stanza di servizio della clinica, se ha bevuto troppo per guidare».

«In tal caso non potrebbe prendere un taxi per tornare a casa?».

Newman si strinse nelle spalle. «Abbiamo tutti bisogno di rilassarci un po', ogni tanto».

Dietro di lui, Michaels metteva per iscritto ogni parola. «E le capita spesso di non sapere cosa stia facendo?».

Newman corrugò la fronte. «Mi capita spesso di fare i turni di notte, all'ospedale. La nostra relazione non è come tutte le altre».

«E faceva il turno di notte, ieri sera?», chiese Sean, cercando di infondere alla propria voce un tono casuale perché fosse un po' meno ovvio che, come tutte le persone vicine alla vittima, anche lui era tra i sospettati.

«Non vorrà indagare su di me, vero?»

«Abbiamo bisogno di ricostruire un panorama generale degli eventi, dottor Newman».

«Ero reperibile. Sono rimasto a casa fin quasi alle dieci e mezza, quando mi hanno chiamato per un intervento d'urgenza. Sono tornato che era quasi l'alba, dopo di che ho dormito. Non mi ero alzato da molto quando siete arrivati voi».

«Un'informazione di grande utilità, signore, la ringrazio. E non mi fa assolutamente piacere domandarlo, ma le viene in mente qualcuno che potesse voler fare del male a sua moglie?»

«Perché mai qualcuno dovrebbe volerle fare del male?». Newman distolse lo sguardo, e per la prima volta sembrò nascondere qualcosa.

«Se potesse rispondere alla domanda, signore...». La voce di Michaels non era avvolta dalle precauzioni di quella di Sean.

Newman incrociò le braccia sul petto. «Un tempo mia moglie è stata assessora. In quel ruolo si ricevono molte lamentele. E anche alla clinica ci sono state delle minacce».

«Che genere di minacce?»

«Principalmente di tipo legale. Qualche scontento perché l'inseminazione in vitro non aveva funzionato, o perché un qualunque altro trattamento non aveva dato a un paziente tutto ciò che voleva. Ma ce n'erano anche di più... personali».

«Dev'essere un settore molto carico di emotività».

«Non me ne parli». Newman scuoteva la testa. «Anche per i medici. Spesso Ronnie arrivava a casa in lacrime, per una ragione o per l'altra».

Con la coda dell'occhio, Sean vide Michaels alzare lo sguardo e corrugare le sopracciglia. Le fece un cenno affermativo per dirle di seguire pure il suo istinto.

«Crede che sua moglie sia felice, dottor Newman?»

«Chi di noi lo è?», rispose lui.

«Vorrei saperlo di Veronica in particolare».

Newman si sfregò gli occhi. «Ronnie cerca spesso la felicità nei posti sbagliati. Ma forse lo faccio anch'io». Guardò fuori dalla finestra il mare agitato. «Adesso vorrei andare, se non vi spiace».

«Grazie, dottor Newman», disse Sean. «Se adesso accetta di venire con noi, la porteremo all'obitorio. C'è qualcun altro cui vorrebbe chiedere di venire con lei?».

Newman chiuse gli occhi. «No». Una fitta di dolore gli passò sul viso. C'era una storia, lì sotto, ma avrebbe potuto leggerla in un altro momento.

Mentre l'accompagnava fuori dal salotto e di nuovo nell'ingresso, per un istante Sean si fermò sulle piastrelle bianche e nere. Sembravano lucidate da poco. Ed erano esattamente come quelle sui pezzi del puzzle. «Belle piastrelle».

«Grazie. Le aveva scelte Ronnie».

Michaels corrugò di nuovo le sopracciglia, e Sean non poté fare a meno di immaginare la sagoma di un cadavere su quel pavimento così pulito.

Diciassette

Edie era tornata in Pocket Lane, in fondo a Crescent Street, per cercare di staccare la mente da Sky. Era affascinante vedere i tecnici, nelle loro tute bianche, raccogliere ogni potenziale prova nei sacchettini di plastica – somigliavano proprio a quelli con la zip che lei si portava appresso dappertutto, solo che Edie ci metteva dentro bustine di tè, non campioni insanguinati.

C'era molta più gente di prima, anche se la polizia aveva bloccato una metà della strada. Il nastro non riusciva a impedire ai curiosi di spingersi in avanti. La gente attraversa sempre i confini stabiliti: non può farne a meno.

Una donna con un cappotto blu marine, una cintura rossa e un basco abbinato mormorava qualcosa nel telefono e scattava qualche foto. Chiaramente una giornalista. La stampa stava già ficcando il naso dappertutto, anche se quel membro della loro confraternita stava praticamente sniffando gli ultimi residui di informazioni.

«Una cosa orribile, no?», disse Edie, andando a mettersi accanto a lei.

Dapprima la donna non si voltò. Si limitò ad annuire con espressione assente e a stenografare qualcosa sul suo taccuino.

Edie aveva imparato la stenografia, e parecchi altri codici e linguaggi che potessero aiutarla a creare i cruciverba più complicati. «Ci terrei sopra una mano, se fossi in lei. Sicuramente non vuole che chiunque conosca la stenografia scopra dove lavorasse la vittima». E le indicò con il dito la pagina che cominciava con «clinica della fertilità Legami Familiari».

E adesso sì che la giornalista scrutò Edie dalla testa ai piedi. Ancora una volta, una giovane donna si stupiva che una vecchia non fosse vestita in beige, come se loro stesse si aspettassero di essere felici di sbiadire dopo i cinquanta.

«Le piaccio?», disse Edie, sarcastica.

La donna rise. «In realtà, sì. Lei ha un aspetto piuttosto insolito, almeno per Weymouth. A Brighton, Bristol o Hoxton praticamente sarebbe un'uniforme».

Edie si stizzì. «E lei che aspetto pensa di avere?». E indicò il suo cappotto e il basco rosso. «Gli anni Ottanta sono passati di moda parecchio tempo fa». Stava per dire qualcosa di ancor più insultante, ma si bloccò. Non era utile. Forse si era già spinta troppo in là.

Ma la donna rise ancora, stavolta più forte. «Sono Della Ingrit, dell'"Echo"».

«Buongiorno, Della». Edie controllò l'orologio. «Anzi, buon pomeriggio».

«Anche tu eri giornalista?»

«Cosa ti fa pensare che non lo sia più?»

«È solo che...». La mano di Della si alzò come a indicare il viso di Edie, rugoso, vissuto, ma poi tornò galleggiando al suo posto.

«Capisco. Sono vecchia e di conseguenza dovrei essere in pensione da anni».

Della arrossì e si guardò le scarpe.

«In realtà lavoro ancora per alcune testate. Nazionali». Be', era abbastanza vero. A patto di tacere che si trattava di cruciverba.

«Scusa, non avrei dovuto. E dire che mi considero una femminista».

«Sei già stata alla clinica?», le chiese Edie.

«Non ancora. Mi hanno intimato di stare alla larga. Ma penso di andarci non appena avrò finito con la scena del crimine. Felice che tu ci sia arrivata prima, compensa il mio involontario ageismo».

«Direi di sì. Un giorno anche tu sorvolerai gli ottanta chiedendoti come diavolo ci sei arrivata».

Della salutò Edie portandosi la mano al basco. «A noi: che possiamo arrivare agli ottanta e intravedere anche i novanta».

Edie si ritrovò quasi a sorridere, ma poi decise di metter fine a tutte quelle chiacchiere vuote.

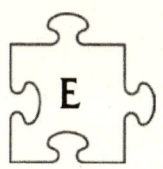

Diciotto

«Holly Tree Lodge?». Il tono del dottor Newman era scontroso mentre Sean parcheggiava davanti all'obitorio della polizia del Dorset. «Non mi sembra un nome appropriato per un luogo di morte».

Il viaggio da Weymouth era stato lungo e imbarazzante per Sean, che quindi poteva solo immaginare come fosse stato per il dottor Newman, seduto al posto del passeggero con lo sguardo fisso fuori dal finestrino. Non aveva smesso nemmeno un istante di tamburellare con le dita sul ginocchio. E ora stava fissando il cancello dell'obitorio massaggiandosi la faccia.

«Sembra una cappella», aggiunse Newman puntando l'indice contro il finestrino. «Una cosa un po' fuori luogo, per noi atei».

Non aveva tutti i torti. Con le sue pareti imbiancate a calce e la grande finestra, l'edificio faceva pensare alla chiesa del film *Il laureato*. Sean e Liam l'avevano visto qualche fine settimana prima, in occasione di una delle loro scorpacciate cinematografiche. Sean non l'avrebbe mai detto a una persona in lutto, ma in realtà gli piaceva abbastanza quell'edificio dal nome simpatico. Se gli fosse capitato di dover identificare il corpo di una persona cara, come era successo alla zia Edie, avrebbe preferito farlo lì.

«Prima era una chiesa», disse Michaels. «Ci venivo, da piccola. È un edificio che ispira tranquillità, come è giusto che sia per un luogo di eterno riposo».

Sean guardò Michaels nello specchietto retrovisore. Teneva le mani giunte al petto in una preghiera silenziosa. Non era molto ciò che sapeva di lei. Avrebbe dovuto sforzarsi un po' di più per conoscere i membri della sua squadra.

Sean e Michaels scesero dall'auto, ma Newman non si slacciò nemmeno la cintura di sicurezza. Sean andò ad aprirgli la portiera, ma lui continuava a guardare oltre il finestrino. «Sono molti anni che non entro di mia spontanea volontà in una cappella. La voce di Newman sembrava remota, quasi fosse rimasta impigliata nell'ultima volta in cui era stato in un edificio di culto. «E lo stesso vale per Ronnie. Ammesso che sia qui...».

«So che è difficile, Samuel». Sean si era arrischiato a usare il suo nome di battesimo. «Cercheremo di renderle la cosa più semplice possibile. Ma sono convinto che per lei sia meglio sapere».

Newman annuì e scese lentamente dall'auto.

Mentre percorrevano il vialetto d'accesso, un pettirosso appollaiato su un muro cominciò a cantare, con una gioia che poteva sembrare insensibile, o almeno inappropriata a coloro che si trovavano sull'orlo del dolore. Newman sussultò.

All'interno, Michaels si fermò nell'ingresso a compilare dei moduli, mentre Sean accompagnava Newman nella sala di osservazione. Sentiva l'ansia del dottore crescere sempre di più man mano che si avvicinavano alla stanza in fondo al corridoio. Sembrava quasi rabbia.

«È proprio necessario sottopormi a tutto ciò? Presenterò un reclamo, io sono una persona molto indaffarata».

«La capisco, assolutamente», rispose Sean cercando di usare una voce il più rassicurante possibile.

«E non sarebbe meglio che questo lavoro fosse svolto da una persona di una certa età? Una persona con un po' più di esperienza in fatto di lutto e di trauma? Lei è poco più che un ragazzo».

Sean non abboccò. «Sono in polizia da più di dieci anni, dottor Newman». Sapeva perfettamente che, come i bambini che lui e Liam desideravano tanto adottare, Newman stava sperimentando forti emozioni che dovevano essere espresse e riconosciute. Anche se, com'era statisticamente probabile, aveva ucciso Veronica Princeton, bisognava concedergli lo spazio necessario per provare quei sentimenti. Una volta Edie gli aveva detto che lui e lei erano due opposti; Sean sempre pronto a pensare il meglio delle persone, mentre lei pensava sempre il peggio. Era vero, e questo comportava che a volte le persone lo ferissero. Ma lui era convinto che in generale fosse meglio così.

Entrarono nella piccola area sovraccarica appena fuori dalla sala, c'erano un divano, un tavolino da caffè e due poltrone. Newman si lasciò sfuggire una mezza risatina. «Immagino portiate qui la gente che ha già identificato i propri cari, per calmarla un po' prima di scaraventarla nel mondo reale. Per evitare che si mettano a gridare nel bel mezzo di Boscombe».

«Cerchiamo sempre di dare alle persone ciò di cui hanno bisogno». Poi Sean gli indicò la porta, che sembrava una porta qualsiasi ma di fatto era uno spazio di Schrödinger. Fintanto che non veniva aperta, i loro cari erano sia vivi sia morti. «Andiamo, Samuel. È ora».

Il detective Leyland rispose al terzo squillo quando Sean ebbe riportato a casa Newman, scosso da singhiozzi silenziosi. L'avevano affidato alle cure dell'agente di collegamento con le famiglie. «Avete la conferma dell'identità?». Alle spalle di Leyland si sentiva uno scricchiolio, come se qualcuno stesse aprendo un pacchetto di patatine.

«Sissignore», rispose Sean. «Il dottor Newman conferma che il corpo è quello di sua moglie, la dottoressa Veronica Princeton. Adesso è con Ella Bishop».

«Ella è una delle migliori. Glielo farà sputare, se è colpevole».

«E si occuperà di lui in entrambi i casi».

«Ovvio». Il tono dell'ispettore capo suggeriva che la cosa non gli stesse a cuore come a Sean. Ci fu un rumore sordo, poi un tintinnio metallico, e un fruscio di palline che correvano su un tavolo da biliardo. Probabilmente Leyland era al suo club. Di nuovo. «E adesso?»

«Ho lasciato Michaels all'ospedale, controllerà l'alibi di Newman. Poi parlerà con le donne che hanno cenato con sua moglie. Io darò un'occhiata alle minacce contro la clinica della fertilità. Anche quello potrebbe essere un movente».

«E cosa c'entra con tutto ciò la faccenda dei puzzle?»

«Ancora non lo so, capo. Voglio provare a mettere insieme i pezzi che ho già per vedere se riusciamo a prevenire nuove aggressioni».

Sean sussultò al cigolio del gesso sulla punta della stecca.

«Sta' attento a come ti muovi. La stampa nazionale ci sta alle costole. Professori e medici nel mirino di un omicida? Un bocconcino dei migliori, per le paure della classe media».

«Almeno fintanto che non sono loro a colpire, ovviamente», disse Sean. «Perché allora diventano il nemico».

«Giusto», disse Leyland. Una palla colpì un'altra palla, che rotolò nella buca. «Ed è della massima importanza conoscere l'avversario».

A volte, però, chi sia il nemico non è chiaro se non all'ultimissimo minuto.

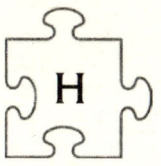

Diciannove

La clinica della fertilità Legami Familiari sorgeva in un vicolo cieco pedonale ai margini della città. Condivideva il marciapiede con il salone di un'estetista, un caffè che serviva piatti salutari e un bar che invece vendeva cocktail in vasetti per la marmellata. Non essendoci né negozietti di seconda mano né librerie, la strada non interessava affatto a Edie.

Non che fosse una fan dei negozi di roba usata a scopo benefico; ma sui loro scaffali poteva sempre trovarci un puzzle a poco prezzo. Anche se nessuno poteva garantire che ci fossero tutti i pezzi. Una volta era dovuta tornare a un mercatino per la lotta contro il cancro a chiedere la restituzione dei suoi soldi perché mancava un pezzo minuscolo. Ma lei doveva assolutamente averli tutti.

La clinica era di vetro, ma dipinta di grigio perché non si potesse vedere dentro, Edie non ci riuscì nemmeno quando si avvicinò alla vetrina. Le lettere "VIP" intrecciate che aveva visto sul puzzle spiccavano sulla porta principale, e il simbolo dell'infinito fatto di corda era inciso sulla parete di vetro.

Ma il senso di colpa era inciso ancora più a fondo in Edie. Forse se avesse condiviso i pezzi di puzzle con Sean, qualcuno avrebbe potuto cogliere il nesso che lei non aveva visto. Per la prima volta in vita sua, si chiese se fosse davvero brava come solutrice di puzzle. Magari non lo era affatto. Aveva deluso Veronica. Profondamente.

Ma un attimo dopo si diede una scossa. Doveva solo impegnarsi di più. I puzzle richiedono tempo e pazienza, e lei di pazienza ne aveva in abbondanza. Il tempo, invece, non era dalla sua parte.

Entrando nella clinica, si ritrovò in un grande spazio luminoso pieno di fiori e di divani bianchi. Un orologio rosa appeso alla parete funzionava come promemoria fisico del suo equivalente biologico che portava lì le persone. Sembrava più la hall di un albergo che non una struttura medica, solo che tutt'attorno non c'era nessuno. L'unica concessione al Natale era una ghirlanda intrecciata di vischio sul bancone. Siccome il vischio è altamente tossico per i bambini, le sembrò una scelta piuttosto strana. E lo stesso valeva per i pallidi gigli collocati accanto ai distributori d'acqua al cetriolo e al limone sul banco della reception. Doveva chiedere a Riga. *Lilium candidum L.*, altrimenti noto come giglio della Madonna, usato nella medicina tradizionale per molte malattie legate all'invecchiamento.

Ma in quel posto, pensò, probabilmente i gigli bianchi erano associati alla Vergine Maria, e la sigla IVF, fecondazione in vitro, alludeva al fatto che è pur sempre possibile far nascere un bambino da una vergine. E quando lei aveva rifiutato un mazzo di gigli bianchi che le aveva regato Liam, spiegandogli che nel linguaggio dei fiori significano morte, lui le aveva risposto che venivano usati nei funerali come simboli di rinascita, cosa che avviene quando l'anima si libera del corpo. Il che era vero: gli antichi egizi pensavano che i gigli significassero crescita, fertilità e rinascita, ma lei non l'avrebbe mai ammesso. Non con Liam.

Edie diede un'occhiata ai pieghevoli patinati, pieni di rosei neonati e di donne dall'espressione beata. Pensò a Sean e Liam, a quando avevano cominciato a informarsi sulla fecondazione in vitro e su ciò che comportava, e a quando erano arrivati rapidamente alla conclusione di non avere abbastanza soldi. Il che non era affatto giusto, ma nella vita ben poche cose lo sono.

Si fermò a guardare una pagina dedicata alla proprietaria della clinica, la dottoressa Veronica Princeton. Sembrava essere cambiata pochissimo in, quanti, quindici anni? Venti?

Edie provò una fitta in un punto molto vicino al cuore osservando quella bella donna dallo sguardo appassionato, modificata con Photoshop per sembrare ancora più morbida, con un'espressione perfettamente equidistante tra il medico e il materno. Un'espressione che diceva: questa donna saprà renderti mamma.

La dottoressa Veronica (niente cognome, notò Edie – limitarsi al nome di battesimo crea una sensazione di amicizia mentre ti lasciano senza un cen-

tesimo) è una delle maggiori specialiste della fertilità di tutto il Regno Unito. Laureata alle facoltà di medicina di Cambridge e Harvard, è tornata nella sua città natale, Weymouth, per fondarvi una clinica specializzata con la vocazione di aiutare le coppie a concepire. Qualificata nell'uso di tutti i metodi d'avanguardia, la dottoressa Veronica combina le tecnologie più moderne (vale a dire costose) *con un tocco personale per assicurare ai pazienti il risultato che desiderano con tanta passione. La clinica della fertilità Legami Familiari fa fiorire le famiglie. Lascia che la dottoressa Veronica ti conduca in un viaggio verso ciò che desideri da tempo.*

La ragazza cui aveva insegnato era cresciuta, e probabilmente guadagnava molto più di quanto Edie potesse anche solo immaginare. E sì che Edie era capace di immaginare un mucchio di soldi. Personalmente non li aveva mai avuti, ma aveva sognato spesso di poterli spendere.

Un flash di Veronica ragazza le si conficcò nel cervello. Era l'ora di matematica, e stavano studiando le equazioni quadratiche. Veronica aveva capito d'istinto che in qualche modo le cose dovevano bilanciarsi. Che il tutto doveva ridursi a niente. C'era stata una sorta di oscurità in lei, un nichilismo che Edie aveva percepito, ma c'era anche della luce. In equilibrio.

Forse alla fine l'oscurità aveva vinto.

Improvvisamente, in quella che Edie aveva pensato fosse una liscia parete bianca, si aprì una porta. Ne uscì una donna con un camice bianco, i capelli raccolti in una frusciante coda di cavallo. Aveva gli occhi arrossati, e il fondotinta striato di mascara nero.

«Le chiedo scusa. Oggi non siamo aperti. Avrei dovuto mettere un cartello. Circostanze impreviste». Dal modo in cui si guardava attorno con espressione vuota, sembrava non vedesse proprio nulla. Inciampò, sporgendo le mani in fuori ma senza trovare nulla cui appoggiarsi. Edie scoccò un'occhiata al nome scritto sul badge: «Lesley, Professionista della fertilità».

«Venga a sedersi qui con me». Edie prese Lesley per un braccio e l'accompagnò con delicatezza verso uno dei divani bianchi. Le versò un bicchiere d'acqua dal distributore e lo posò su un tavolino interamente fatto di vetro, talmente pulito da risultare quasi invisibile. «È uno shock, vero, la perdita? Una cosa che va al di là di tutto ciò che ciascuno di noi può aspettarsi, o prepararsi ad affrontare. Ti lascia un senso di vuoto».

Lesley annuì lentamente, come se la sua testa fosse troppo pesante e rischiasse di cadere giù. «Ho perso mia mamma l'anno scorso».

«E per lei Veronica era ...».

«Il mio capo. E un'amica».

Lesley teneva gli occhi fissi a una distanza intermedia, e Edie riconobbe una donna che avrebbe voluto qualcosa di più».

«Anch'io ho avuto delle "amiche" di questo tipo».

Lesley sbatté più volte gli occhi.

Forse Edie stava solo proiettando qualcosa di suo.

E fu allora che Lesley la guardò sul serio per la prima volta, con lacrime che le tracimavano dagli occhi. E fu allora che per la prima volta vide i suoi capelli arancioni, il vestito viola e le robuste scarpe rosse. «Quando sarò vecchia, anche a me piacerebbe vestirmi di viola. Come nella poesia».

Edie dovette inghiottire la sua solita rispostaccia acida. «Fallo adesso che sei ancora giovane». Lesley doveva avere almeno quarant'anni, l'età in cui una donna non è più gravata dal peso di dover essere giovane. Ma Edie sapeva che era il tipo di donna da prenderlo come un complimento.

Il sorriso di Lesley era così grande da risultare imbarazzante. Poi però un'espressione confusa le attraversò il viso. «Come l'ha saputo? Di Veronica? Io stessa l'ho saputo solo da suo marito pochi minuti fa».

Edie pensò, come sempre, che la cosa più vicina alla verità sarebbe stata la più efficace. «Avevo sentito dire che era deceduta, e non sapevo dove altro andare per scoprire se fosse vero».

Un velo di paura coprì il viso di Lesley. «Lei non è una giornalista, vero?»

«Assolutamente no. Sono stata un'insegnante di Veronica. Era una studentessa brillante. Dopo ho sempre seguito con interesse la sua carriera. Sono un'amica di famiglia».

«Vuol dire che ha seguito tutto? I problemi? I trionfi?».

Edie aveva la sensazione formicolante di camminare su un terreno fertile. «Nessuno può trionfare senza superare i problemi che si presentano lungo il cammino. E Veronica li ha superati».

Lesley spalancò gli occhi. «Sono felice che abbia avuto degli amici potenti».

«Dei VIP?».

Nonostante il suo dolore Lesley rise, asciugandosi un nuovo fiotto di lacrime. «Sì. Amici in posizioni importanti. Che hanno fatto sparire tutte le cose negative». Abbassò gli occhi sulla fotografia di Veronica sul pieghevole e si fece il segno della croce. «Ma di questo non dovrei proprio parlare».

«Ma lei deve aver assistito a risultati sorprendenti qui, avrà visto delle coppie diventare famiglia e dei sogni avverarsi».

Lesley annuì, ma in quel gesto ci fu anche stavolta un pizzico di qualcos'altro. «La Legami Familiari fa prosperare le famiglie. È quello che diceva sempre lei. Che le famiglie sono tutto».

Edie cercò di immaginare come sarebbe stato un bambino suo se avesse messo su famiglia con Sky. Di tanto in tanto le capitava di pensare alla vita che avrebbe potuto vivere se avesse continuato ad amare. Provò un impeto di primavera nel suo cuore invernale, e non era la prima volta. Sperò che il gelo lo ammazzasse subito.

«Non ti abbandonano mai, come altri tipi d'amore. Veronica lo diceva sempre. Ma lei non l'aveva imparato. "Lesley", mi diceva, "io non imparo mai niente"». La risata di Lesley fu lunga e un po' folle, cosa che stupì Edie. «È ironico se penso che aveva una relazione con un preside».

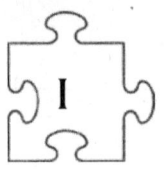

Venti

La prima cosa che Sean vide non appena entrò alla clinica Legami Familiari fu sua zia seduta sul bordo di un divano. Sembrava ascoltare con la massima attenzione qualunque cosa la donna col camice bianco le stesse dicendo. Fu colto dall'irritazione. Sua zia poteva aver compromesso le indagini, e a quel punto il suo capo gli avrebbe tolto il caso.

Edie e l'altra donna alzarono contemporaneamente gli occhi. Edie scosse appena la testa e gli scoccò un'occhiata che sembrava dire: «Non osare smascherarmi».

«Sono il detective Brand-O'Sullivan. E lei sarebbe...?»

«Lei è Lesley Maupert, professionista della fertilità», rispose Edie, come se fosse stato perfettamente normale, per lei, essere lì. «E adesso devo proprio andare, Lesley».

Edie si alzò, sorridendo. Vedere sua zia sorridere a quel modo era estremamente snervante per Sean. Un sorriso che sembrava staccato di netto da un'altra faccia e fissato alla sua con le puntine, un po' storto.

«Ne è proprio sicura? Non le andrebbe di restare ancora un po'?». La donna teneva Edie per la manica.

Possibile che zia Edie si fosse fatta un'amica?

«Grazie per il sostegno e le informazioni, Lesley, ma adesso devo proprio andare. La polizia mi dà l'orticaria».

«Ci vediamo al funerale», disse Lesley Maupert.

Mentre si allontanava, Edie scoccò a Sean un'occhiata che poteva significare qualunque cosa, da «ti dirò tutto più tardi, figliolo» a «perché diavolo mi hai interrotta?». Qualunque cosa volesse dire, Sean sapeva che lei non era contenta di lui. Anche se avrebbe dovuto essere lui furibondo con lei.

Non appena Edie fu uscita, Sean andò a sedersi sul divano accanto a Lesley Maupert.

«Lei è qui per via di Veronica, vero? Il dottor Newman mi ha detto che sarebbe arrivata la polizia».

«E le ha detto anche che…».

«Che è morta? Sì». Si voltò dalla sua parte. «In realtà non so proprio cosa dire alla polizia. Non ho mai parlato con uno di voi prima d'ora».

«Le farò solo qualche domanda, per vedere se può darci altre informazioni sulla morte della dottoressa Princeton».

Lesley si sistemò il camice bianco e raddrizzò la schiena. «Farò tutto ciò che è in mio potere per aiutarvi».

«Solo per escluderla dalla lista dei sospetti – è solo una formalità, lei mi capisce – potrebbe dirmi dov'era ieri notte tra la mezzanotte e le quattro del mattino?»

«È allora che è accaduto?». Le labbra le tremavano. «Che è morta?»

«Non ne siamo ancora sicuri».

«Ero a casa, come sempre la notte. Non esco molto. Non ho nessuno con cui uscire». Dietro il suo piccolo sorriso c'era una grande tristezza. «Veronica mi aveva promesso che un giorno saremmo andate in città insieme».

«Quindi non c'è nessuno che possa confermare che si trovava a casa?»

«Solo il mio cane».

Il cellulare di Sean vibrò nella sua tasca. Lo tirò fuori e, con discrezione, lesse il messaggio di Michaels. Aveva controllato l'alibi del dottor Newman. C'erano dei buchi nella sua storia – aveva dichiarato di aver dormito nella saletta dei medici, ma nessuno l'aveva più visto dopo le tre del mattino. Michaels stava controllando le telecamere a circuito chiuso.

«Abbiamo scoperto», disse Sean, «che la clinica ha ricevuto delle lamentele e anche delle minacce di violenza. Può dirmi qualcosa al riguardo?»

«È cominciato con delle piccole cose – graffiti che dicevano "assassini di speranza" e "schifosi truffatori". Sono stata io a grattarli via dal vetro. Poi, la settimana dopo, è stata spaccata tutta la vetrata. Veronica ha cominciato a ricevere dei messaggi ingiuriosi, che minacciavano di avvertire la stampa».

«E perché non avete avvisato la polizia?»

«Veronica dice...». Lesley si bloccò e chiuse gli occhi. «*Diceva* che bisogna aspettarselo, se si ha una clinica della fertilità. "Quando lavori con i sogni, a qualcuno capita un incubo". Lei non voleva assolutamente che delle persone che già stavano soffrendo dovessero avere altri guai».

Sean conosceva delle coppie che avevano portato i loro sogni in una clinica della fertilità. Quasi tutti ne erano tornati con un livido sul cuore, sul corpo e sul portafoglio, ma qualcuno era tornato a casa con un bambino. Quanto a lui, non sapeva se sarebbe stato in grado di reggere l'intero processo.

«E cosa mi dice di lei?». Aveva abbassato la voce perché risultasse più gentile e la invitasse ad avere fiducia in lui. «È mai stata presa di mira personalmente? Perché dev'essere fantastico aiutare le persone, ma orribile quando ti si rivoltano contro».

La bocca di Lesley Maupert tremava visibilmente. «Io ho ricevuto qualche messaggio su Facebook. Veronica mi diceva sempre di ignorarli, ma io ero comunque preoccupata». Fece una pausa, poi anche lei abbassò la voce. «Di notte non vado più in giro da sola».

«Mi dispiace sentirglielo dire. Ma la capisco».

Lesley lo guardò negli occhi. «Sì, lo vedo».

«Mi servirà una lista di tutte le persone che hanno frequentato la clinica o che comunque sono entrate in contatto con voi».

Lesley sbatté gli occhi. «Temo ci siano delle clausole di protezione della privacy».

«Gli archivi medici possono essere consultati se ci sono gravi ragioni relative a un'indagine. E siccome Veronica è stata assassinata, credo proprio che questo sia il caso».

«È quella parola: assassinata». Strinse forte le labbra.

«Mi dispiace, signorina Maupert. So che è difficile da accettare».

Lei lo guardò di nuovo negli occhi, con uno sguardo che sembrava leggergli attraverso. «Sì. Lei lo sa, vero?»

«Può mostrarmi da dove provenivano i messaggi Facebook?».

Lei annuì e digitò qualcosa sul cellulare, poi gli mostrò una pagina.

«Il Club della Corsa di Weymouth?»

«I messaggi venivano da un amministratore del loro gruppo Facebook; io non so nemmeno come si chiamino».

Sulla bandiera della pagina c'era una fotografia dei Corridori di Weymouth dopo una gara, e Sean sapeva perfettamente che gara fosse: la mezza maratona di Bournemouth. Lo sapeva perché anche lui era stato lì, a fare il tifo per Liam, visibilissimo al centro della foto con un sorriso radioso.

Ventuno

Edie era seduta sulla panchina esterna quando Sean uscì dalla clinica. Alzò gli occhi dal cellulare. Lui stava parlando al proprio, con la fronte corrugata.

Aveva deciso di dirgli tutto. Voleva lavorare di nuovo con lui. Essere sincera.

Lui chiuse la comunicazione e la fissò, senza sorridere. Le ricordava un po' suo nonno da ragazzino. Anthony era stato il più solare dei fratelli, fino al giorno in cui lei aveva cercato di strappargli un giocattolo, e la sua piccola fronte si era corrugata tutta e le sue labbra avevano tremato. Una cosa che lei non riusciva a sopportare, così gli aveva restituito il giocattolo, nonostante fosse suo.

Una volta un'amante le aveva chiesto se ce l'aveva con Anthony per essere sopravvissuto mentre la loro mamma era morta dandolo alla luce. Non le aveva mai più rivolto la parola. Svegliarsi la mattina di Natale per scoprire che sua madre era morta, e che il nuovo fratellino versava in condizioni critiche, e che Babbo Natale non era arrivato e non sarebbe arrivato mai più, aveva stabilito dentro di lei due cose. L'odio per il Natale e l'amore per suo fratello.

«Sei arrabbiato con me», disse prima che lui potesse parlare.

«Potevi compromettere l'indagine». Sean non la guardava. Fin da piccolo, faceva così quando era davvero arrabbiato. «Potrebbero togliermi il caso, o persino punirmi».

«Ma non stavo investigando», disse lei, mentendo. «Conoscevo Veronica. Ero stata sua insegnante alla St. Mary. Sentivo di dover fare qualcosa».

Un'espressione preoccupata passò sul viso di Sean. Edie provò l'urgenza di lisciargli quella ruga, come quando era bambino. Per lei, lo era ancora. È una delle cose che derivano dall'essere mediamente la più vecchia: che gli altri restano ragazzini finché non compiono i sessant'anni.

«Sei stata sua insegnante?»

«Per due anni. Era incredibilmente brava in matematica».

«E poi cosa è successo?»

«Prese dei voti pazzeschi, e io la mandai fuori nel grande mondo, a quanto pare per diventare un'esperta di fertilità. Effettivamente era una persona che potrebbe aver avuto qualche problemino».

«Che genere di problemi?»

«Lesley alludeva al fatto che aveva degli amici influenti. Ho avuto l'impressione che nella clinica ci fosse qualcosa di controverso, che a un certo punto è stato appianato. Lo vedi cosa riesco a fare, quando posso dare una mano?».

Sean girò sui tacchi e si allontanò, svelto. Edie dovette correre per stargli dietro. Cercando di ignorare il dolore ai polpacci, alle ginocchia e ai piedi. «Ti prego. Non lo sopporto quando sei arrabbiato con me».

«Allora cerca di non fare esattamente quello che ti avevo chiesto di non fare».

«Ti prego, fermati».

Sean rallentò, poi si fermò e alzò gli occhi verso il cielo. Si rifiutava ancora di guardarla negli occhi.

«Magari stai considerando tutta questa faccenda nel modo sbagliato», disse Edie. «Non è necessario che io sia apertamente coinvolta nelle indagini, ma posso andare nei posti, in incognito, essere la donna invisibile. Nessuno saprà mai che io e te siamo parenti». Sventolando la sua sciarpa di Alexander McQueen, se l'avvolse sulla testa e curvò le spalle. «Se qualcuno mi notasse, penserebbe solo che sono una cara vecchietta uscita a prendere un po' d'aria prima di rientrare in casa per pisolare davanti a *Escape to the sun*».

«Una cara vecchietta che porta un foulard con dei teschi?»

«Voi millennial non avete idea delle motivazioni di un pre-boomer. Lo sai come ci chiamano? La Generazione Silenziosa».

«Silenziosa, tu?»

«Silenziosa e invisibile. Come ti ho già detto, nessuno nota una vecchia megera. È per questo che sono così brava come borseggiatrice». E gli sventolò le dita davanti agli occhi.

«Dimmi che stai scherzando, zia Edie».

«Sto scherzando». E gli fece l'occhiolino, ma Sean non rise. Di solito riusciva sempre a farlo ridere.

«Ho tutto ciò che mi serve. Le risorse della polizia sono a mia disposizione. Non ho bisogno di te». Il suo tono era piatto, e anche le sue labbra.

Lei non l'aveva mai visto così arrabbiato, non con lei. Si sentiva male per questo. «Io posso fare cose che gli investigatori ufficiali non possono fare».

La risata di Sean fu solo sarcastica. «Sì? Che cosa, per esempio?»

«Ecco, bene, per esempio il fatto che Lesley ha detto solo a me che Veronica aveva una storia».

«Con chi?»

«Con il direttore della St. Mary. Quello con cui abbiamo parlato ieri».

Suo nipote si bloccò.

Edie gli mostrò la fotografia del «Dorset Echo» in cui si vedeva il dottor Edward Berkeley a un evento scolastico del 2010, con la mano attorno alla vita di Veronica Princeton. «L'ha tirato fuori per me. Dopotutto, ero un'amica di famiglia».

«L'avrei scoperto anch'io». Ma Sean non ne sembrava convinto.

«Avresti scoperto anche che ero stata l'insegnante di Veronica?».

Sean riprese a camminare in silenzio.

«E adesso dove vai?», gli chiese lei.

«Nel bosco».

Lei aspettò quasi un intero secondo prima di chiedere: «Posso venire con te?».

E lui non aspettò nemmeno un millisecondo per rispondere: «No».

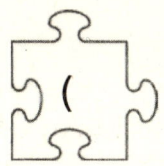

Ventidue

La busta imbottita era sullo zerbino di Edie, quello con la scritta «NON SEI IL BENVENUTO!», ad attendere il suo arrivo insieme a Peggoty, Fezziwig e mister Bumble, che si materializzarono sulla soglia agitando la coda.

Non appena Edie mise piede sul portico, il suo cuore sobbalzò violentemente, fuori tempo con sé stesso. Si portò una mano al petto. Il cardiologo le aveva detto di fare più movimento, di mangiare meno dolci, ecc. ecc., ma non aveva detto niente sulla necessità di evitare le indagini per omicidio, quindi lei ne aveva dedotto che poteva continuare tranquillamente.

Strappò la busta, senza perdere tempo a mettersi i guanti. In fondo i pezzi del puzzle erano per lei, e lei non intendeva cederli alla polizia. Sean le aveva detto chiaramente che non sarebbe servito a niente.

Come prima cosa lesse la lettera. Stessa carta, stesso carattere dattiloscritto.

> Un altro pezzo d'angolo. Un'altra morte per me da piazzare, a meno che TU non sappia srotolare questa pergamena e risolvere gli indizi. Non che finora ci sia riuscita granché.
> Vergogna. E sarai tu a portare il peso di questa vergogna.
> Riposa in Pezzi

«Oh, fanculo», disse Edie. Fezziwig schiacciò le orecchie all'indietro.

Attraversò di corsa l'ingresso e mise i nuovi pezzi sul vassoio insieme agli altri. A un primo sguardo era evidente che non si incastravano, ma uno dei nuovi arrivati poteva ricollegarsi a quello che non aveva condiviso con Sean. I bordi, e il contorno del cadavere con il gesso, combaciavano perfettamente.

Scattò una foto di ciascun pezzo, poi li zoomò uno a uno per guardare bene ogni dettaglio. Era proprio quella la chiave per risolvere un puzzle: prendere mentalmente nota di dove hai collocato ciascun pezzo, invece di guardare solo quello che combacia col resto. I puzzle richiedono una mente capace di trattenere sia il disegno generale che i singoli pezzi. E l'assassino la stava incaricando di farlo. Ma perché? Ed era proprio quello che voleva per davvero?

Il pezzo d'angolo di destra era una sezione di tappeto, o di scendiletto, con delle frange dorate. Un pezzo aveva delle piastrelle bianche e nere con sopra dell'agrifoglio, due pezzi sembravano rappresentare le onde del mare, e su altri due che si incastravano fra loro c'era una pila di libri – Dickens, Austen, Shakespeare – i più grandi. Su un altro pezzo c'era scritto «Magazzino» con un carattere stravagante. Dato che la parola "pergamena" era stata usata nella lettera, poteva trattarsi di una biblioteca, magari abbastanza grande da essere considerata un magazzino. O forse un qualche tipo di fabbrica che facesse libri su scala industriale, di quelle che sfornano un volume dopo l'altro. Sarebbe stato un buon posto dove commettere un omicidio.

Provando tutta l'eccitazione di affrontare un puzzle, di scivolare in uno stato di flusso, Edie prese il cellulare e cominciò a cercare un magazzino di libri nella sua regione. La prima stamperia era a Poole, e si chiamava Casa dei libri.

Evidentemente doveva uscire e andare a Poole.

«Guarda un po' questi», disse Sean, passando il cellulare all'agente Ama Phillips. «Sono gli ultimi pezzi di puzzle, ritrovati tra i capelli di Veronica Princeton».

Ama rabbrividì e Sean alzò al massimo il riscaldamento. Era andato a prenderla alla stazione e aveva telefonato a Michaels per metterla sulla pista dei Corridori di Weymouth. Sia Carl che Veronica avevano avuto a che fare con il club, e lui sentiva di voler prendere le distanze, proprio come dalla corsa. Anche Liam avrebbe dovuto essere interrogato, ma da qualcun altro.

Lo Spotify di Sean stava suonando la playlist che aveva fatto per Edie. Andava da Elvis ad Aphex Twin, con in mezzo una notevole scelta di brani anni Settanta e Ottanta. I gusti musicali di sua zia l'avevano sempre affascinato. A quarantacinque anni era stata punk, a cinquantacinque raver, e sempre e comunque una outsider.

«Che cos'è?», chiese Ama, quando toccò a Captain Beefheart. Sean stava per passare alla canzone successiva quando lei disse: «Lascialo. Mi piace».

Dopo di che guardò attentamente lo schermo del cellulare e la foto dei pezzi di puzzle ritrovati nei capelli di Veronica Princeton. Sean li aveva già analizzati. Su due c'era un ritaglio di giornale stropicciato, due avevano nuove piastrelle bianche e nere schizzate di sangue, e gli ultimi due, uno dei quali era un angolo, sembravano far parte di un tappeto con le nappe.

«Ti viene in mente qualcosa?», chiese Sean.

«Chiunque sia stato a mandarli, evidentemente non vuole che abbiamo tutti i pezzi. Vuole tenere nelle sue mani il potere di fornirci solo gradualmente le informazioni che alla fine potrebbero portarci a un risultato».

«Sembra una cosa piuttosto astuta».

«Chiunque sia, scommetto che segue attentamente tutto quello che facciamo. Vuole vederci mentre cerchiamo di scovarlo, per poi fallire». Ama aveva studiato psicologia criminale all'università prima di entrare in polizia. I profilatori non erano particolarmente in voga, o particolarmente ben pagati, ma a Sean piaceva ascoltare le sue riflessioni.

«Però dev'esserci dietro un movente più profondo».

Ama annuì. «E a un certo punto risulterà ovvio, ma solo alla fine, quando lui avrà vinto. Perché è questo che vuole a tutti i costi: vincere».

Di solito, parlare con Ama lo rassicurava. Ma questa volta le sue parole gli fecero comprendere che Riposa in Pezzi non voleva semplicemente vincere: voleva veder perdere Edie.

«Ma voglio dirti una cosa che mi stupisce».

«Dilla».

«C'era un messaggio nella scatola del puzzle insieme ai primi pezzi, ma dopo non ce ne sono stati più».

La fronte di Sean si raggrinzì tutta. «In quel messaggio l'assassino lanciava la sua sfida – cos'altro c'è da dire?»

«Non lo so. Ma chiunque si dia un titolo – un nomignolo –

come Riposa in Pezzi, vuole che la gente sappia di lui. Vuole essere ascoltato».

«Quindi pensi che ci saranno altre lettere?».

L'espressione preoccupata di Ama era tale e quale la sua. «Oppure ce ne sono già state altre, e noi non lo sappiamo nemmeno».

Sean parcheggiò al limitare del bosco, accanto alle auto di altri poliziotti. Anche lì dove si trovava, sentiva i membri della squadra di ricerca chiamarsi l'un altro mentre avanzavano tra gli alberi.

«Dobbiamo restare dietro il nastro giallo e nero», disse Sean ad Ama che si stava già avviando verso quei rumori.

Erano anni che non veniva in quel bosco. Edie e Sky un tempo l'avevano portato al parco avventura che sorgeva al suo centro, dopo di che, da adolescente, aveva scoperto sotto un tasso che il cuore umano era già di per sé un parco avventura, e senza materasso gonfiabile per quando si cadeva.

Quel giorno, comunque, il bosco era pieno di agenti della scientifica che frugavano sotto i cespugli e fotografavano i sentieri. Un agente si teneva accanto al nastro giallo e nero. Quando si avvicinò, vide che era Zola Harker, della stazione di Weymouth.

«Zola!», disse Sean avvicinandosi, e scavalcando un ramo che ostruiva il sentiero. Si ricordava ancora di ciò che Carl Latimer gli aveva detto su come vada scavalcato un ostacolo come quello. Alzando gli occhi verso l'alto, vide il punto esatto dell'albero da cui si era staccato. Poteva essere andata così, con Carl. Ma era altrettanto probabile che qualcuno avesse messo l'ostacolo sul cammino proprio per lui. Qualcuno che doveva conoscere molto bene l'itinerario delle sue corse.

Zola si avvicinò con la sua camminata amichevole. «Speravo proprio che venissi». Sul viso si leggeva l'ansia di un ufficiale in uniforme che avrebbe tanto voluto essere un detective in borghese.

Sean aveva provato la stessa ansia, e cercava sempre di essere d'aiuto quando la vedeva in qualcun altro. «Cosa mi puoi dire?».

Zola gli indicò l'albero al centro del nastro giallo e nero, dove si stavano concentrando le ricerche. «È lì che Carl Latimer è caduto». Poi gli indicò un grosso ramo poco lontano. «E lì è dove è inciampato; si vedono ancora i segni. Ma non riusciamo a capire da dove si sia staccato il ramo – non si vede nessuno squarcio negli alberi circostanti, quindi probabilmente era stato preso da qualche altra parte. Lo stesso vale per quella che crediamo essere l'arma. Il ramo è stato ritrovato tutto coperto di foglie, con ancora delle tracce di sangue».

«E l'avete mandato alla scientifica?».

Zola annuì.

«E immagino che tutte le impronte e le altre tracce siano andate perdute».

«La scena è rimasta praticamente incustodita – ieri notte il nastro giallo e nero è stato come una sorta di bandiera rossa per i ragazzi. Anche se non avesse piovuto, ogni prova sarebbe stata distrutta».

Sean vide i resti di un falò, con delle lattine di Red Bull e di sidro. La guancia gli tremolò per l'irritazione. Se il capo detective gli avesse dato retta il giorno prima, tutto ciò non sarebbe successo.

«Cerca di far sì che nessun altro si avvicini».

Zola annuì. «Sì, ispettore».

Mentre si allontanava, Sean cercò di capire meglio il percorso di Carl. I sentieri si incrociavano e zigzagavano tra gli alberi, schiacciati dagli appassionati di jogging e dai passi di chi portava fuori il cane e probabilmente percorreva lo stesso itinerario ogni sera. Non sarebbe stato difficile capire quale fosse la routine di ciascuno. Le persone si comportavano come pezzi di puzzle. Con vite che si incastravano le une nelle altre ogni giorno nello stesso modo.

Qualcosa urtò il tronco di un albero alla sua destra. Mentre si voltava, qualcuno lo toccò sulla spalla. Si girò.

Helena era in piedi accanto a lui e sorrideva. «Volevo solo mostrarti com'è facile saltare addosso a qualcuno, d'improvviso, proprio in questo punto».

«Bene, l'hai fatto. Molto bene. Cosa ci fai qui? Mi sembrava di aver capito che fosse il tuo giorno libero».

«Quando ho sentito che era stata chiamata la scientifica, non ho saputo resistere. Non voglio che qualcun altro si prenda tutta la gloria».

«Già, perché la scientifica si copre di gloria talmente spesso».

«Sei piuttosto sarcastico, oggi. Ti stai trasformando in tua zia Edie». E non sembrava ritenerla una cosa positiva.

«Lascia perdere», disse Sean. «Non sono nello stato d'animo giusto. C'è qualcos'altro che vorresti mostrarmi?»

«Sì, effettivamente sì».

Helena lo portò in fondo a un sentiero e si fermò in una radura con tre alberi al centro. Da uno dei rami penzolava una felpa con il cappuccio, fradicia di pioggia, ciondolante come un fantasma grigio.

«All'inizio pensavo fosse uno che si era impiccato e mi ha preso un colpo, stupida che non sono altro. Ma poi ho capito che era solo una felpa. È fuori dalla zona di ricerca, ma pensavo valesse la pena parlarne».

Sul davanti della felpa c'era scritto «Corridori di Weymouth», e quando Sean gli andò vicino per guardare meglio, all'interno vide un'etichetta che diceva «ST. MARY'S SCHOOL».

Ventitré

«Dottor Berkeley?». Sean, in piedi sulla soglia dello studio, guardava il preside fissare un punto oltre la finestra, nel mare scuro.

Edward Berkeley si voltò. «Detective Brand O'Sullivan. Lei è già stato qui ieri, dico bene?»

«Molto gentile da parte sua ricevermi, signor preside».

Berkeley sorrise. «Lei non fa più parte della scuola, ispettore, quindi non è tenuto a rivolgersi a me chiamandomi signore».

«Mi piace molto il suo ufficio». Sean si aggirava per la stanza, osservando gli scaffali pieni di testi accademici e faldoni. E intanto pensava a Edie che, ogni volta che pronunciava la parola *ufficio*, poi la anagrammava in *o ciuffi* e ridacchiava concludendo: «ufficio, o ciuffi di polvere che si accumulano». Ma questo ufficio era pulitissimo, senza nemmeno una particella sospesa in aria. Sulla mensola del caminetto c'era una foto incorniciata. «Sembra una donna adorabile».

«Lorelei. La mia defunta moglie».

«Condoglianze».

«È successo molto tempo fa. O almeno così mi pare. Ma dimenticare non è possibile, vero?». Sbatté un paio di volte gli occhi, poi si avvicinò alla scrivania con andatura rilassata, fermandosi per offrire una poltrona a Sean. «Dunque, cosa posso fare per lei? Che cosa sa di Carl? A quanto ho sentito dire, si sta riprendendo bene».

«Sì, e presto potrà uscire dall'ospedale. In relazione al caso del signor Latimer, mi stavo chiedendo se lei è in grado di riconoscere questa felpa col cappuccio». E gli mostrò una foto della felpa ritrovata nel bosco.

Il dottor Berkeley corrugò la fronte. «Ho la sensazione di averla già vista, da qualche parte, ma non riesco a ricordare dove».

«Magari Carl Latimer la indossava a scuola».

Il preside scosse la testa. «Gli istruttori delle varie squadre sono tenuti a indossare l'uniforme della St. Mary: tuta da ginnastica blu scuro con il nome della scuola. Potrebbe averla messa mentre si allenava nella corsa fuori dall'orario scolastico, immagino. Ma in tal caso non avrei potuto vederlo».

«E per quale ragione il nome della scuola poteva essere cucito all'interno?»

«Io non...». Il dottor Berkeley si bloccò e inclinò un po' la testa, poi si avvicinò a una credenza. Ne estrasse un album di fotografie, lo sfogliò fino a una delle pagine centrali e lo porse a Sean. «Ecco. Sapevo di averla già vista da qualche parte. È la vecchia uniforme della St. Mary. Prima che arrivassi io».

Le fotografie ritraevano adolescenti e preadolescenti vestiti di grigio, alcuni che sorridevano, altri scontrosi. In una fotografia una squadra sportiva era in posa, tutti allineati, con una felpa grigia col cappuccio. «Quando sono state scattate?»

«Dieci, forse quindici anni fa. O anche più indietro».

«Avrei anche qualche domanda relativamente a un altro caso», disse Sean, prendendo appunti.

Berkeley gettò un'occhiata all'orologio. «Spero non ci voglia tanto tempo».

«Invece temo che ce ne vorrà parecchio. Il corpo di una donna, la dottoressa Veronica Princeton, è stato ritrovato nelle prime ore di stamattina».

Edward Berkeley si bloccò. La sua bocca sembrava impegnata a ritrovare i bordi delle parole. Adesso non mostri più le zanne? Dispera, grosso pachiderma. Il volto era tutto rughe di dolore, e lui chiuse gli occhi; quando li riaprì, erano umidi.

«Immagino la conoscesse».

Berkeley annuì e abbassò lo sguardo sulla risma di carta assorbente che aveva sulla scrivania. Le macchie di inchiostro ricordarono a Sean gli schemi degli schizzi di sangue. Tutta colpa del lavoro in polizia. Ecco l'effetto che gli faceva.

Passarono almeno tre minuti prima che Berkeley riprendesse a parlare, e quando lo fece fu a scatti. «Ho conosciuto la dottoressa Princeton ad alcuni eventi del Rotary Club. Eravamo entrambi molto impegnati per la comunità».

«Ma certo». Sean guardò la porta appena accostata, poi si alzò e andò a chiuderla. «Ma sappiamo entrambi che il vostro rapporto era qualcosa di più di un'amicizia fra soci e colleghi». Fece una pausa. «Dottor Berkeley?».

Il preside alzò lo sguardo.

«Temo di averla persa per un momento».

«A essere onesto», disse Berkeley, «mi stavo proprio chiedendo come parlare di ciò che c'è stato tra me e Veronica».

«Come descriverebbe la vostra relazione?».

Berkeley si tolse gli occhiali e si fregò gli occhi. «Non è facile».

«Non vuole provarci?»

«Direi che era una relazione amorosa. Ma alla fine Veronica ha cominciato a pensare che fosse un errore».

«Quando era iniziata?»

«Nel 2000, credo. Anche in questo caso, molto tempo fa».

La matita di Sean grattava sulla carta ruvida del taccuino appuntando ogni particolare, e Berkeley sembrava sussultare a quel rumore. In un altro interrogatorio l'avrebbe usata comunque, ma gli dispiaceva per quell'uomo, così si frugò nelle tasche alla ricerca di una biro.

«È strano pensare che fra poco sarà un quarto di secolo. Lei stava attraversando una fase difficile con suo marito, e io ero lì». Il preside allargò le braccia. «Le piaceva muoversi di soppiatto, prenotare una stanza d'albergo per passarci il pomeriggio insieme. Le piaceva l'eccitazione».

«E a lei no?»

«Io avevo voglia d'amore, di adorazione, di attenzioni. Le solite cose».

«Era sposato, all'epoca?». E Sean guardò la foto della moglie di Berkeley.

«Non sono orgoglioso di ciò che ho fatto. Potrei dire che tutte quelle cose a casa non le avevo, ma credo sarebbe ingiusto».

«E quanto è durata la vostra storia?»

«Fino a metà degli anni 2000, a intervalli».

«Cosa accadde?»

«Lorelei, mia moglie, lo scoprì nel 2002, e non le piacque affatto…». Il preside fissava un punto lontano, come rivedendo quei momenti. «Non la prese bene. Soprattutto quando le dissi che volevo lasciarla per stare con Veronica. Stava già attraversando moltissime difficoltà sul lavoro, con quel capo orribile che aveva, e questa fu la goccia che fece traboccare il vaso, che la spinse a…».

«Si suicidò?». Sean ci provò, ma non riuscì a cancellare del tutto la recriminazione dal suo tono di voce.

«La capisco se pensa che sia stata colpa mia. Non mi sono comportato bene. Ma quando Lorelei morì, io non riuscivo a fare più nulla. Io e Veronica ci stringemmo l'uno all'altra nel nostro dolore. Per qualche anno portammo avanti la nostra relazione, immagino volessimo convincerci che tutto ciò era accaduto per qualcosa di più grande. Ma alla fine ci lasciammo».

«E che mi dice di suo marito – sapeva della vostra relazione?».

Il preside si strinse nelle spalle. «Se lo sapeva, non disse mai niente né a lei né a me, al Rotary Club».

«Interessante». Sean conosceva altre coppie che accettavano l'infedeltà l'uno dell'altro. Alcune preferivano non sapere i dettagli, altre volevano sapere tutto. Ma lui non era abbastanza sicuro di sé da affrontare una cosa del genere. L'idea di Liam con qualcun altro lo faceva vomitare.

«Quindi fu una rottura amichevole?»

«La cosa si esaurì, quindi sì, direi di sì. Né io né lei provavamo più la stessa cosa dopo quello che era successo».

«Eppure lei mi sembra molto colpito dalla sua morte. Prova ancora dei forti sentimenti per lei?»

«La tenerezza – o anche l'indifferenza – è un obiettivo da perseguire, dopo una rottura. Ci sono delle eccezioni, ovviamente. A volte l'amore resiste, nonostante la relazione abbia cambiato status, da attiva a invalida».

Sean annuì, ripensando alle sue relazioni passate e domandandosi in quale categoria avrebbe potuto incasellarle. Poi pensò a Edie, che l'amore per Sky lo portava inciso nelle ossa.

«Mi sembra che lei capisca».

«Sì, capisco. Ma stavo anche pensando a una persona per cui è decisamente vero».

«L'amore che provavo per Veronica era come un tatuaggio. Una cosa che non può essere rimossa, per quanto lo si desideri».

Sean pensò ai tatuaggi che lui e Liam si erano fatti fare quando si erano sposati. E a come sarebbe stato sentirsi dire che suo marito era morto.

«Quando ha sentito Veronica per l'ultima volta?»

«Ogni tanto la incontravo a un pranzo del consiglio, o al Rotary, ma in altri casi no, non ci vedevamo. Ci sembrava una cosa più gentile e delicata per i nostri cuori».

«Che cosa ha fatto dalla notte scorsa fino a stamattina presto?».

Berkeley sbatté le palpebre. «Sono stato qui fino alle otto, poi sono andato a consegnare qualche regalino di Natale per mia madre e sono rimasto con lei finché non è andata a letto, dopo di che sono tornato a casa. E ho ripreso il lavoro alle sette e trenta».

«E c'è qualcuno che potrebbe confermare la sua presenza a casa? Una compagna, o qualche membro della sua famiglia?».

Berkeley esitò, poi scosse la testa. «Mia figlia vive nello Yorkshire del Nord, quindi non la vedo quasi mai. Ed è da non so quanto tempo che non ho una compagna. Un vicino potrebbe avermi visto, immagino, ma non credo potrebbe testimoniare che sono rimasto a casa».

«E dove abita sua madre?»

«In Montague Place, una casa di riposo di Swanage».

Sean si appuntò l'indirizzo. «Ricorda se Veronica Princeton aveva dei nemici quando voi due eravate intimi?»

«Non che io sappia. Ci eravamo promessi di non parlare mai di lavoro, o della vita che conducevamo a casa, ma penso che me l'avrebbe detto se ci fosse stato qualche problema serio».

«Allora di cosa parlavate, se se lo ricorda?».

Berkeley arrossì. «Ricordo ogni cosa. Speranze, sogni, politica, letteratura, storie della buonanotte. Dopo una lunga giornata passata per me a insegnare e a dirigere la scuola, anche se all'epoca non era ancora questa, e per lei a coltivare le aspettative delle persone, sia come esperta di fertilità che come assessora, poter pensare solo a noi era rigenerante».

«E che mi dice di Carl Latimer – qualche legame tra lui e la dottoressa Princeton?»

«A parte me, vuol dire?». Berkeley scoppiò in una risata strana. «Aspetti, mi sembrava di aver capito che fossero due casi distinti».

«Sto solo cercando di approfondire alcune cose. Se Carl Latimer è stato aggredito, potrebbe essere utile sapere se tra i due eventi ci sia una connessione».

«È un po' come io insegno la storia. Tutti i fatti sono correlati. Ma bisogna anche tenere a mente che la vita non si incrocia sempre nello stesso modo. Molte volte i fenomeni sono casuali. Dobbiamo vedere anche ciò che ciascuno porta nella storia dal proprio passato».

«Le spiacerebbe rispondere alla mia domanda, dottor Berkeley?». La voce di Sean aveva una punta di irritazione.

«Non saprei dire come si erano conosciuti, ma del resto non parlavo con Veronica da anni».

«Tanto per essere precisi, potrebbe dirmi dov'era la notte in cui il signor Latimer è stato aggredito?»

«Quando è stato? L'altro ieri?»

«Sì, due notti fa».

«Esattamente come ieri notte. Sono stato qui a correggere i compiti, poi ho fatto un salto a trovare la mamma, poi a casa. Niente che possa esserle d'aiuto!». Ma era nuovamente arrossito, e giocherellava con la penna.

Sean rilesse qualcosa sul suo taccuino. Non sapeva se formulare la domanda precedente; dopotutto la stampa, miracolosamente, non aveva ancora scovato quell'informazione. «So che le sembrerà una domanda strana, ma...».

«Nessuna delle sue domande può essere più strana di quelle che mi fanno i ragazzi».

«Cosa ne pensa dei puzzle?»

«Dei puzzle? Ritiro ciò che ho detto. È davvero una domanda strana».

Sean sorrise e fece un piccolo inchino.

«Sono molti anni che non faccio un puzzle. Anzi, è una bugia: la signora Challis ne ha portato uno a un evento sociale e ci ha cronometrati».

«Quindi non le interessano in modo particolare?»

«Non provo assolutamente niente di particolare nei confronti dei puzzle».

Sean chiuse il taccuino. «Per ora è tutto».

Il dottor Berkeley si alzò goffamente, massaggiandosi la ricrescita della barba mentre riaccompagnava il detective alla porta. «Dovrà renderla pubblica? La nostra storia, voglio dire».

«Non posso prometterle che non venga fuori, ma per quanto ci riguarda ci atterremo alla massima discrezione».

La signora Challis era nella stanza adiacente a quella dell'ufficio di Berkeley quando Sean ci passò davanti.

«È una cosa intollerabile», stava dicendo, con una voce che lo fece sentire come un bambino che aveva commesso una marachella. «Sei *a un passo così* dall'essere sostituita!».

Sean infilò la testa e diede un'occhiata al locale. «Va tutto bene, signora Challis?».

La signora Challis stava minacciando col dito un'imponente stampante che sputava fuori dei fogli di carta. «Questo marchingegno non vuole saperne di obbedire». Diede alla stampante un rapido calcetto. «Qualunque cosa io faccia, si ostina a non fare più di una copia alla volta». La signora Challis gli consegnò il programma degli eventi per il «Grande pranzo festivo per lo staff della St. Mary».

«Forse potrebbe lasciarla un po' lì a riflettere sulle sue malefatte, mentre io la interrogo», disse Sean.

La signora Challis scoccò alla stampante una lunga occhiata d'odio e la minacciò ancora una volta con il dito, quindi lo fece entrare nel suo ufficio. Era sorprendentemente accogliente e comodo. La donna ne aveva fatto un po' il suo nido, con una poltrona e alcuni plaid, un gatto imbottito e un ventilatore. C'erano addirittura due morbide pantofole di peluche.

Sugli scaffali c'erano dei manuali per principianti nelle parole crociate e delle enciclopedie che aveva visto anche nella biblioteca di Edie. E c'era anche l'ultimo, difficilissimo cruciverba della sua prozia pronto per essere completato, presumibilmente non appena la signora Challis avesse finito di litigare con quella cocciuta stampante.

La signora prese posto in poltrona e gli indicò una dura sedia da tavolo in un angolo.

«Chi è che si siede qui, normalmente?», le chiese Sean.

«Membri dello staff durante la pausa, di solito», rispose la signora Challis. «Pensano tutti che io sia una sorta di assistente sociale, mentre in realtà sono tutto il contrario. Tengo qui questa sedia così se ne vanno in fretta».

«Edie approverebbe».

«Ci credo. E ora, ispettore, immagino voglia sapere dov'ero la notte in cui Carl è stato aggredito, oltre a cosa ho fatto e dove sono stata ieri notte». Infilò la mano in un cassetto e ne estrasse dei fogli già stampati, probabilmente in un momento in cui la stampante si sentiva più disponibile. Contenevano un tabulato relativo a ogni ora di ciascuna delle due notti, con le indicazioni di cosa avesse mangiato per cena, dei programmi che aveva visto in televisione e delle volte in cui era andata in bagno. Ma come nel caso di Lesley, del dottor Berkeley e del dottor Newman, nessuno poteva testimoniarlo.

«Grazie di essere stata tanto... precisa. Come ha fatto a sapere che Veronica Princeton era morta?»

«La segretaria di una scuola sa sempre tutto».

«Ho bisogno di qualcosa di più».

«Bene. La notizia è comparsa su un gruppo Facebook di cittadini di Weymouth. Gli elicotteri che ti girano in cerchio sopra la testa e gli omicidi sono sempre in cima al cartellone».

«Cosa saprebbe dirmi di Carl Latimer?»

«Ufficialmente, secondo quanto risulta dai registri della scuola?»

«Perché, esiste un registro non ufficiale? Cose che non sono presenti nei documenti della scuola?»

«Potrebbe anche essere».

«E per caso lei non avrebbe un tabulato anche su quel tema?».

La signora Challis infilò di nuovo la mano nel cassetto e tirò fuori una carpetta. «Certo che ce l'ho. Ma non è una lettura piacevole».

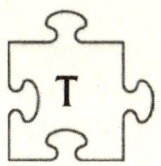

Ventiquattro

La Casa dei libri era in fondo a una zona industriale in riva al mare.

«Mi può aspettare?», chiese Edie all'autista del taxi.

Quello spostamento le era già costato una fortuna, quindi tanto valeva arrivare fino in fondo. E comunque ancora non sapeva dove altro avrebbe voluto andare. Era il bello dei puzzle: ti portano sempre in direzioni inaspettate.

Il tassista annuì, guardando l'orologio. «Per me va bene».

Edie si avvolse lo scialle attorno al collo per tener fuori le dita gelate del vento. L'acqua aveva assunto le striature rosa del cielo invernale che si andava scurendo. L'aria carica di salmastro le ricordava la composizione di molluschi trovati nel vicino porto di Poole. Ma sicuramente quell'aria salmastra non poteva andare bene per i libri.

Quando entrò, l'addetta all'accoglienza le sorrise. Aveva i capelli azzurri, occhiali cerchiati di rosa e tatuaggi sulle mani. Edie approvò. «Mi piace moltissimo il suo vestito; cos'è, vintage di Westwood?»

«Se Vivienne è vintage, allora io cosa sono?». Edie sorrise suo malgrado.

«Un originale? In termini pagani, lei sarebbe una befana». La giovane donna aveva l'espressione aperta e il ciondolo con la tripla luna di una persona che, a ragione, pronuncia il nome "befana" con onore e rispetto.

«Sì, sono una befana autentica».

«È una scrittrice?». E abbassò gli occhi su un registro che teneva sul bancone. «Perché non credevo ci sarebbe stato un firmacopie oggi».

«No», disse Edie, ma l'idea non le dispiaceva affatto. «Ma mi stavo chiedendo se per caso non potrebbe aiutarmi. Ho qui un puzzle, e l'assoluta necessità di risolverlo».

La ragazza si chinò in avanti. «Adoro i puzzle».

«Come si chiama?», le domandò Edie.

«Merribeth».

«Merribeth, lo riconosci questo tappeto?». E le mostrò il pezzo di puzzle corrispondente.

Merribeth tese la mano e lo afferrò prima che Edie avesse il tempo di impedirglielo. Guardò attentamente il pezzo di puzzle, poi scosse la testa. «Mi dispiace, non l'ho mai visto. Sarebbe troppo pericoloso tenere un tappeto o anche solo un tappetino sul pavimento della fabbrica».

«Non è nemmeno nella stanza del personale, o dove gli autori firmano i libri?»

«No. Perché ha pensato che potesse essere qui?».

Edie guardò la ragazza, evidentemente non sposata, e decise che, nello spirito della marittima Poole, il suo atteggiamento le piaceva. Abbastanza da voler condividere qualcosa con lei, comunque. «Devo capire dove si trovi. Credo che una persona sarà assassinata su quel tappeto».

«Oh, magnifico!», disse Merribeth, sbattendo le ciglia.

Edie tirò fuori il pezzo di puzzle con sopra scritto «Magazzino». Le lettere sembravano catapultarsi in avanti e arricciarsi. «Anche se, guardandolo meglio, il carattere non sembra quello che si potrebbe usare per un magazzino, nemmeno per un magazzino di libri».

I denti di Merribeth erano bianchi come la luna e scintillavano quando sorrideva. «È perché non si tratta di un magazzino, ma di una libreria. È un secolo che non ci metto piede, ma da adolescente ci andavo tutti i sabati. Ogni ragazzo dark di Poole la frequenta».

«Grazie. Non smettere mai di essere te. Sei fantastica».

Merribeth sbatté di nuovo le palpebre.

«È lontana, questa libreria?». Edie stava pensando al tassista, e al tassametro in perenne movimento.

«Poole High Street, nella città vecchia. In fondo al porto». Merribeth digitò qualcosa sulla tastiera, poi girò il monitor per farlo vedere a Edie.

Lo strano carattere del pezzo del puzzle era lì sullo schermo, con un'altra, cruciale parola – «Magazzino Consapevole».

Il viso di Pauline Figes era accaldato, e aveva gli occhi rossi e i capelli bagnati quando uscì dalla Piscina e Fitness di Weymouth. Attorno alla fronte portava una fascia spessa là dove c'era stato il bordo della cuffia. A seguirla c'era l'odore del cloro e dei cerotti contro le verruche.

Sean vedeva chiaramente che Michaels stava cercando di non essere troppo compiaciuta perché il suo piano di cogliere di sorpresa Pauline aveva funzionato. Aveva scoperto che postava i suoi tempi su Instagram dopo ogni nuotata, tra le cinque e le sette di ogni giorno feriale. Ma la sua espressione da «te l'avevo detto» le veniva fin troppo bene. Condivideva quella capacità, ma molte altre ora che ci pensava, con Edie.

Sean non capiva perché non potessero semplicemente andare al lavoro di Pauline, o a casa sua, ma la teoria di Michaels era che beccarla nella sua zona di comfort poteva essere d'aiuto. «Le endorfine la renderanno più collaborativa», aveva sentenziato, e lui ne aveva dedotto che anche Michaels era nel club del fitness. Isla le chiamava delfini – «Guarda quei delfini come salgono in superficie! Ti aiuterebbero a nuotare attraverso qualsiasi cosa!». E ora che erano lì, Sean, nel suo travestimento di benevolo detective, avrebbe permesso a Michaels di mettere alla prova la sua teoria conducendo l'interrogatorio.

«Pauline Figes? Sono la sergente detective Michaels, e lui è l'ispettore detective Brand-O'Sullivan».

Pauline vide Sean, e rimase sorpresa. «Sei il maritino di Liam, no? Ho visto le fotografie del vostro matrimonio! Siete qui per via di Carl?»

«Sì», disse Sean. «Fra l'altro». E fece cenno a Michaels che poteva continuare.

«Stiamo cercando di scoprire cos'è successo al signor Latimer, e pensiamo che il club della corsa potrebbe aiutarci».

Gli occhi arrossati di Pauline scintillarono. Era davvero in preda a un surplus di endorfine. «Siamo qui per questo. Per aiutare la comunità. E per reclutare nuovi membri», disse a Michaels.

«Attenta a te, Michaels, i Corridori ti stanno alle costole», disse Sean, sorridendo a Pauline.

Pauline gli diede un pugno sulla spalla. «Liam ci ha detto che eri un gran mattacchione».

Un mattacchione? Sean avrebbe preferito che Liam lo descrivesse in qualunque altro modo. Un *mattacchione*?

«Avanti, allora», disse Michaels, adeguandosi allo stile della conversazione. «Convertimi alla corsa, Pauline!».

«Siamo un gruppo molto unito, con persone di ogni livello di esperienza e preparazione ginnica. Ci divertiamo un sacco».

«Io non so se sono abbastanza in forma», disse Michaels, il che era evidentemente ridicolo. Era ben più in forma di lui.

«Sciocchezze. Il più anziano dei nostri corridori ha novantacinque anni, anche se ogni volta che viene con noi penso che potrebbe morire e farci finire sui giornali».

«Indubbiamente non sarebbe uno spot efficace per il reclutamento», disse Michaels. «Soprattutto dopo ciò che è successo a Carl».

«Non devi lasciarti scoraggiare. Quell'idiota stava correndo da solo, di notte, nel bosco. Gliel'avevamo detto non so quante volte di non farlo».

«Dite sempre agli altri dove andate a correre?», chiese Michaels.

Pauline annuì, ma aveva ancora una sfumatura del suo sorriso di compiacimento. «Certo, per ragioni di sicurezza. Ciascuno di noi è collegato a tutti gli altri con una app per la corsa, così in caso di emergenza sappiamo sempre dove sono tutti gli altri».

«È così che avete scoperto che Carl era rimasto ferito?», chiese Michaels, ben sapendo che non erano stati i corridori a trovarlo.

Pauline non sembrava più tanto compiaciuta. «Carl è un caso a parte, ci chiede sempre di non tracciare la sua posizione».

«Perché?», chiese Sean, anche se il file della signora Challis gli aveva già dato qualche indizio.

«Perché lui spesso... ehm, va a trovare delle amiche».

«Capisco».

«Ma il più delle volte corriamo tutti insieme, e ci riuniamo per raccogliere fondi per la mezza maratona e cose del genere».

«Sostenete un ente benefico in particolare?», chiese Sean.

«Ognuno ha la sua raccolta fondi preferita da sostenere fino in fondo». Rise del suo stesso gioco di parole e guardò Michaels, in attesa.

Michaels ricambiò il sorriso. «E qual è la tua preferita?».

Il viso di Pauline si fece ombroso. «Io sostengo delle iniziative umanitarie per le donne vittime della classe medica».

«Una buona causa», disse Sean, pensando alla madre di Edie.

«Ma non attacchiamo il Servizio sanitario nazionale».

«Prendete di mira solo le strutture private?», chiese Michaels. «Capisco. Tutti quei soldi, e cosa ottieni in cambio?»

«Di sicuro ne esci con meno soldi di quelli che avevi all'inizio». La mano di Pauline salì per un istante allo stomaco.

Sean provava così tanta empatia per lei che era come se il suo dolore fosse contagioso. «So che è un argomento delicato, ma ti sei mai rivolta alla clinica della fertilità Legami Familiari?».

In quel momento gli occhi di Pauline persero la loro luce. Scesero al livello del suolo e lei annuì.

«Secondo le nostre informazioni, qualcuno tramite Facebook sta mandando messaggi d'odio alla clinica».

«Oh no!», disse lei, allarmatissima. «Nessuno nel nostro gruppo farebbe mai una cosa del genere».

«Ho visto i messaggi», disse Sean. «Pieni d'odio e di misoginia. E c'erano anche minacce di morte».

«Be', noi non appoggiamo questo tipo di iniziative».

«In tal caso», insistette Michaels, «non vi dispiacerà darci una lista degli amministratori e tutte le informazioni su come si effettua l'accesso».

«Ma non potreste comunque capire chi ha mandato il messaggio, no?». Il tono di Pauline era sempre più teso. «Perché ci sono dieci amministratori, e abbiamo tutti lo stesso log-in».

Il tono di Michaels si fece d'acciaio. «Scopriremo comunque chi ha mandato i messaggi, e penso che sarebbe meglio per te darci questa informazione invece di costringerci a ottenerla tramite un mandato ufficiale. La cosa non avrebbe un riflesso positivo su di te, se si arrivasse in tribunale».

Sean cercò di contrastare quelle parole con un tono di seta. «Sei stata tu a mandare quei messaggi, Pauline? Perché ti era successo qualcosa di brutto alla clinica?»

«Io non ho mandato assolutamente niente. E non mi va di parlare di quella clinica». Le lacrime tracimavano dai suoi occhi. C'erano decisamente troppe lacrime in quel tipo di lavoro.

«Capisco perfettamente il dolore per l'impossibilità di avere figli», disse Sean. «Ci sono organizzazioni che potrebbero aiutarti e con cui potrei metterti in contatto, se vuoi».

«Non credo proprio che tu possa capire», sputò fuori Pauline.

Ma in realtà lui capiva. Un'onda del dolore cancellato dalla speranza di avere Juniper gli tornò fortissima al pensiero degli anni in cui aveva sperato di poter diventare padre.

«Perché dici così?», le chiese Michaels, bruscamente

Pauline sporse un po' il mento. «Perché lui non è una donna, dico bene? Non può sapere cosa significa provare a fare un bambino che non ti si impianta mai».

Sean odiava quella parola all'antica – "impiantare", come se un bambino fosse un giocatore di cricket – ma le lacrime feroci che scendevano dagli occhi di Pauline gli impedirono di dire qualunque cosa.

«Le donne che hanno un utero funzionante non sono le uniche a desiderare un figlio». La voce di Michaels era tesa per un dolore che Sean non aveva ancora mai visto in lei. Quante cose accadono sotto la linea di galleggiamento.

«Perché mi attaccate?», scattò Pauline. Ormai le sue endorfine si erano esaurite. «È con Lucy che dovreste parlare. È stata lei a mandare quei messaggi».

Venticinque

Poole High Street era un po' come il dottor Jekyll e mister Hyde: da una parte era tutta negozietti dell'usato, bancarelle di roba contraffatta e spazi non affittati, mentre dall'altra parte, oltre le strisce pedonali, c'erano negozi e ristorantini indipendenti. Il Fitbit di Edie ronzò quando scese dal taxi a pochi passi dall'incrocio, segnalandole che il suo battito cardiaco era andato alle stelle. Il dispositivo le chiese come si sentiva e le propose varie alternative. «Agitata», premette lei in risposta. In realtà si sentiva più viva di quanto non fosse da lungo tempo.

Il Magazzino Consapevole era in fondo al lato elegante della strada, olfattivamente equidistante da Lush e dal porto. La cacofonia olfattiva aumentò quando la porta della libreria si chiuse tintinnando. Bastoncini di Nag Champa bruciavano in ogni nicchia, rendendo l'aria fumosa e pesantemente profumata.

«Come posso aiutarla?», le chiese una donna con un fluttuante vestito di pizzo nero. Aveva dei capelli alla Stevie Nicks e un'aura di patchouli. Niente sembrava dire che in quel posto fosse stato commesso un omicidio. Eppure. Magari Edie ce l'aveva fatta ad arrivare in tempo. Forse nessun altro sarebbe morto.

Edie tirò nuovamente fuori il pezzo di puzzle con il tappeto, stavolta tenendolo fuori dalla portata dell'altra donna. «Penso che lei potrebbe avere questo tappeto».

La donna sorrise, e spalancò le braccia. «Lei è la prima! Congratulazioni!».

Edie fece un passo indietro. «Cosa vuol dire?»

«Lei partecipa alla caccia al tesoro, no? Risolvendo indovinelli e raccogliendo oggetti da certi posti». Si affaccendò su un mobiletto nero e ne aprì il cassetto superiore. «Quindi immagino che questo sia per lei».

E le tese una busta. Il cuore di Edie era come disancorato mentre l'apriva e ci trovava un'altra lettera dattilografata.

> Per essere una persona che scrive le domande, non sei granché come solutrice di puzzle. Hai scelto la strada più ovvia, e sai benissimo che ciò ti porterà a scrivere a matita la risposta sbagliata. Comunque, il tempo che stai sprecando è il tuo. E quello della prossima vittima.
>
> R.I.P.

Sean era in ritardo al suo stesso briefing, essendo andato direttamente dalla piscina alla palestra prima di tornare alla stazione di polizia. Isla aveva dovuto cancellare la loro lezione, ma gli aveva mandato dettagliate istruzioni che lui si sentiva moralmente in obbligo di seguire. Le cosce gli urlavano di dolore mentre saliva lentamente le scale. Quando finalmente varcò la soglia di quella stanza soffocante e prese posto sulla sedia rotante, cominciò subito a scusarsi con la sua squadra.

«Va tutto bene, signore», disse Michaels. «La stavamo aspettando». Il tono della sua voce comunicava superiorità e sdegno.

Sean sapeva che Edie, il suo capo e la maggior parte della gente avrebbero risposto: «Infatti, era proprio quello che dovevate fare!». Ma lui disse solo: «Grazie a tutti». Edie gli diceva sempre che era troppo gentile, e che quella caratteristica un giorno l'avrebbe fatto finire nei guai.

«Bene, aggiorniamoci. Michaels è stata bravissima a insistere con Pauline Figes fino a farle puntare il dito contro Lucy Pringle come autrice dei messaggi di minaccia a Veronica Princeton».

Ci fu un'increspatura di riluttanti applausi. Ben pochi apprezzavano Michaels.

Sean riprese. «Adesso vorrei che tu portassi qui Lucy Pringle per un interrogatorio, Michaels».

Michaels inclinò la testa da un lato. «Prima o dopo aver interrogato tuo marito?».

Nella saletta si fece silenzio.

Fu Sean a spezzarlo, a voce molto bassa. «Lo faremo presto, anche se l'unica ragione per parlare con lui è che fa parte del gruppo di corsa. Mentre la nostra sospettata principale è la signorina Pringle».

«Sarebbe urgente anche interrogare la tua prozia», riprese Michaels. «Dopotutto è stata lei a ricevere i primi pezzi. Mi preoccupa che non sia stata ancora interrogata formalmente. E ovviamente non puoi farlo tu».

«Naturalmente. Sono sicuro che tu lo farai benissimo», rispose Sean. Ed era altrettanto sicuro che Edie l'avrebbe fatta a pezzi.

Poi guardò Ama. «Detective Phillips, potresti studiare la lista dei clienti che ci ha mandato la Legami Familiari e incrociarli con i membri del club della corsa e della scuola? Sono le nostre tre principali aree d'interesse».

«Com'è andata alla scuola, capo?», chiese Phillips.

«La felpa fa parte di una vecchia uniforme della St. Mary, quindi è possibile che ci sia una connessione storica tra la scuola e R.I.P. e anche se Berkeley non ha un alibi per entrambe le aggressioni, non sembra molto preoccupato. Ha ammesso di aver avuto una relazione con Veronica Princeton ma dice che è finita molto tempo fa, e sembrava sinceramente dispiaciuto per la sua morte».

«Il che non comporta necessariamente che non l'abbia uccisa», disse Michaels.

«Verissimo. Potresti, Michaels, controllare se la targa della sua auto corrisponde agli spostamenti che dice di aver fatto? Sembra molto legato alla madre, che risiede in una casa di riposo di Swanage, e ci deve pur essere qualche telecamera a circuito chiuso in funzione nell'area. Magari siamo la Jurassic Coast, ma non siamo così fossilizzati».

Michaels annuì. Stava tamburellando con il piede sul pavimento e accarezzando i documenti che aveva in grembo come se contenessero preziose informazioni.

Non altrettanto importanti, ci avrebbe scommesso, di quelle che gli aveva dato Sandra Challis. «Dovremo interrogare ancora Carl Latimer su possibili aggressioni che potrebbe non aver denunciato alla polizia. La centralinista della scuola, la signora Challis, mi ha consegnato un documento da cui risulta che da adolescente potrebbe aver realizzato con la videocamera del padre – e distribuito ad amici – video e foto privati di lui stesso con varie ragazze coetanee. Una sorta di *revenge porn* ante litteram. Potrebbe trattarsi di un reato minore, in quanto commesso da un minorenne, e comunque dovrebbe essere accaduto una ventina d'anni fa, quindi probabilmente non è rilevante, ma la complessità di questo puzzle significa che dietro dev'esserci una mente pianificatrice. Ogni singolo dettaglio richiede tutta la nostra attenzione».

«Qualcuno potrebbe volersi vendicare di un *revenge porn?*», suggerì Ama.

«Chiederò al dipartimento informatico di controllare il suo computer e i suoi social media», disse Michaels. Il suo ginocchio rimbalzava sotto il ripiano del tavolo.

«Grazie, Michaels. E a quanto pare avete ricavato qualcosa anche quando tu e Ama siete andate a indagare sulle attività di Veronica Princeton, ieri sera?».

Michaels si alzò e andò a mettersi davanti alla squadra: una mossa del tutto inutile.

«Veronica Princeton è davvero andata giù in città, ieri sera. Aveva una cena con alcune amiche al ristorante thai nella zona del porto e alla fine era ubriaca, a quanto risulta dalla registrazione della telecamera a circuito chiuso. Due delle sue amiche sono andate a casa, mentre lei è rimasta fuori con le altre due, Helen Baker e India Wang: tutte dottoresse e tutte decisamente alticce».

«Hai parlato con loro?», chiese Sean.

Michaels fece un'espressione indignata. «Ovvio. Ama ha parlato con le due che sono andate a casa presto, e io ho preso di mira Baker e Wang».

Sean notò l'uso dell'espressione "prendere di mira", come se Michaels pensasse a sé stessa come a un assassino invece che a un funzionario.

«Entrambe dicono che Veronica era in ottima forma, forse un'espressione medica per dire ubriaca fradicia, e che dopo sono andate in altri bar e club. Le aveva salutate con la mano mentre prendevano un taxi, dicendo che avrebbe aspettato il prossimo».

«Avevano un messaggio in codice?», chiese Phillips. Quando tutti gli altri la fissarono con sguardo vuoto, precisò: «Un breve testo per dire che erano arrivate a casa sane e salve».

«Baker mi ha detto che erano d'accordo di mandare un messaggio quando fossero arrivate a casa, ma poi lei e Wang si sono addormentate subito».

«Belle amiche». Disse Phillips scuotendo la testa.

«Perché avrebbero dovuto sentirsi responsabili per lei?», disse Sean. «La sua morte va addebitata interamente all'assassino. Cos'è successo dopo? Qualche altra telecamera?»

«Nell'ultima registrazione che abbiamo la si vede in piedi alla postazione dei taxi. Sembra che guardi l'orologio, che esiti e poi si incammini a piedi».

«Niente dalle parti di Pocket Lane o Crescent Street? Di lei o del potenziale assassino?»

«Buona parte della zona non è coperta, e ancor meno il lungomare su cui affacciano. E quelle che ci sono, non funzionano».

«Ovvio». E non lo disse come se pensasse di saperne più degli altri. La stazione di polizia non faceva che protestare perché residenti e imprese non si dotavano di telecamere funzionanti.

«È venuto fuori qualcos'altro?».

Phillips alzò lo sguardo, esitante.

Sean riconobbe in lei la sua stessa tendenza a non farsi avanti, credendo che i suoi pensieri non fossero importanti. «Qualunque cosa, grande o piccola che sia».

«Mentre chiacchieravo con le due donne che erano andate a casa presto, Rachel e Yrsa, mi hanno detto che Veronica continuava a guardare il suo smartwatch, come se stesse aspettando un messaggio».

«Magari stava controllando il conteggio dei passi o delle calorie?», disse Michaels. Forse per compensare il fatto che non era stata lei a riportare quell'informazione.

«Oppure aveva ricevuto un messaggio e stava per incontrare il suo assassino?». La voce di Phillips era bassa ma decisa. «Ho chiesto di avere la registrazione del telefono della dottoressa Princeton, ma non è ancora arrivata. Dovrebbe essere qui tra un'ora circa».

«Ottimo lavoro. Qualcun altro?»

«Dall'autopsia ancora niente, ovviamente». Michaels era sulla difensiva, come se lui l'avesse accusata di qualcosa.

«Quindi è possibile che non ci siano novità fin dopo Natale». La stagione rallentava ogni cosa, dalla dieta alle autopsie.

«E io?». Lo slancio di Phillips era straziante. Forse Edie aveva ragione riguardo alla sua gentilezza e ingenuità. «Cos'altro posso fare?»

«Puoi parlare con tutti i membri dei Corridori di Weymouth che riuscirai a rintracciare».

Phillips lo guardò ansiosa, chiedendogli con gli occhi qualcos'altro da fare.

«Onestamente, non ti servono altri compiti. I Corridori sono centinaia sul loro gruppo Facebook, compresa la nostra Helena della scientifica. Ti ci vorrà un secolo per contattarli tutti, chiedere i loro alibi e verificarli, e così via».

«Mi piace avere qualcosa da fare. È una distrazione».

Sean si appuntò mentalmente di chiederle da che cosa avesse tanto bisogno di distrarsi. Col tempo avrebbe dovuto imparare a non accollarsi i guai degli altri. «Allora potresti indagare su dove siano stati fabbricati la scatola e i pezzi del puzzle – se vengono da un posto qui vicino o sono stati comprati online. Magari sono stati fatti con una stampante 3D, ma non sarà male controllare».

Phillips annuì, un po' troppo allegramente. «E che ne direbbe di provare a risolvere il puzzle, signore?». Stava guardando la stampa dei pezzi che erano stati attaccati alla lavagna con le puntine. «Cosa pensa che potrebbe significare?».

Forse avrebbe fatto meglio a non escludere Edie. Se si fosse trattato di un altro caso, l'avrebbe convocata come esperta.

Ma lei era già troppo coinvolta.

«Hai ragione, Ama. La priorità è il puzzle».

«Lo puoi risolvere tu, capo», disse Michaels.

Sean non capì se l'avesse detto con sarcasmo oppure no.

«Dopotutto, tua zia deve pur averti insegnato a risolvere un puzzle. Vediamo un po' se è stata una brava maestra».

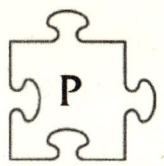

Ventisei

Il tassista parlò ininterrottamente per tutto il viaggio di ritorno a Weymouth, ma Edie non sentì nemmeno una parola di quello che blaterava. Coglieva solo frammenti di parole ogni tanto, sillabe senza senso... *Baci, lycis, non Lekh Lekhà...* Lei guardava fisso fuori dal finestrino, bruciando di vergogna e di rabbia. Come la neve, anche i suoi pensieri non volevano saperne di posarsi. Era stata battuta da Riposa in Pezzi, un assassino che si era scelto come nome un terribile gioco di parole.

Ma aveva ragione, chiunque fosse. Si era lasciata trasportare dalla sua prima risposta agli indizi e aveva usato delle prove inconsistenti per confermarla. Aveva dato per scontato di saperne più di lui. E ciò le era costato un sacco di soldi per il taxi, quasi un'intera giornata buttata, e il suo orgoglio.

Arrivò a casa che era già buio. Rivolse il gesto internazionale che significa "cazzone" al Babbo Natale illuminato sul vialetto di Lucy Pringle ed entrò. Sentiva uno per uno tutti i suoi ottant'anni, forse anche di più, mentre saliva lentamente le scale che portavano alla camera da letto, cercando, come sempre, di ignorare la sala da pranzo chiusa a chiave.

I gatti si distesero sul letto accanto a lei, preparandosi a un pisolino di qualità. Anche lei avrebbe avuto bisogno di una pennichella, ma il cervello non ne voleva sapere di riposarsi. Continuava a girare attorno ai pezzi del puzzle e a ogni altra informazione che sapeva e non sapeva al tempo stesso.

Quando aveva chiesto alla padrona del Magazzino Consapevole chi le avesse consegnato la busta, la donna le aveva detto: «Un uomo mi ha chiamata dall'associazione benefica, e il giorno dopo ho trovato la lettera del vincitore nella mia cassetta della posta». Era quasi in lacrime. «L'avevano fatta sembrare una buona cosa».

Dopo un'ora trascorsa senza pace, Edie si alzò con un grugnito e scese in salotto, con Fezziwig che la seguiva miagolando.

Aveva visto un sacco di film e di serie poliziesche; sapeva quanto fosse importante visualizzare le connessioni. Possedeva un vecchio rotolo di carta da parati avanzata dall'ultima volta che aveva decorato la casa (il lato positivo di non buttare mai via niente) – che poteva usare come mappa delle prove, con un cordino rosso a rappresentare i contatti e le sinapsi in attività. Purtroppo però non c'erano pareti libere. Cercò di srotolarne un pezzo sul pavimento, ma non c'era abbastanza spazio tra i mucchi di libri. Anche la cucina era un casino. E il piano di sopra. C'era un'unica stanza con abbastanza spazio libero.

Edie si fermò fuori della sala da pranzo, con la mano tremante sulla maniglia.

Ma non poteva entrarci.

La polvere da sola sarebbe bastata a farle partire le ghiandole lacrimali.

No, non poteva entrarci.

Non da sola.

Riga bussò alla porta quindici minuti dopo, e Edie corse ad aprire.

La sua amica era piegata sul bastone, ed esalava dei profondi, rasposi respiri.

Edie mise il braccio attorno alle spalle ossute di Riga. «Cosa fai? Ti avevo detto che sarei venuta a prenderti».

«Non puoi annunciarmi che stai per aprire "la stanza" e aspettarti che io resti là come una brava bambina ad attendere il tuo arrivo. E se fossi morta, nel frattempo? Dovevo venire subito. E poi non volevo che tu ti perdessi questo».

E le indicò un punto oltre la strada. Lucy Pringle stava percorrendo il vialetto di casa sua insieme a un agente in uniforme verso un'auto della polizia. Le luci lampeggianti sulla facciata della casa la mostravano in un bizzarro effetto stroboscopico multicolore.

«Cosa sta succedendo?»

«Non ne ho idea. Ma il nostro WhatsApp di quartiere fa ping ogni mezzo secondo».

Lucy si fermò accanto alla volante e guardò verso Edie e Riga. Le salutò con la mano, come se per lei fosse una situazione perfettamente normale. «Verrete alla mia festa, il 23, vero? Cocktail e salatini?».

L'agente mise la mano sulla spalla di Lucy, e lei salutò ancora prima di chinare la testa e sedersi sul sedile posteriore.

E restarono a guardare mentre veniva portata via.

«È su una volante ed è ancora capace di infilarci due chiacchiere leggere», si meravigliò Riga. «Bisogna dire che è quasi ammirevole».

«Sono più sconcertata per quel "cocktail e salatini"».

«Ma ci andrai, vero?»

«Con quello che è successo, dovrò per forza».

«Tu come tutti gli altri». Gli altri due vicini di casa di Edie, Ryan e Julia Raymond, erano in piedi sotto il loro portico con due kimono abbinati, e avevano assistito a tutta la scena. Le tendine alle finestre di tutta la via non avrebbero avuto requie finché Lucy non fosse ritornata.

Nel corridoio, Edie e Riga si fermarono davanti alla porta della sala da pranzo, che aveva rappresentato tanto per così tanto tempo. Troppo, avrebbe pensato molta gente. Ma quella porta era un argine, e lei avrebbe potuto annegare se l'avesse aperta.

Il cuore di Edie batteva forte. «Non ce la faccio».

«Devi, altrimenti sarei venuta fin qui per niente. Non puoi portarmi di un gradino più vicino alla morte per la fatica e poi annullare l'evento principale. Devi proprio farlo, adesso. Sei stata chiusa là dentro a chiave per troppo tempo».

Riga aveva ragione. Edie cercò con mano tremante la chiave sopra lo stipite e la infilò nella serratura. Poi la girò.

Fu come se la porta si aprisse da sola, anche se Edie era consapevole di essere lei a spingerla. L'odore di chiuso fu la prima cosa che la colpì. Né la stanza né il tempo che lei ci aveva passato erano stati arieggiati da decenni. La parola "devi" le passò per la mente, ma non riusciva a capire se descrivesse l'atmosfera della stanza o il verbo modale che la spingeva a fare qualcosa.

Prese un profondo sospiro polveroso ed entrò. Ogni cosa era là dove l'aveva lasciata. La postazione di lavoro di Sky, vuota. Il cavalletto di Edie, con una natura morta rimasta a metà. Il vaso di fiori sul tavolo, ridotto a stecchi rinsecchiti, con i petali appassiti sul pavimento. Le poltrone attorno al caminetto avevano ancora l'impronta dei loro culi. E in un angolo c'era la collanina d'argento che Sky avrebbe voluto regalarle, sul pavimento, ossidata.

I ricordi erano sempre trapelati dai profili della porta, ma in quel momento la travolsero. Tutti quei momenti difficili, tutte quelle lacrime – non solo il lasciarsi, ma tutte le discussioni che aveva sempre provocato lei, Edie. E poi, proprio alla fine, come la speranza in fondo al vaso di Pandora, un piccolo, dolce ricordo.

Erano sedute davanti al caminetto acceso, la Vigilia di Natale.

«So che non vuoi regali», aveva detto Sky. «Ti capisco, davvero. Ma volevo comunque regalarti qualcosa».

Edie aveva cominciato a obiettare, ma poi Sky le aveva allungato un pacchetto di chewing gum.

«Mia mamma diceva sempre che i regali migliori sono le belle esperienze che poi si ricordano per sempre. E tu sei sempre stata impressionata dal fatto che sapevo fare le bolle di chewing gum. Così ho pensato di insegnarti a farle».

Era il regalo più bello che avesse mai ricevuto. I suoi primi dieci tentativi avevano avuto come unico risultato della gomma flaccida, dei rumorini come di scoreggia e molte risate, ma poi la cosa aveva cominciato a funzionare. All'inizio, le sue bolle erano piccole come il naso di Rudolph. Sky applaudiva, e a un certo punto suggerì che per ora potevano smettere, ma per lei non era mai abbastanza. Edie voleva assolutamente diventare un'esperta. All'ora di andare a letto, era riuscita a produrre una bolla grande come il sacco di Babbo Natale. Il sesso che avevano fatto quella notte sapeva di cola e di ciliegia.

«Sei di nuovo partita per chissà dove», disse Riga mettendole una mano sulla spalla. «Va tutto bene?»

«Penso di sì», disse Edie, confusa. «Quanti ricordi». Si era immaginata che quell'esperienza sarebbe stata peggio di come era effettivamente stata. Forse rivedere Sky le aveva già spalancato le porte del cuore, e quel che stava facendo era solo passarci attraverso.

«Non intendo cederti al Fantasma del Natale passato; abbiamo una centrale operativa da costruire».

Mezz'ora dopo, lo specchio polveroso era stato tolto dalla parete del caminetto e il lato non decorato dell'avanzo di carta da parati attaccato con la gomma adesiva. Peggoty e Fezziwig stavano ancora annusando la stanza, sospettosi. Mister Bumble, invece, dormiva già profondamente su una delle poltrone, sdraiato sulla schiena e con le zampe spalancate.

Riga occupava l'altra poltrona bevendo Campari, e osservava Edie scrivere sul muro i nomi di vittime note e potenziali. Al posto del cordino rosso, i legami tra tutte quelle persone erano rappresentati dalla juta verde con cui Riga teneva su i rampicanti.

«Non è proprio CSI: *Miami*», disse Edie. «Ma dopotutto siamo a Weymouth». Sapeva che la polizia avrebbe seguito piste di cui lei, con somma frustrazione, non sapeva niente, scoprendo le cose tramite vie ufficiali, e che quindi lei avrebbe dovuto usare tutto ciò che aveva – cioè risolvere i puzzle con i pezzi che la polizia non aveva.

Edie cominciò ad attaccare al muro i pezzi di puzzle. «Risolvere un crimine è un po' come risolvere un cruciverba, ma è anche come ricostruire un puzzle. Prima bisogna mettere le zone che si conoscono, stabilire le linee di contorno, e poi cercare i dettagli».

«È assurdo che non ci siano solutori di cruciverba e di puzzle in ogni stazione di polizia».

«Dissettologi», la corresse Edie.

«Cosa?»

«È così che vengono chiamati esperti e fanatici dei puzzle. Mentre i solutori di cruciverba si chiamano compilatori, soprattutto negli Stati Uniti».

«Dunque tu sapresti mettere insieme le cose ma anche tenerle separate».

«Assolutamente. Anche se io preferisco il termine "enigmatologo". Mi fa sembrare misteriosa».

La risata di Riga fu così sonora che mister Bumble quasi si svegliò. «Tu sei la persona meno misteriosa che io conosca. Tutto ciò che ti capita di pensare ti esce direttamente dalla bocca».

«È quello che credi, davvero. Ma ci deve pur essere una ragione se sono stata prescelta, e questo è un vero mistero».

«Magari è un tuo collega enigmatologo che vuole farsi apprezzare da te?».

Edie pensò alla signora Challis, che risolveva i suoi cruciverba. «Forse». Camminò avanti e indietro davanti al caminetto spento, guardando la parete. Peggoty e Fezziwig camminavano con lei, arricciando la coda come la punta dei baffi di Poirot.

«Hai forse qualche segreto nascosto che potrebbe venire in superficie?».

Edie aveva già aperto la porta di una stanza piena di ricordi; non aveva affatto voglia di aprirne un'altra. «Niente di cui valga la pena di parlare».

«Allora potrebbe trattarsi di conquistare la notorietà attraverso la stampa? Ricerca della fama. Ad alcuni assassini piace molto. Far sì che una famosa solutrice di puzzle...».

«Io non sono affatto famosa».

«Che una nota solutrice di puzzle venga coinvolta nei suoi crimini, ma dimostrandosi incapace di risolvere il mistero. Un bell'incentivo per l'ego».

«Magari torneremo più tardi sul "perché io". Adesso diamo un'occhiata al puzzle in sé. A me piace collocare per primi gli angoli, e sospetto che anche il nostro assassino lavori così». Edie le indicò l'angolo in alto a sinistra. «Carl Latimer rappresenta un angolo. E Veronica Princeton quello a sinistra in basso. Scommetto che è qui che fa allusione alla prossima vittima». E prese in mano il pezzo d'angolo più recente, mostrandole il tappeto o lo scendiletto con le nappe dorate. «L'assassino mi ha tratto in inganno». E aggiornò Riga sull'umiliazione che aveva dovuto subire a opera di Riposa in Pezzi.

«Dunque abbiamo a che fare con un vero coglione». Il disprezzo di Riga era evidente nella piega aggraziata delle labbra.

«Se l'assassino seguirà la procedura fino alla fine, ci sarà un accenno alla quarta vittima nell'angolo superiore destro, dopo un'aggressione accaduta nel terzo, in basso a destra. L'assassino sta lavorando in senso antiorario».

«Dopo di che?»

«Dopo di che andrà avanti con tutto quello che c'è nel mezzo».

«Chiunque sia, porta l'orologio da polso che tu stessa hai regalato a tuo fratello, nipote e bisnipote».

«Sì». Edie non voleva pensarci troppo a lungo per paura di congelarsi.

«Passiamo ai pezzi di puzzle che si abbinano all'angolo più recente», disse Riga.

Edie le passò il telefono con le fotografie ingrandite sullo schermo.

Riga tamburellò col dito sull'immagine dei libri classici. «Lo sai a cosa mi fa pensare? Ai terribili blocchi di libri finti che mettono sul comodino e sulle librerie dei negozi di mobili».

Edie guardò meglio, e per la seconda volta quel giorno si sentì una stupida. «Hai ragione. Con il tappeto su quell'altro pezzo, e la scritta "Magazzino", forse quello che abbiamo davanti è un magazzino di arredamento per la casa». Qualcosa scattò nel suo cervello. Rilesse ancora una volta il messaggio arrivato insieme a quei pezzi.

«Srotolare questa pergamena».

Poi guardò la carta da parati ancora arrotolata sul bordo inferiore. Effettivamente sembrava proprio una pergamena o un rotolo di tappeto. «Forse dovremmo cercare nello specifico un magazzino di tappeti?»

«Ma da dove cominciare? Non sappiamo nemmeno se l'assassino intenda agire in quest'area o più in generale nel Dorset».

«In realtà sappiamo poco o niente». Stavolta Edie non voleva saltare alle conclusioni. A volte un pezzo di puzzle sembra incastrarsi in un posto e invece non è così. E lei non poteva perdere tempo nel tentativo di costringere le cose ad andare nel posto giusto.

«Io penso che lui ci voglia così: vari pezzi dietro di lui».

«Non sta giocando correttamente», disse Edie. Secondo il codice degli enigmatologi, si può essere ambigui finché si vuole, ma sempre fornendo abbastanza informazioni per risolvere il puzzle. Ma del resto, un assassino non si attiene certo alle regole.

«Andiamo avanti», disse Riga, reprimendo uno sbadiglio.

«Che te ne pare di guardare un po' qui al centro? Finora abbiamo ricevuto le piastrelle bianche e nere, parte del contorno di un cadavere, foglie d'agrifoglio dappertutto, e nell'insieme la scena sembra essere circondata dal mare».

«Com'è possibile che un puzzle contenga tante cose così diverse?», disse Riga, strizzando gli occhi per guardare meglio la parete. «Ho sempre pensato che un puzzle sia l'immagine spezzettata di una sola cosa».

«E in effetti spesso è così. Ma negli ultimi dieci anni circa, sul mercato sono comparsi anche dei puzzle più complessi». Edie attraversò il salotto e tornò con tre scatole di puzzle Wasgij, ciascuno con un mistero da risolvere una volta collocati al loro posto tutti i mille pezzi. «Non si tratta solo di incastrare i pezzi, bisogna anche scoprire l'informazione che emerge una volta ricostruita l'immagine».

«Almeno questi puzzle ti aiutano perché sulla scatola c'è un'immagine da seguire. Il nostro inventore di puzzle invece non ci ha dato nessun suggerimento».

«Oh, ne esistono tantissimi con la scatola in bianco e solo una parola, se sai in che direzione andare». Una rivendita clandestina di puzzle. Mio Dio, sarebbe uno spasso! «Esistono anche dei puzzle la cui scatola è un riflesso allo specchio dell'immagine che devi ricostruire. E altri che la inquadrano addirittura dal punto di vista di un'altra persona».

Riga si massaggiò le tempie. «E c'è gente che lo fa per divertimento?». La sua testa si reclinava sul petto, gli occhi si chiudevano.

«Adesso devi proprio andare a casa. Ti accompagno».

La passeggiata attraverso il prato di Edie e lungo il vialetto di Riga fu lenta e difficile, con il bastone di Riga appeso al braccio di Edie. La fecero in silenzio, tanto che nemmeno il ritorno di Lucy Pringle strappò loro alcun commento.

Edie aveva pensato di sentirsi sollevata non appena Riga avesse varcato la soglia di casa, invece il suo cuore sprofondò. Una busta imbottita di carta marroncina l'aspettava sullo zerbino, indirizzata a lei. Dentro c'era un biglietto di Natale di una organizzazione benefica. Attaccati sul davanti con il nastro adesivo c'erano altri tre pezzi di puzzle: uno con le onde dell'oceano, uno con il ritratto di un vecchio idiota che le sembrava familiare, e l'ultimo con un altro pezzo dell'orologio di Sean.

Nel biglietto c'era un nuovo messaggio dattilografato.

> Qual è la cosa che il tuo prezioso Sean ammira di più? Andrà in mille pezzi attorno a lui, e anche lui andrà in pezzi, e nessuno potrà più rimetterlo insieme, a meno che tu non risolva in fretta questo puzzle.
> Buon Natale, signorina O'Sullivan.
> Riposa in Pezzi

Si voltò verso Riga per commentare, ma la sua amica aveva già gli occhi chiusi. Glielo avrebbe mostrato il giorno dopo.

Dopo aver aiutato Riga a prepararsi per andare a letto, Edie se ne andò, guardando la strada di qua e di là mentre tornava di corsa a casa sua. La sorvegliavano, di questo era sicura. R.I.P. sapeva bene di non dover consegnare i suoi messaggi a Edie mentre lei e Riga erano in casa. Riga aveva detto che il gruppo WhatsApp delle tendine nervose non aveva visto la persona che aveva fatto la prima consegna, ma Edie continuava a domandarsi se qualcuno invece l'avesse vista.

Quando rientrò, la porta della sala da pranzo era ancora aperta. La chiuse, ma continuò a sentirsi come se fosse ancora là dentro. Forse non avrebbe dovuto seguire l'istinto che le diceva di entrarci. Adesso ne aveva risvegliato i fantasmi. Tutti quei ricordi che continuavano a ripresentarsi. Una volta aveva avuto i geloni. Sky si era inginocchiata davanti a lei sul tappeto del caminetto e le aveva applicato delle palline di cotone con delle gocce di amamelide tra le dita.

Guardò di nuovo il biglietto d'auguri. Cos'era la cosa che Sean ammirava di più?

Lui guardava sempre verso il cielo.

Sky.

Ventisette

Al ritorno, Sean trovò Liam disteso sul letto ancora vestito, con lo sguardo incollato al computer. Avrebbe voluto solo stendersi accanto a lui, rannicchiarsi nel loro nido e non uscire mai più di casa.

Liam chiuse il portatile di scatto, il senso di colpa stampato in faccia.

«Bene, bene», fece Sean, sforzandosi di sembrare l'uomo gioviale che suo marito aveva sposato. «Che stavi guardando?».

Liam sollevò lentamente lo schermo. Brillava come il contenuto misterioso della valigetta in quel vecchio film noir che avevano visto la settimana scorsa. Il video era fermo su Sandi Toksvig con un cappello da Babbo Natale in testa.

Sean arricciò le labbra, intenerito. «Non ci posso credere! Stavi guardando la puntata natalizia di *QI* senza di me?»

«Mi mancavi, così mi sono tenuto compagnia con i nostri amici. Cambia qualcosa se ti dicessi che è una puntata che abbiamo già visto?»

«Certo che cambia. Ti perdono». Sean si sedette sul bordo del letto e abbandonò la testa tra le mani.

Liam gli accarezzò la schiena. «È andata così male?»

«È stata una giornata lunga e difficile».

«Vieni qui».

Sean sentiva braccia e gambe pesanti mentre si toglieva i vestiti e si infilava sotto le coperte. Si accucciò contro la spalla di Liam. «Ho dovuto dire a Edie di stare alla larga dal caso».

«È stata la cosa giusta da fare, per il bene di tutti. Come l'ha presa?»

«A modo suo abbastanza bene, credo».

«Sai, la fai sembrare solo più stronza quando dici a "modo suo" o cerchi di giustificarla».

«Ha avuto una vita difficile. Ha perso tante persone care e adesso costruisce delle barriere. È convinta che tutti la lasceranno, prima o poi». Ripensò agli spigoli dei puzzle di Edie, alle caselle bianche e nere e alle definizioni dei suoi cruciverba. Dopo una vita trascorsa in balia del caos, si era imposta tutta una serie di limiti che, pur confondendo la gente intorno a lei, la facevano sentire al sicuro. «Non è davvero burbera come cerca di far credere agli altri, fa solo finta».

Liam rispose con una risata sarcastica. «Be', le riesce benissimo».

«Non parliamo di Edie. Parliamo di Juniper».

«E se ci coccolassimo un po', invece? Devo uscire tra un'ora».

«Di nuovo? Dove devi andare stasera?»

«È Natale, devo partecipare a un altro evento di un cliente. Vogliono vedere la mia faccia».

Sean provò a nascondere la gelosia. «Certo, hai una faccia meravigliosa». Era vero. Viso e corpo di Liam sembravano scolpiti da Michelangelo in persona.

Liam sorrise. «Lo so. Non farò tardi, comunque. Almeno non credo».

Nella testa di Sean rimbombarono le parole di Michaels, i dubbi sull'alibi di Liam. Provando a non far trasparire il sospetto nella voce, disse: «Ah, a quanto pare domani ti contatterà qualcuno della mia squadra».

Liam rimase immobile. «Cosa?»

«Per via di Carl. Vogliono sentire tutti i membri del club della corsa, in pratica».

«Suppongo che non possa interrogarmi tu, vero?».

Sean scosse la testa. «Magari potessi».

«Peccato, mi sarebbe piaciuto vederti in modalità detective».

«Andrà tutto bene, ne sono sicuro. In fondo, hai un alibi».

Liam non rispose, ma si infilò di nuovo sotto le coperte e schiacciò play. Insieme guardarono Sandi, in un silenzio che sembrava carico di segreti.

L'assassino guardava il cielo del solstizio, sperando che la neve non attecchisse. Era in macchina con il motore spento, così da non tradire la sua presenza. Non che lì intorno qualcuno avrebbe mai notato un'auto parcheggiata. Quelle erano vie rinomate, le più natalizie della zona: la gente partiva in macchina da ogni angolo di Weymouth e Purbecks per sfilare fastidiosamente piano lungo la strada e scattare foto alle decorazioni che illuminavano le facciate delle case, i cortili, i cancelli e la segnaletica. Alcune erano belle, addirittura eleganti, con le loro minuscole lucine intermittenti. Altre decisamente no.

Un giornale locale aveva scritto che lo spettacolo era visibile persino dallo spazio, ma secondo l'assassino era un'esagerazione. Un'inaccuratezza scientifica scaturita dall'orgoglio di quartiere. E comunque fosse, che se ne facevano un alieno o un astronauta di una via piena di alberi scintillanti e renne luminose?

Qualcuno aveva trasformato la sua villetta in una casa di marzapane con brillanti bastoncini di zucchero e giganteschi lecca-lecca lungo le mura e migliaia di lucine intermittenti sul tetto che imitavano la neve. Su un lato del giardino spiccava un presepe gonfiabile, con Giuseppe piegato in due come alla fine di una notte brava. Dall'altro lato, degli omini di marzapane dalle dimensioni grottesche – padre, madre e figlia – salutavano i passanti. Una parodia della famiglia che faceva desiderare all'assassino di staccare la corrente e lasciare al buio tutta la via. In mezzo a un vialetto, un enorme cartello diceva: «RACCOLTA FONDI PER IL REPARTO DI NEONATOLOGIA DI POOLE. PER FAVORE, DONATE!». Il prato era tappezzato di monetine lanciate dalle macchine in coda.

Linus Cramer, la prossima vittima, era sull'uscio di casa e sorrideva alle reazioni prodotte dal suo capolavoro.

L'aveva osservato per settimane, studiando i suoi spostamenti, annotando ogni dove e quando. Tutti seguivano uno schema e tra non molto Linus sarebbe incappato in quello dell'assassino.

Il portone si aprì e una bimba corse fuori. Andò da Linus e gli saltò in braccio, tendendo la manina ai fiocchi di neve che le danzavano intorno, la meraviglia impressa nel volto.

Linus avvicinò il viso a quello di lei, stringendola più forte. Come un bravo padre di famiglia.

L'assassino provò a immaginare la faccia della piccola alla notizia della morte del padre, e abbassò lo sguardo sul pezzo di puzzle che teneva in mano. Non sapeva se avrebbe avuto il fegato, figuriamoci il cuore, di uccidere di nuovo. C'era voluta una forza inaudita per fare fuori Veronica e con Linus ne sarebbe occorsa pure di più. Forse aveva già fatto abbastanza. Aveva giocato il suo turno, e ora doveva lasciare che gli altri tasselli finissero in mare e colassero a picco.

Ma non poteva fermarsi. Altrimenti non avrebbe mai completato l'immagine.

Guardò di nuovo la casa. La figlia di Linus faceva ciao ciao alle macchine da cui partivano le monetine che, come una pioggia di stelle cadenti, finivano nel prato in ombra. L'indomani, l'ombra avrebbe inghiottito tutto il suo mondo.

Ventotto

22 dicembre

«Un'altra serie e poi basta», disse Isla mentre Sean tirava i muscoli per eseguire le croci ai cavi, le braccia tese ai lati come se stesse compiendo un sacrificio: il sacrificio per un corpo perfetto. «Pensa a tutte le magliettine attillate che potrai indossare ad agosto». Era seduta davanti a lui sulla panca della *chest press*. Era mattina presto, e Sean stava cercando di togliersi dalla testa l'immagine di Liam che tornava a casa dopo mezzanotte con l'alito che sapeva di alcol.

«La fai facile tu». Odiava le sessioni Braccia e Petto, quasi quanto odiava quelle Glutei e Gambe, e poi era convinto che non poteva essere salutare allenarsi prima dell'alba. «Sei seduta qui a dirmi che fare, senza provare neanche un pizzico di dolore».

Isla scoppiò a ridere. «Io sono la tua istruttrice. E ti sto istruendo».

Sean inspirò a fondo, sperando che lo stridore nei polmoni lasciato dall'ultima infezione respiratoria non fosse nulla di serio. «Non sono un grande fan dell'estate. Ma ho capito il punto».

«Forza, in vacanza metterai pantaloncini e canotta». Isla lanciò un'occhiata al poster "motivazionale" appeso al muro, che ritraeva una coppia statuaria al tramonto. «Andrete di nuovo a Creta quest'anno?»

«Dipende da come andrà con l'adozione». Si liberò dall'attrezzo con il petto in fiamme.

«Ah!». Isla puntò il dito sui kettlebells. «Venti ripetizioni. Allora ecco la tua motivazione: servono busto, schiena e spalle forti per portarsi dietro un bambino tutto il tempo».

Questo era vero. Ne aveva viste, di espressioni contrite di genitori che faticavano a prendere in braccio i figli cocciuti o stanchi.

«Vuoi essere un pessimo padre con un pessimo corpo o un padre in grado di sollevare e proteggere il figlio?».

Voleva solo essere un padre con un corpo da padre. A dirla tutta, non gli dispiaceva l'idea che lui e Liam diventassero come quei papà teneri, nel corpo e nello spirito. E se tutto fosse filato liscio, presto ne avrebbero avuto l'occasione. Dunque aveva un corpo e stava per diventare papà: non gli serviva altro. Si immaginò in vacanza, mentre camminava verso il mare sulla spiaggia ondulata con in braccio Juniper, e magari anche un altro bimbo in fasce, senza fatica o difficoltà. Pensò alle risate della bimba, al secchiello che avrebbe stretto in mano.

Nina, la ragazza dell'ultimo boot camp, si presentò da loro.

«Dieci minuti e vengo da te», disse Isla. «Riscaldati, intanto».

Nina sorrise a Sean. «Ti ha messo sotto, spero!». Andò alla cyclette reclinata e, dopo un veloce riscaldamento, cominciò a pedalare.

«Che entusiasmo», disse Sean.

«È nuova. Dalle un paio di settimane e vedrai come cambia. Ora, torna al lavoro!».

Sean si posizionò al centro del tappetino nero e fece oscillare il kettlebell. Altre diciannove ripetizioni, e poi via.

Un'ora dopo, mentre saliva le scale verso il suo ufficio, Phillips lo vide e gli corse incontro. Non si fermò in tempo e gli si aggrappò a un braccio, facendogli rovesciare il caffè.

«Scusi». Tamponò le scale con un fazzolettino. «Volevo informarla di cosa ho scoperto». Rialzandosi, palesò uno sguardo esagitato, entrambi gli occhi rossi e gonfi.

«A che ora sei arrivata stamattina, Ama?»

«Diciamo che non sono proprio andata a casa, signore».

«Phillips!».

«Sono andata su di giri quando le telecamere dell'ANPR hanno mostrato l'auto di Berkeley la notte dell'aggressione a Carl Latimer. Era vicino a Godlingston Woods».

«Non è nel tragitto da casa della madre?»

«Sì, ma la visita potrebbe essere una scusa usata per giustificare la sua presenza a quell'ora, no?»

«Vero».

«Non ci sono prove che leghino la felpa a qualcuno, però ho scoperto dov'è stata fabbricata la scatola del puzzle. Su un angolo del coperchio, è impresso un cavalluccio marino bianco che mi ha rimandato a un produttore di Wareham che si occupa di packaging personalizzati. Non rispondono al telefono, ma...».

«Non sono nemmeno le otto, Ama. Non tutti hanno passato la notte in bianco».

«Pensavo di fare un salto a Wareham dopo la visita alla St. Mary. Magari qualcuno riesce a identificare il committente».

«Non credi di avere fatto abbastanza per oggi?»

«Nah. Il sonno è sopravvalutato».

Ah, i vent'anni: anche lui all'epoca poteva stare in piedi per giorni e giorni senza ricorrere a nessuna pillolina. Era un'abilità che gli mancava. «Il sonno è cruciale per mantenere un giudizio solido ed evitare di perdere di vista i fatti. Va' a casa prima oggi, è un ordine». Forse sarebbe stato un buon padre, dopo tutto.

«Non credo che l'ispettore capo sarà d'accordo. Era entusiasta quando mi ha trovata a scandagliare i video di sorveglianza alle sei di stamattina».

Figuriamoci. All'ispettore capo Leyland piaceva quando i suoi agenti tiravano la corda e lavoravano a oltranza, solo che poi a volte la corda finiva per spezzarsi. «Non ci aveva pensato Michaels a questo?».

Ama abbassò lo sguardo, l'espressione colpevole. «Quando ho visto l'auto di Edward Berkeley parcheggiata nei pressi della foresta, ho voluto ricontrollare le registrazioni cercando specificatamente lui. Per sicurezza». Alzò la testa e lo guardò negli occhi con un sorriso. «E ho trovato qualcosa. Un frame, giusto una breve immagine di lui che cammina in direzione di Esplanade».

«Lavoro eccellente, Ama. Puoi mandarmi l'immagine più chiara che hai del suo volto?». Chissà come aveva fatto Michaels a lasciarselo sfuggire al primo giro, si domandò Sean. Ma poi ripensò a quanto fosse difficile ed estenuante passare al vaglio ore e ore di video di sicurezza. Poteva benissimo capitare, soprattutto se stanchi, di non notare qualche dettaglio. E comunque, per incriminare Berkeley non bastava un frame. Erano prove circostanziali e facilmente spiegabili. E poi nulla nel suo profilo suggeriva che fosse un diabolico maestro di enigmi e rompicapo. Ma in passato gli era già capitato di sbagliarsi: era il lato negativo della sua fede nell'umanità.

«Certo che sì. Sicuro che non vuole che attacchi la lista di compiti da fare nel pomeriggio?»

«Sicuro. Dopo avere incontrato il produttore, va' a casa e riposati. Intesi?».

Ama annuì e risalì di corsa le scale, entusiasta come un cucciolo di cane poliziotto. Era la prima volta che Sean vedeva qualcuno tanto su di giri all'idea di andare a Wareham. Chissà quando aveva cominciato a sentirsi così vecchio. A un certo punto tra i venticinque anni e tre giorni prima, probabilmente. Edie gli avrebbe riso in faccia, rispondendo che era ancora un bambino rispetto a lei. Per un genitore i figli restano sempre dei bambini, in fondo.

In ufficio, Sean si mise a cercare negozi e magazzini che vendevano tappeti nel Dorset. Ma neanche questo servì a distrarlo dal pensiero di Michaels che interrogava Liam e Edie. Non avrebbe saputo dire per chi fosse più in pena. Trovare il tappeto giusto a partire dal tassello di un puzzle era un compito a dir poco impossibile, ma per fortuna lui credeva nei miracoli di Natale.

Ventinove

«Tu sì che sai campare, Riga», disse Edie mentre il cameriere serviva al tavolo brioche alla cannella, due flûte di champagne e caffè e tè da un vassoio d'argento.

Erano sedute di fronte alla vetrata del Royal Harbour Hotel, una finestra a golfo che si affacciava sul porto, con le sue navi dondolanti e i gabbiani stridenti. Aveva smesso di nevicare, ma nel ventre squamato del cielo si leggeva la promessa di una nuova tormenta. Edie fissava l'acqua a disagio, e alla fine girò la sedia.

«Direi che so più come morire». Riga versò un cucchiaino di panna nel caffè. Era truccata alla perfezione come al solito, ma nemmeno il make-up poteva nascondere le borse scure sotto i suoi occhi. Inoltre, si muoveva più lentamente di quanto non facesse di norma. «Presto mi toccherà, tanto vale che mi prepari come si deve». Alzò il mignolo e lo agitò davanti a lei, disegnando una croce. La bellezza austera di Riga aveva sempre lasciato Edie senza fiato. Non che glielo avesse mai detto, in tutti i loro anni di amicizia. Con l'avanzare della vecchiaia, Riga era diventata ancora più affascinante. Zigomi taglienti come lame, cesellati dall'età. Clavicole come argini di un porto profondo. Occhi di muschio che risaltavano contro il caschetto d'acciaio.

«Preferirei che non parlassi di morte».

«Dovremmo parlare sempre della morte, tutti: giovani e vecchi. È la nostra più vera amica, sempre con noi pure se ci sforziamo di ignorarla».

«Già, proprio come una stalker».

«Il confine tra amicizia e odio è labile». Riga le fece l'occhiolino, sbattendo lentamente le palpebre. La verità era che non ci riusciva, e quando ci provava somigliava più a un gatto soddisfatto delle attenzioni.

La morte, come la guerra e il Natale, era sempre in arrivo.

«C'è qualcosa che non va?», chiese Riga.

«Perché me lo chiedi?»

«Perché hai ridotto la brioche a brandelli. E tu non distruggi mai un dolcetto senza mangiarlo».

Edie abbassò lo sguardo. Sia il piatto che la tovaglia erano ricoperti di briciole dal suo lato. «È per il biglietto che hanno infilato sotto la tua porta, quello rivolto a me. Tu che ne pensi?». Edie prese l'ultimo biglietto di Natale da parte dell'assassino e glielo passò.

«Mi stavo giusto chiedendo quando me l'avresti mostrato». Riga lo lesse, schioccò le labbra e lo riconsegnò a Edie, tornando a concentrarsi sul suo caffè.

«Be', tutto qui?»

«Qualcuno minaccia te e la tua famiglia: non voglio concedergli l'attenzione di cui è palesemente in cerca».

Era un fatto bizzarro, ma vero: l'assassino sembrava estremamente bisognoso di attenzioni, come un bimbo sull'orlo di una crisi di nervi. Edie aveva sempre ammirato i capricci di Sean, quando era piccolo. Era un atteggiamento sincero, e doveva ammettere che era molto più sano sbattere i piedi a terra che nascondere tutti i problemi sotto il tappeto, come faceva lei.

«Come credi che sia, questo assassino?», domandò Riga.

«Innanzitutto, non darei per scontato che sia un uomo».

«Le assassine sono davvero rare. Noi donne non abbiamo il tempo per queste cose».

Edie restò in silenzio per qualche minuto, cercando il modo migliore per formulare la prossima frase. Poi blaterò fuori tutto d'un fiato: «E se ti dicessi che Sky è tornata?»

«La tua Sky?»

«Ce ne sono altre?». Anche se non era più sua da un bel po' di tempo ormai.

«E perché questo dovrebbe convincermi che si tratta di una donna?»

«Leggi di nuovo il biglietto».

Riga fece scorrere lentamente lo sguardo sulle parole, gli occhi ridotti a due fessure. «Non crederai che si riferisca a lei?»

«Potrebbe. Sean ha sempre ammirato Sky: è stata una parte fondamentale della sua infanzia. Finché non se ne è andata tagliando tutti i ponti, ovviamente». Ma questa era una cosa che aveva voluto Edie. Anche se Sean non l'aveva mai saputo.

«E poi quando lo infastidisco o lo faccio arrabbiare, guarda sempre il cielo disperato, come se la cercasse là».

«Davvero leggendo queste parole, tu deduci questo? Che Sky ti stia punendo uccidendo delle persone?»

«So che è improbabile. Ma non mi sono comportata bene con lei». Nelle orecchie le parve di sentire la canzone *Always on my mind*. Non riusciva più ad ascoltarla senza commuoversi.

La risata sguaiata di Riga attirò gli sguardi degli ospiti presenti nell'albergo, distraendoli dalle loro pretenziose colazioni. «Hai idea di quante persone fai arrabbiare ogni giorno?»

«D'accordo, sono una rompiscatole. Ma non tanto da spingere una di loro a commettere un omicidio, giusto?»

«Be', io ogni tanto ti ammazzerei. E calcola che ti voglio un mondo di bene». Riga bevve un sorso di caffè, poi sorrise.

«Non è la stessa cosa. Continuo a pensare a tutto ciò che potrei aver fatto».

«E la lista è troppo lunga, vero?». Il sorriso di Riga si tinse di una nota maliziosa. Si stava divertendo fin troppo.

«Così non mi aiuti».

L'amica la fissò a lungo, scuotendo la testa. «Proprio non lo capisci, eh?»

«Cosa?»

«Rileggi il biglietto».

Edie lo passò al vaglio ancora una volta, parola per parola. Ma poi sollevò lo sguardo, vuoto come un foglio bianco.

Riga alzò gli occhi al cielo. «Secondo te a cosa, o per meglio dire, a chi si ispira Sean?»

«Liam? Qualche collega? Un amico?».

Riga si sporse sul tavolo e le strinse una mano. «Per essere tanto sveglia, a volte non ti accorgi nemmeno di cosa hai sotto gli occhi. Sei tu. Lui si ispira a te, l'ha sempre fatto».

«Quindi sarò *io* ad andare in mille pezzi?»

«Forse qualcuno che hai umiliato ora cerca di ripagarti con la tua stessa moneta».

Edie rimase senza fiato come se si fosse appena calata nell'acqua gelida. «Ahi».

«E se proprio vuoi il mio consiglio...».

«Lo voglio».

«Devi rispondere al gioco. Chiunque sia, ti sta provocando. Finora ha guidato lui la partita. Adesso tocca a te stabilire le regole e le tempistiche».

Riga aveva ragione. Era ora di assumere il controllo. Edie attaccò un'altra brioche e la immerse nel tè.

«E finché sei vagamente dell'umore giusto, va' da Sky e parlale. Cerca di capire perché è tornata».

Edie si limitò a rispondere con uno sbuffo.

«Bene, ora che abbiamo sistemato questa faccenda, passiamo a cose più urgenti. Tipo il banchetto per il mio funerale».

Edie scosse la testa. «Hai uno strano modo di divertirti, sai».

«Disse la donna che adora i puzzle».

«Non potrai neanche mangiarlo, il cibo, al tuo funerale».

«Tanto non mangio mai comunque».

«Prima di passare ai banchetti funebri», disse Edie, «da' uno sguardo al tassello che ho ricevuto ieri sera». Le mostrò la foto di un vecchio ritratto in cui appariva un uomo dal viso tondo e un cappello alto.

«Non mostrarmi certe oscenità in pubblico, Edie», disse Riga con la sua solita ironia. «Allora, chi è il bocconcino?»

«Ci ho messo un sacco di tempo, però ci sono arrivata. Mi sembrava di aver già visto da qualche parte il volto nel ritratto. Si tratta di George Berkeley».

«E chi è, un santone?»

«Non proprio. Era un vescovo filosofo anglo-irlandese del diciottesimo secolo, fautore della teoria dell'immaterialismo».

«Non mi piace. Io adoro le cose materiali. Sono una grande fan della materia».

«Come tutti».

«Ma perché darti un tassello con la sua faccia?»

«Le cose sono due: o vuole che mi approcci al caso con la concezione che niente esista o devo tenere d'occhio il dottor Berkeley, l'attuale preside della St. Mary».

«Lo conosco», disse Riga, guardando i passanti oltre la vetrata. «Edward Berkeley. Era in uno dei miei gruppi di lettura».

«Che ne pensi di lui?»

«Ottime osservazioni, pessime frittelle».

«Non si può avere tutto dalla vita, no? Posso chiederti un'altra cosa?», aggiunse Edie abbassando la voce.

«Spara. Ma ti avverto: se stai per chiedermi di sposarti, sappi che sono al verde».

Edie sperava di non essere arrossita o che, se lo fosse, potesse sembrare per via dello champagne. «Come fai a dirlo tanto facilmente?»

«Dire cosa?».

Edie si contorse come un pesce nel becco di un gabbiamo. «Hai detto che a volte vuoi uccidermi anche se... provi certe cose per me».

«Come faccio a dire "ti voglio bene" a qualcuno? È facile. Provaci anche tu ogni tanto. Muovi le labbra e buttati».

Trenta

«Risponde Liam, flower designer della Dorset Blooms. Si prega di...».

Sean attaccò subito. Era la quinta volta in un'ora che provava a chiamare Liam. Michaels non era ancora andata a interrogarlo, quindi non poteva essere per quello che non rispondeva. Forse era impegnato con le decorazioni per il matrimonio di domani. Ma suo marito rispondeva sempre, a prescindere da quanto avesse da fare. Forse Sean non doveva darlo così per scontato.

Durante la riunione con il resto della squadra, aveva ricevuto aggiornamenti sull'autopsia di Veronica Princeton, che aveva confermato la causa del decesso.

«Con ogni probabilità, Veronica Princeton», aveva annunciato Michaels con voce solenne, «è stata sorpresa da un colpo alla testa e, cadendo, si è rotta il braccio. L'assassino l'ha strangolata, viso a viso. Sotto le unghie della vittima sono state rinvenute delle fibre bianche, ora in laboratorio».

«Quando è morta?»

«Tra le tre e le quattro del mattino».

C'era stato un momento di silenzio, durante il quale Sean si era chiesto se anche Michaels stesse covando il suo stesso lugubre pensiero. La vittima era rimasta per diverse ore morta in mezzo al corridoio, sempre sola, prima che qualcuno la trovasse.

«Com'è andata ieri con Lucy Pringle?»

«È stata molto disponibile. Ha invitato tutta la stazione stasera per la merenda e ha promesso di portare in centrale le sue tortine natalizie la Vigilia di Natale. Tuttavia, non ha un alibi per nessuna delle due notti ed è legata alla St. Mary. Due dei suoi figli frequentano il liceo lì e lei fa parte dell'associazione genitori».

«Da quello che so, l'associazione genitori è per tipi agguerriti».

«Ha ammesso di avere spedito messaggi minatori a Veronica Princeton». Michaels aveva letto direttamente dalla sua dichiarazione: «Molte di noi sono state vittime dell'incompetenza della clinica. Non disponevano di strutture di conservazione adeguate e, quando poi abbiamo perso ovuli ed embrioni, hanno insabbiato tutto. Era un'assessora e ha fatto in modo che la stampa infilasse tutto sotto il tappeto. Volevo solo farle comprendere il dolore che ha causato».

«L'hai accusata di atti intimidatori?»

«Con l'approvazione dell'ispettore capo». Michaels si era fermata, pensierosa. «Non è curioso che Lucy Pringle abbia usato proprio il termine "tappeto"?». Se ne andò senza aspettare una risposta, pronta a interrogare Liam e Edie.

Sì, era curioso davvero. Dopo aver trovato più negozi di tappeti e moquette di quanti potesse mai visitarne in una settimana, Sean fu contento di andarsene a sua volta e mettersi in macchina. Non sapeva come poter fare dei passi avanti. Le informazioni erano troppo frammentate. Edie lo diceva sempre: ogni tanto per unire i puntini serve spegnere il cervello.

Anche se ce l'aveva ancora un po' con Edie, gran parte della rabbia era passata. Non le aveva risposto ai messaggi per tutto il giorno. Doveva almeno scriverle per avvertirla dell'interrogatorio.

Temo che verrà a cercarti Michaels oggi. Non so come scusarmi, è insopportabile, ma ci serve una dichiarazione. Mi dispiace!

Pensò a cos'altro scrivere e alla fine optò per:

Riguardati, ti voglio bene.

Stava per fare una cosa che Edie avrebbe odiato: comprare un albero di Natale.

Il vivaio si trovava all'uscita dell'A31, vicino al Monkey World, uno dei suoi posti preferiti (tempo fa aveva adottato a distanza un gibbone di nome Robin Goodfellow). Dalla capannina di legno nel parcheggio, vicino al bancomat, si levavano gli *Ho, ho, ho* del Babbo Natale del negozio che lo raggiungevano attraverso il terreno ghiacciato.

La ventata di spirito natalizio cominciò a scongelargli il cervello.

Il profumo degli abeti era decisamente più gradevole della puzza di ascelle sudate e delle salsicce di Gregg's che aleggiava in stazione.

Passando al vaglio l'offerta del vivaio, puntò un simpatico albero con i rami che parevano chiedere un abbraccio e la punta che avrebbe solleticato il soffitto di casa. Mentre si scapicollava per caricarlo sul tetto dell'auto, il telefono squillò.

Era un'e-mail da parte di Michaels:

Ispettore Brand-O'Sullivan,
ho interrogato Liam Brand-O'Sullivan e devo parlare urgentemente con lei.
Sergente Michaels

Un messaggio conciso e diretto. Proprio come lei. La richiamò subito.

«Cosa è successo?», chiese Sean non appena rispose. «Che ha detto Liam? Sta bene?»

«Va tutto bene. Tranne per il fatto che non ha un alibi per nessuna delle due serate. In effetti quasi nessuno del club di corsa ce l'ha. È una cosa da maratoneti starsene sempre per conto loro?»

«Non credo. Un attimo, era insieme a fornitori e clienti, può essere che nessuno possa confermarlo?»

«L'hanno visto arrivare, questo è quanto. Entrambe le volte. Non c'è riscontro di lui che beve o chiacchiera insieme a qualcuno. Strano per un evento di lavoro».

«Li detesta. Ecco perché si fa vedere e poi si dilegua senza dire niente».

Ma allora dov'era andato dopo? Perché non era tornato a casa? Che aveva fatto? Nel suo cuore cominciava a farsi strada l'inquietante, terribile sensazione di non conoscere Liam fino in fondo.

«Allora non dovrebbe proporli come alibi».

«Se non hai fatto niente di sbagliato, non ti aspetti di avere bisogno di un alibi».

«Se posso permettermi, signore», Michaels assunse un tono altezzoso e Sean se la figurò davanti con la faccia compita e spavalda, «mi sembra un po' naïf».

«In effetti non puoi permetterti».

«Ma *lei* può fornirgli un alibi, signore?».

L'impulso di mentire, di seppellire ogni dubbio e fingere che fosse tutto a posto era fortissimo. «Non saprei. Dormivo quando è rientrato, entrambe le notti».

«Che peccato. Per lui, intendo». Sean percepiva che Michaels stava cercando di restare impassibile, ma non ci era riuscita nemmeno un po'.

«Nel club della corsa, quasi nessuno ha un alibi. Nemmeno Lesley Maupert, la donna meno aggressiva che abbia mai incontrato. Allora, perché volevi parlarmi di Liam con tanta urgenza?»

«Oh, non riguardava suo marito. Il capo ispettore Leyland mi ha detto che Phillips ha agito alle mie spalle e ha esaminato di nuovo le telecamere a circuito chiuso senza informarmi».

Sean represse un sospiro. «Phillips avrebbe dovuto informare uno di noi, è vero. Ma ha trovato qualcosa che a te era sfuggito: non volevo dirtelo perché so quanto possono essere complicate le registrazioni di sicurezza».

«Non è detto che abbia trovato qualcosa di utile, però». Quindi Michaels era preoccupata per sé e per l'errore commesso, non per la vittima. Per fortuna non si trattava di una videochiamata, perché la faccia di Sean era tutt'altro che professionale.

«Lasciamo perdere, okay? Hai parlato con la mia prozia?»

«Non era a casa e non risponde al telefono».

Non serviva uno schermo che gli mostrasse l'espressione di Michaels, riusciva a immaginarsela benissimo. Quel tono brusco lo aveva irritato e Sean si abbandonò a uno dei suoi rari momenti di malizia. «Nel frattempo, ho un compito importante per te, Michaels. Controlla tutti i negozi del Dorset e zone limitrofe e cerca tappeti, moquette, arazzi e simili che potrebbero corrispondere a quello ritratto sul puzzle».

«Ma è una missione impossibile, signore».

«Grazie, Michaels. Apprezzo molto. Ottimo lavoro». Sean riattaccò con un fremito di piacere colpevole. Forse somigliava a Edie più di quanto pensasse.

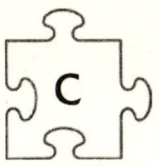

Trentuno

Il telefono di Edie continuava a squillare, ma potevano schiattare se pensavano davvero che avrebbe risposto. Lei *faceva* le chiamate, non le riceveva. E poi il messaggio di Sean l'aveva dissuasa dal tornare a casa o rispondere al cellulare. Aveva cose più importanti da sbrigare che dare retta alle cavolate della polizia. Stava seguendo il consiglio di Riga: reagire.

Il taxi la lasciò di fronte all'ingresso della St. Mary, che fece riemergere un fiume di ricordi. Uno in particolare lo ricacciò in un angolino profondo, molto profondo – ancora non riusciva ad affrontare certe cose – ma dagli altri si lasciò investire. Aveva avuto l'impressione di affogare nel passato la prima volta che era stata lì con Sean, ma ora che era da sola la sensazione era diversa: le sembrava di essersi imbattuta nel fantasma di sé stessa. Quante volte aveva varcato quelle porte, sempre un po' in ritardo, e cercato di evitare la signora Parker, la signora Challis dei suoi tempi.

Sandra Challis sedeva sul suo trono girevole e dava una bella lavata di capo a una Mammina Stridula per avere osato portare il figlio a Disneyland Paris durante il periodo di scuola. «La multa è di sessanta sterline a genitore, a breve riceverete la fattura. Ora, voglia scusarmi, ma devo occuparmi di una questione di vitale importanza». Prese una copia del foglio e si girò verso Edie, facendole l'occhiolino.

La Mammina Stridula picchiettò il dito sul divisorio di vetro. «Non è facile partire durante le vacanze scolastiche. Pensi ai costi, al fatto che tocca chiedere le ferie quando le chiedono tutti al lavoro, poi...».

«Mi è stato riferito, signora Pond», la interruppe la signora Challis, «che lei ha costretto suo figlio a saltare le lezioni per andare a trovare il suo fidanzato a Parigi».

La Mammina Stridula restò a bocca aperta. «Come fa a saperlo?»

«Le consiglio di pagare la multa, signora Pond». La signora Challis si voltò verso Edie. «Come posso aiutarti?». Le fece un gran sorriso.

La Mammina Stridula Pond restò a fissare la segretaria in uno stato di shock. Quasi si aspettasse di vedere la faccia della signora Challis frantumarsi per l'insolito atto di sorridere. Ma poi si limitò ad andare via, guardandosi di tanto in tanto alle spalle.

Edie fissò la segretaria dritto negli occhi. «Non ti piacerà, ma ho bisogno di parlare con il dottor Berkeley».

La signora Challis trasalì. «Dici bene, non mi piace affatto. Ho già mandato via una poliziotta mordace e scialba questa mattina».

Edie ipotizzò che parlasse di Michaels. Sean le aveva raccontato sia di lei che di Ama Phillips, ed era impossibile che qualcuno definisse mordace la dolce Ama. «Se era chi penso che sia, scialba è un eufemismo».

«Mica come noi».

La signora Challis lanciò un'occhiata al completo verde e alla camicia viola di Edie e poi guardò con orgoglio il suo abito a motivi cachemire.

«Gusto è il tuo secondo nome, Sandra».

La segretaria le sorrise. «Era proprio antipatica».

Michaels, senza dubbio. Sean le aveva raccontato della sua ragguardevole capacità di farsi odiare nel giro di pochi secondi. Le sarebbe tornata utile, una volta diventata commissario.

«Non ti biasimo. E non ti biasimerei neanche se volessi negare il colloquio anche a me, ma ho davvero bisogno di parlare con il preside».

La signora Challis trasalì di nuovo e scosse la testa. «Mi dispiace, non posso proprio. È molto stressato, non l'ho mai visto tanto preoccupato». Lanciò un'occhiata al corridoio, aggrottando la fronte. Si posò una mano sul cuore, forse per sottolineare i suoi veri sentimenti nei confronti del preside.

«Cos'è che lo preoccupa tanto, secondo te?»

«La polizia che gli ronza intorno, l'aggressione a Carl Latimer, l'omicidio di Veronica Princeton». Fece una smorfia, come se provasse dolore anche solo a pronunciare il nome della proprietaria della clinica per la fertilità. «Inoltre, gira voce che Ofsted arriverà durante la prima settimana del trimestre».
«Ahia».
«Già».
«Da quello che ho sentito», Edie si sporse verso la segretaria, sperando di avere azzeccato le movenze del gossip, «Veronica Princeton era proprio un soggetto».
«Io sono arrivata solo cinque anni fa, quindi non li ho mai visti insieme ma mi basta vedere gli strascichi che ha lasciato. Lui è rimasto scottato, non vuole neanche immaginare di impegnarsi in una nuova relazione». Le tremò un labbro.
«Non gli parlerò di lei, sta' tranquilla. Voglio solo fargli una domanda filosofica, mi serve per risolvere un cruciverba». Sperava di riuscire ad ammansire la signora Challis e i suoi istinti da cane da guardia.
La donna sembrava combattuta, ma poi scosse di nuovo la testa con convinzione.
Edie doveva buttare il jolly. «Se la cosa ti alletta, potrei provare a farti inserire le definizioni orizzontali della settimana del Cruciverba Lampo. Poi io proverò a completarlo, inserendo quelle verticali con la tua guida».
Alla segretaria s'illuminarono gli occhi. «Stai provando a corrompermi».
«Ebbene sì».
«E credi che funzionerà?».
Edie spinse il foglio del cruciverba attraverso lo spazio nel divisorio. C'erano solo i quadrati neri, il resto aspettava di essere completato.
La signora Challis accarezzò la carta quasi fosse la pelle vellutata del suo amante parigino. Guardò la porta e il corridoio che portava all'ufficio del dottor Berkeley.
Alla fine, annuì.
«Entra. Hai mezz'ora, poi deve partecipare a una riunione».

Abbassò la voce in un sussurro colpevole. «Digli che sei sgattaiolata dentro mentre sgridavo un genitore».

Edie soffocò la risata immaginandosi la scena e mantenne lo sguardo serio. «Adesso, Sandra, non ci resta che riempire gli spazi bianchi».

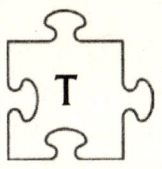

Trentadue

Quando Edie entrò nell'ufficio – o *ciuffi di polvere* – di Edward Berkeley, il preside stava contemplando una foto incorniciata e ci mise un po' a rendersi conto di non essere più solo. Posò la foto di fronte a sé. Da quella distanza, a Edie sembrò che raffigurasse una donna: probabilmente sua moglie. «Mi scusi, non credevo di avere un appuntamento, signora...».

«O'Sullivan», rispose Edie. «Signorina. *Miss* se preferisce, o addirittura *Madam* se lo sente più rispettoso, anche se è devastante quando i camerieri francesi ti chiamano così... Ma non *signora*. Non mi sono mai sposata». Anche se l'avrebbe desiderato, con fervore crescente da quando aveva aperto la stanza chiusa.

«Mi scusi, avrei dovuto ricordare il suo nome. Era qui quando abbiamo saputo del nostro insegnante di educazione fisica, vero?»

«Sì. Brutta faccenda».

«Debbo avvertirla che non posso trattenermi a lungo: è l'ultimo giorno del trimestre e devo partecipare allo spettacolo di fine anno. Se avessi saputo che voleva parlarmi, avrei chiesto alla signora Challis di prendere appuntamento come si deve. In effetti, mi stupisce che l'abbia fatta passare. In genere è molto protettiva».

«Non se la prenda con Sandra. Stava sgridando un genitore impenitente e sono entrata senza che se ne accorgesse».

Il preside sorrise, forse immaginando Sandra al massimo della sua potenza. «Come posso aiutarla, signorina O'Sullivan?».

Edie incamerava ogni singolo dettaglio della stanza come se fossero i minuscoli pezzettini dei suoi puzzle. Era l'ufficio – niente affatto polveroso, a dire il vero – di un uomo ordinatissimo. I libri erano tutti allineati sulle mensole, neanche uno fuori posto. Gli argomenti variavano dalla storia dell'arte alla chimica e la filosofia, con una piccola sezione di volumi che portavano la sua firma. Lodevole. La cosa più bella era che non si vedeva una singola decorazione natalizia in tutta la stanza.

«So che lei è un uomo colto e mi domandavo se potesse dirmi qualcosa su questo signore». Prese il tassello del puzzle che aveva in borsa e glielo mostrò.

Berkeley non ebbe alcuna reazione, a parte un sopracciglio alzato. «Oh, si tratta del celebre George Berkeley. L'uomo che antepose la mente alla materia. Ma la prego, prenda una sedia. Sempre ammesso che ne percepisca l'esistenza». Rise da solo alla sua battuta filosofica.

Edie si accomodò. «Siete imparentati in qualche modo?».

Il preside rise di nuovo. «Purtroppo no. Almeno, non credo. Sarebbe un grande onore, se così fosse».

«Non so quali cerchie frequenta lei, ma se una cosa del genere viene percepita come un onore, voglio farne parte anch'io».

«Una stimata solutrice di cruciverba come lei è sempre la benvenuta nel mio gruppo di lettura. Scommetto che le sue visioni del mondo sono affascinanti».

«Credevo non sapesse chi fossi».

Berkeley arrossì. «Non volevo fare la figura del ruffiano, ma certo che so chi è. Io e la signora Challis seguiamo il suo lavoro da tempo. Non volevo comportarmi da fan sfegatato, come si dice oggigiorno».

«Non si preoccupi di questo. Non mi dispiacerebbe un po' di adorazione. È stato un periodo molto difficile».

«Lo può dire forte». Berkeley guardò di nuovo il tassello del puzzle. «Le ricerche su George Berkeley sono legate a uno dei suoi cruciverba? Mi piacerebbe un'anteprima. Così potrei fingere di avere trovato la risposta da solo e mandare su di giri la signora Challis».

«Non era nei piani, ma perché no. La filosofia è uno dei miei argomenti di gioco preferiti».

«Lo so. E il vescovo è uno dei suoi pensatori preferiti?»

«No. Ma non che ne neghi l'esistenza».

Il preside rise, stavolta la battuta l'aveva fatta Edie. «Voglio ben sperare». Si fermò a riflettere. «Può prendere in prestito qualsiasi libro voglia su di lui, ma vediamo se ricordo qualcosa. Irlandese, nato a Kilkenny…».

«Come mia madre».

«Nato alla fine del diciassettesimo secolo».

«Non come mia madre».

«È famoso, tra le altre cose, per un paradosso, quello che chiamano "Berkeley's Puzzle". Non potendo tenere insieme tutte le sue convinzioni, si rese conto che il quadro completo poteva venir fuori abbandonandone una».

«Un po' come liberarsi di un tassello in più o uno appartenente a un altro puzzle», disse Edie. Non poteva trattarsi di una coincidenza. Forse un depistaggio, un diversivo.

«È la seconda volta nel giro di pochi giorni che si parla di puzzle qui».

Edie gradì la chiacchierata con il preside, così lo ricompensò con la verità. «Questo tassello è collegato alla morte della dottoressa Princeton e all'aggressione di Carl Latimer. Secondo lei cosa sta cercando di dirmi chi me li ha mandati? Di rivolgermi a lei?».

Il preside Berkeley strabuzzò gli occhi come se dovesse processare a fondo l'informazione. «Ma perché io?»

«Per la scuola. Il signor Latimer era un membro del suo staff. E, so che è una faccenda delicata, ma la grazia non è il mio forte: c'è il fatto che lei andava a letto con Veronica Princeton».

Berkeley trasalì e lo sguardo ricadde di nuovo sulla foto incorniciata.

«Quella è sua moglie?».

Annuì. «La mia Lorelei».

Edie si sporse dalla sedia per guardare meglio. «Sorride, ma ha un'espressione triste. Allora sapeva di lei e della dottoressa Princeton?»

«Quando è stata scattata questa foto, i suoi erano solo sospetti. Me lo aveva chiesto espressamente e io avevo negato, le avevo detto che era paranoica. In seguito scoprì che non si sbagliava».

«Questa cosa si chiama *gaslighting* ed è uno schifo».

Berkeley si sgretolò davanti ai suoi occhi. «Non sono stato un bravo marito. E dopo che è morta, non sono stato neanche un brav'uomo. Ma non è così semplice. Non lo è mai. Lei ha mai tradito qualcuno, signorina O'Sullivan?».

Edie ripensò alla prima lettera di Riposa in Pezzi, in cui l'assassino le diceva che non era mai stata brava a mentire. «Non sono mai stata accusata di niente del genere».

Berkeley le rivolse un sorriso triste. «Dalla sua risposta ponderata, deduco che non è mai stata scoperta». Quando Edie non rispose, aggiunse: «Avrei dovuto aspettarmi che un'abile solutrice di enigmi come lei sapesse scegliere le parole giuste per non dire quel che ha in mente».

«Cosa vuole sentire? Ha presente quel tormentone di internet: "Sono io lo stronzo?" Be', io non ho bisogno di chiedermelo. Perché il più delle volte, senza ombra di dubbio, la risposta è sì».

«Credo che la polizia pensi lo stesso di me. Mi hanno chiesto di andare in centrale e sottopormi a un interrogatorio formale dato che non ho un alibi. Hanno avvistato la mia auto nei pressi del bosco dove è stato trovato Carl Latimer – esattamente dove avevo detto di essere, a dire il vero – e di certo avranno qualche altro cavillo. Tutta roba circostanziale, niente che punti a un vero movente». Fece una breve pausa. «Il punto è che io un alibi *ce l'ho*».

«Glielo dica, allora!».

«Non posso. L'ho promesso. Sto cercando di essere un uomo migliore e custodire i segreti degli altri».

«Anche se finirà per farsi arrestare?»

«Lei non lo farebbe per qualcuno che ama?».

Trentatré

«Non ho ancora finito!», esclamò la signora Challis quando Edie uscì dall'ufficio del preside. Aveva il viso paonazzo e i capelli, in genere lisci e perfetti, spettinati e selvaggi. Accanto a lei c'era il *Bradford Crossword Solver's Dictionary*.

«Quanto ti serve?», domandò Edie.

La signora Challis guardò prima il cruciverba a metà, poi l'orologio. «Un quarto d'ora?». Consegnò a Edie un pass ospiti. «Fatti un giro. Non disturberai nessuno. È ora di pranzo, non ci sono lezioni. Non che qualcuno impari qualcosa l'ultimo giorno prima delle vacanze».

Senza darle il tempo di ringraziarla, la segretaria si rimise all'opera con le definizioni orizzontali del cruciverba, sollevando di tanto in tanto lo sguardo verso il cielo come a invocare l'aiuto di Auracaria, meglio noto come il reverendo John Galbraith Graham, leggenda dei cruciverba. Buffo come molti autori di cruciverba siano ex insegnanti o preti.

Edie superò una fila di ragazzini armati di biglietti da cinque sterline e andò a dare un'occhiata alla sala mensa. Il forte brusio all'interno le fece rimpiangere di non avere portato le cuffiette. Aveva scordato quanto sapevano essere chiassosi ed esuberanti gli adolescenti. Una nota declinata male. Serviva uno sfogo a tutta quella energia che avevano dentro, come i germogli delle patate alimentati dallo zucchero. A proposito di patate, il profumo burroso del purè e delle verdure tagliuzzate stava quasi per sopraffare quello della torta da teglia. Era una roba gigantesca, che poteva essere tranquillamente usata in palestra al posto dei materassini.

I pannelli di legno scuro alle pareti sfoggiavano ancora i ritratti a olio delle donne e degli uomini che avevano diretto la scuola nell'ultimo secolo accademico. Se n'era aggiunto qualcuno, da quando se n'era andata lei. Il ritratto di Edward Berkeley era l'ultimo della fila. Sembrava quasi affascinante. Il pittore, o forse la sua vanità, l'aveva invitato a togliersi gli occhialetti tondi mettendo in bella mostra gli occhi. In quel lusinghiero ritratto, Berkeley somigliava più all'attore preferito di Sean, Cillian Murphy, che al pastrocchio di lineamenti squadrati che era di persona. Erano stupefacenti le piccole bugie che l'arte sapeva raccontare.

Il che le riportò alla mente l'aula di educazione artistica, dove Edie aveva passato enormi quantità di tempo durante il periodo scolastico. Una parte di lei voleva andare a curiosare e vedere com'era cambiata. L'altra le urlava di starne alla larga.

Ciononostante uscì e attraversò il cortile che la separava dall'edificio di Arte e Design. Le pareti di vetro che formavano il prolungamento della scuola erano sembrate all'avanguardia trent'anni prima, ma ora ricordavano più una sporca veranda in periferia. Il tetto di vetro inclinato era ricoperto da una poltiglia verde. L'edificio aveva bisogno di una bella lavata, come molti degli studenti che lo frequentavano.

Malgrado la trascuratezza, i ricordi tornarono a galla. Entrando, le sembrò di camminare contemporaneamente nel presente e nel passato. Le finestre erano ancora tappezzate dai goffi tentativi di disegno dal vivo. E l'atrio era rimasto il luogo dove i coraggiosi studenti che avevano deciso di dedicarsi alla scultura potevano dare sfoggio delle loro mostruosità fatte di barattoli d'alluminio.

Edie sbirciò dalla finestra di una delle sue vecchie aule. Prima di abbandonare completamente il campo, aveva insegnato arte in una scuola superiore, oltre che matematica e inglese all'ultimo anno. Era specializzata in pittura geometrica, ma se la cavava anche con la ceramica e l'incisione. La cosa che più le aveva dato soddisfazione era aiutare gli studenti a trovare la loro voce, scoprire una tavolozza o una palette unica, personale. Farsi strumento per permettere loro di riconoscere i *propri* strumenti, guidarli in una direzione o l'altra a seconda dell'ispirazione del momento. Il tempo non le era mai importato: restava lì fino a tardi a dipingere con i suoi studenti. Ma poi Sky se n'era andata e il tempo dell'arte per Edie era finito, scaduto.

Dalla finestra, vide una studentessa che estraeva dei vasi da un forno. Era di spalle, ma intuiva lo stesso cosa stava facendo: controllava sotto la luce che non ci fossero crepe.

Guardandola, le ritornò in mente quella terribile sera di gennaio. Ricordava di essere entrata ed essersi sdraiata a piangere nel laboratorio di ceramica. Anche lei aveva affrontato il fuoco, ma non aveva superato la prova. Non le serviva controllare per saperlo: le crepe c'erano.

Il giorno dopo, la preside le diede il via libera e Edie lasciò subito la St. Mary. Nessun addio, nessun ultimo pasto insieme. Bisognava far tacere tutto all'istante, come se fosse possibile.

Da allora lavorò come supplente di matematica, storia, scienze e musica, attenendosi solo ai fatti e lasciando da parte il mondo sfuggente della creatività.

Adesso però, guardando quella ragazza che sistemava i vasi perfetti davanti agli smalti, Edie provò invidia. Per quanto la riguardava, il tempo dell'arte era finito. Doveva pensare al futuro di Sean adesso, non al suo.

Sandra Challis doveva avere finito da un pezzo ormai. Edie tornò in cortile e osservò una ranocchia che correva a nascondersi sotto a un sasso. Capiva bene come ci si sentiva. «Non ti fa bene, sai», le disse. «Nascondersi non è mai d'aiuto. Sei brava a saltare, allora salta».

La rana gracidò.

«Ben detto».

Tornò in segreteria, dove la signora Challis la stava aspettando, pronta. «Ho finito». Le riconsegnò il cruciverba attraverso il varco nel vetro. Aveva un sorrisetto furbo stampato in faccia e un luccichio negli occhi che Edie conosceva bene: l'aveva visto molte volte allo specchio. La signora Challis voleva metterla alla prova.

«Non vedo l'ora di affrontarti».

«Se mai avessi bisogno di una complice», indicò il cruciverba a metà, «fammi sapere. Nel frattempo, continuerò a sgridare i genitori e a organizzare lo stupido pranzo di fine anno per il personale».

«Non ti meritano, Sandra».

«Ah, come lo so. E prima o poi lo capiranno anche loro». Guardò la penna e la batté per un secondo sulla scrivania. Quando risollevò lo sguardo, gli occhi le brillavano di speranza. «Mi chiedevo, non è che per caso ti andrebbe di unirti a noi?».

Edie fu investita dalla solita ondata di paura e panico che scaturiva dall'idea di socializzare. «Mi piacerebbe molto. Ma non so ancora che programmi ho». Sandra sembrò dispiaciuta e le diede come l'impressione di avere appena pestato la coda di un gatto. «Grazie, però. Farò il possibile per esserci». Edie si voltò e fece per andarsene, ma poi si fermò di colpo. «Invece io mi chiedevo: *come* sapevi che quella mamma era andata a Parigi per incontrare il suo damerino?».

La signora Challis si toccò un lato del naso. «Le segretarie sanno tutto».

«In tal caso, c'è mica qualcosa che dovrei sapere anche *io* riguardo le indagini della polizia? Magari qualcosa che hai origliato o percepito tramite la tua onniscienza da segretaria?»

«Non voglio cacciare me o qualcun altro nei guai».

«Avanti, sono io, Sandra. La risposta verticale alla tua orizzontale. Dobbiamo fare squadra, se vogliamo risolvere i quesiti».

Sandra sorrise. Qualcuno che l'apprezzava, finalmente. Assicurandosi che il corridoio fosse sgombero, sgattaiolò nell'ufficio e avviò la fotocopiatrice. Prese le pagine stampate e, consegnandole a Edie insieme a un raccoglitore ad anelli, disse: «Sei fortunata. La fotocopiatrice si è piegata al mio volere».

«Grazie».

«Ora devo occuparmi del pranzo di Edward. Ci tiene che lo faccia io, e per me va bene così». Nominandolo le si illuminò il volto.

«Posso darti un consiglio, Sandra?»

«Ma certo!».

«Se c'è qualcosa che non dici o non fai per salvaguardare la faccia o evitare la vergogna, non pensarci e falla. Impegnati. Comportati al meglio. Credo che il dottor Berkeley, o Edward come lo chiami tu, ti ringrazierà».

Nel taxi, Edie sentiva il disperato bisogno di chiedere all'autista di riportarla a casa. Aveva già avuto una lunga giornata e voleva ritirarsi come un passero nel comfort del suo nido, con la poltrona, i gatti, una lager e il puzzle. Ma nessun puzzle poteva consolarla ora, non finché non avesse risolto quello che aveva di fronte.

E poi, le restava un'ultima cosa da fare.

Trentaquattro

A quanto pareva, al mercatino di Natale di Weymouth c'erano praticamente tutti. Ed erano tutti d'umore fastidiosamente allegro. Maledetti. Edie dovette farsi strada a gomitate tra la folla, una fiumana di gente in fila per pagare un'esagerazione un bicchiere di vino aromatizzato come nel Medioevo.

L'odore della disperazione dei venditori, che lottavano per accaparrarsi i sempre più esigui clienti, si mescolava a quello della cioccolata calda e delle salsicce. Era praticamente ovunque. Finito il sapore di menta delle sue gomme, e non avendone altre, Edie buttò la cicca nel fazzolettino che portava nella manica e comprò una busta di caramelline balsamiche che metteva in bocca due alla volta. Tutto pur di togliersi dal palato il sapore del Natale.

E poi, anche a Sky piaceva il sapore della menta. Con il cuore che batteva all'impazzata, imboccò Cove Street incamminandosi lungo la fila di stand dove lavorava Sky. Ripeté a mente tutto ciò che voleva dirle, sperando che il discorso le uscisse in maniera decente.

Ma allo stand di bigiotteria, Sky non c'era. Al suo posto, un ragazzino con uno di quei ridicoli cappelli hippy da giullare di corte. La barbetta vaporosa ricordava in maniera disturbante una distesa di peli pubici.

«Dov'è lei?», la domanda risultò più brusca di quanto intendesse.

Il ragazzo fece un passo indietro e la guardò per un attimo con un'espressione confusa che subito si trasformò nello sguardo "oh, la vecchietta è fuori, poverina" tipico dei ragazzi. «Si è persa, signora?».

Edie fece un sospiro. «Non mi sono persa, ragazzino. Sto cercando Sky, la donna che crea i gioielli che stai vendendo».

«Oh, certo». Aveva lo sguardo sfocato di chi aveva fumato da poco. «Sta facendo le prove».

«Le prove di che?»

«Del concerto natalizio di domani. Si è unita al suo vecchio coro. Vuole lasciare un messaggio?».

Edie scosse la testa. Al momento non riusciva a fare altro che pensare ai vecchi tempi, quando lei e Sky cantavano insieme nei Purbeck Singers. Si erano conosciute lì, due soprani che sedevano vicine e che con il tempo erano passate alla posizione distesa. Le loro voci erano perfette insieme, così come i loro corpi. Due pezzi di uno stesso puzzle.

«Vuole comprare qualcosa? Posso farle uno sconto da restarci secchi».

«Non mettertici pure tu», rispose Edie. Ripensò al taglierino affilato che aveva preso nell'aula d'arte per precauzione. Proprio per non restarci secca.

Impiegò dieci minuti per arrivare alla chiesa dove i Purbeck Singers si riunivano a cantare, e altri dieci per trovare il coraggio di entrare. La chiesa di St. Mary Magdalen era ai piedi della collina dove sorgeva la St. Mary's School. Aveva cantato insieme a Sky tra le volte dell'edificio e, dopo che lei se n'era andata, aveva tenuto qualche supplenza nelle cripte. Per lei quel posto era pieno di ricordi oltre che d'incenso.

Si trattenne all'ingresso, in piedi di fianco alla porta aperta. Più in alto, la vetrata colorata era spenta per via della giornata uggiosa. La melodia, però, era così bella che andarsene era impossibile. Un denso strato di note, accordi e voci fluttuava nell'aria. Non si trattava di uno di quei canti natalizi gioiosi e trionfanti ma di *O Magnum Mysterium*, un malinconico canto gregoriano tratto dai *Mattutini di Natale* del *Breviario Romano*. A Edie pareva di riconoscere la voce di Sky in mezzo alle altre.

Superò la colonnina per le donazioni, una raccolta fondi destinata al rifacimento della cripta, le scanalature simili alle sbarre di una testiera del letto, e si diresse verso la navata. Il canto le riverberava nel petto mentre prendeva posto in un banco da cui si vedeva bene il coro nel presbiterio. Sky era di lato, insieme ai contralti. Condivideva il libriccino dei canti con una donna dai capelli argentati, sorrideva. Un tempo era lei a condividere il libro dei canti con Sky. La chiamava "il mio usignolo".

Sopra di lei, il soffitto si gonfiava con i suoi archi a volta a crociera. Sotto, lo ricordava bene, c'era la cripta. Quando insegnava, aveva invitato gli studenti a sedersi sul pavimento rotto e disegnare le statue recuperate durante la Riforma, coperte di polvere e custodite laggiù come angeli in trappola. I consigli che aveva dispensato valevano sempre molto più del suo stipendio. La cripta era chiusa da tempo. La stanza, con tutto ciò che conteneva, aveva bisogno di essere salvata da un accurato restauro. *Benvenuta nel club*, pensò Edie.

Il coro si mise a cercare il prossimo canto, il fruscio delle pagine dei loro libretti investì l'intera chiesa. Erano almeno cinquanta persone, disposte in file e gruppi diversi a seconda dell'estensione vocale, ma Edie aveva occhi solo per Sky. Presto, le prime note di *The Lamb* di John Tavener risuonarono nello spazio.

Era stata la canzone del loro ultimo concerto insieme. Cominciarono a bruciarle gli occhi, forse per le lacrime salate o forse per l'incenso. Quei vent'anni sembravano non essere mai passati.

Non poteva andare avanti così. Riga aveva ragione e pure Sean: doveva voltare pagina. Alla fine delle prove si sarebbe alzata e sarebbe andata dritta da Sky a dirle ciò che avrebbe dovuto dirle decenni prima. Le avrebbe posto domande dolorose e si sarebbe lasciata spezzare il cuore dalle risposte.

In un angolo del suo cervello, però, i sospetti continuavano a tormentarla. Sky era rispuntata a Weymouth proprio quando avevano iniziato a verificarsi quegli eventi. E se fosse stata lei R.I.P.?

Non aveva alcun senso, però. La Sky che un tempo conosceva non avrebbe mai serbato rancore. Probabilmente l'espressione "non farebbe male a una mosca" era nata osservandola. Un'estate, la loro cucina si era riempita di quelle maledette farfalline del cibo e così Edie aveva piazzato diverse esche. Quando Sky era tornata dal lavoro, ci era rimasta così male che aveva passato più di un'ora a cercare di liberare gli insetti dalle trappole appiccicose. Al contrario di quanto succede nei cruciverba, le coincidenze accadono di continuo e non significano nulla. Il suo ritorno poteva essere benissimo una di quelle. Forse aveva le sue ragioni per essere tornata.

Le ultime note del canto risuonarono nell'aria densa di preghiera.

«Meraviglioso!», esclamò il direttore del coro. «Non bisogna cambiare nemmeno una virgola. Ora una piccola pausa, poi riprendiamo con la seconda metà».

Gli ormoni dello stress entrarono in piena attività. Edie si alzò in piedi, ma non riuscì a fare altro. Si sentiva paralizzata. Aveva due possibilità: scappare a gambe levate dalla porta o andare incontro al suo passato e, chi lo sapeva, magari al suo futuro.

Sky scese dal presbiterio e si avvicinò al tavolino nel transetto della chiesa, com'era solita fare durante le pause. Dalle enormi caraffe di metallo servivano ancora tè e caffè negli stessi bicchieri verde muffa da cui aveva bevuto anche lei.

Edie immaginò l'espressione delusa di Riga se le avesse detto che se l'era data a gambe, e così fece un respiro profondo. Poi prese a camminare lungo il corridoio, verso Sky.

Trentacinque

Nell'ufficio di Leyland, Sean sperava che la riunione non tirasse troppo per le lunghe.

«Come sta andando il caso?», chiedeva l'ispettore capo.

«Procede, signore».

«Dev'essere dura». Leyland parlava con sufficienza, lo sguardo sprezzante. «Dopotutto, si tratta di un caso di omicidio, non è il solito ragazzino scappato di casa o gatto smarrito di cui ti occupi di solito. E poi c'è sempre la questione della tua pro-pro-zia o madre o qualunque sorta di rapporto abbiate voialtri: devi ancora escludere che non sia coinvolta. Immagino sia ancora questa la situazione, no?».

Sean fece del suo meglio per trattenere la rabbia. «Sto lasciando che a Edie ci pensi Michaels, signore». Sulla scrivania di Leyland c'era un tagliapeli da naso e tutta una serie di peletti corti. Sean sperò che fosse stato doloroso.

«E *tu* allora cosa fai?»

«Stiamo procedendo più in fretta possibile: sappiamo che è una lotta contro il tempo, signore. Il messaggio diceva che quattro persone sarebbero morte entro la Vigilia di Natale».

«A proposito, Della Ingrit mi sta assillando più del solito. Vorrei dire alla stampa che abbiamo dei sospettati chiave. È così?»

«È ancora presto, signore».

«Credevo avessi detto che è "lotta contro il tempo"».

«Ci sono dei potenziali sospetti: Lucy Pringle, accusata di minacce ai danni di Veronica Princeton, e il dottor Edward Berkeley, preside della St. Mary che verrà formalmente interrogato tra un'ora. Inoltre abbiamo appena scoperto che il dottor Newman è stato avvistato a Esplanade dalle telecamere di sicurezza la notte in cui è stata uccisa la moglie».

«Mi auguro che tu non stia suggerendo che Edward e Samuel abbiano architettato tutto questo insieme».

«Non l'ho nemmeno pensato, signore». Ma avrebbe dovuto. Bisognava tenere aperta ogni pista fino a che non avessero ristretto il campo.

«Parlare con Edward è uno spreco di tempo per tutti». Leyland scuoteva la testa. «Lo conosco bene. È un pilastro di questa comunità».

Certo che lo era, e per questo risultava intoccabile.

«È ben visto anche dalla comunità accademica internazionale», rispose Sean, «sia come studioso che come preside. Ho letto qualche suo libro. Ma anche i pilastri crollano, a volte».

Leyland lo ignorò completamente. «Sempre per richiamarti ancora una volta alla prudenza, ho sentito che stai indagando sulla clinica della fertilità della dottoressa Princeton. E tutto per delle accuse non comprovate mosse da un utente online. Non hai mai sentito dire: "Non alimentate i troll"?»

«Credevo che il nostro compito fosse indagare le accuse e scoprire se hanno qualche fondamento».

«Non fare lo spiritoso, Sean. Anche la dottoressa Princeton era una figura molto amata nella comunità. Come assessora, ha dato molto supporto alla polizia e non solo ha raccolto fondi destinati alla stazione ma ha permesso a mio fratello e mia cognata di avere il figlio che tanto desideravano. Perciò aspettiamo che la scientifica ci dia i risultati del puzzle, della scatola e della felpa e qualunque riscontro di DNA presente sulla scena prima di infangare la reputazione di una professionista ormai morta e causare dolore al marito. È piuttosto sconvolto, come puoi ben immaginare. Prima perde la moglie, poi si ritrova a dover ascoltare malelingue sul suo conto».

Sean si domandava in che modo Leyland conoscesse il marito della dottoressa Princeton. Tramite il golf, forse. O magari le voci che giravano sul suo conto e quello del Lodge in centro erano vere. Se ci fosse stata Edie, avrebbe tirato fuori l'argomento chiedendoglielo a brutto muso, e si sarebbe pure divertita a farlo. Chissà come aveva fatto nella vita a tenersi un lavoro.

Leyland si strofinò il viso liscio. «A ripensarci, dovremmo parlare di Lucy Pringle a Della. Quella sì che sarebbe una grande storia: un troll si stacca dal computer, esce dal suo sgabuzzino e forse uccide un angelo della città».

«Per me dovremmo astenerci dal divulgare qualsiasi informazione».

«Non sono d'accordo. I tasselli del puzzle sono d'interesse nazionale». Gli brillavano gli occhi. Si fermò un attimo a riflettere, prima di continuare. «Lascia perdere il preside, ispettore. Concentrati sui punti salienti dell'indagine. Devi imparare a prioritizzare i compiti e guidare la squadra, altrimenti puoi dire addio alla promozione».

Sean riconosceva una minaccia, quando la sentiva.

«Hai capito che intendo?», Leyland sollevò le sopracciglia ben curate, aspettandosi chiaramente una risposta.

«Ho capito».

«Quindi, le prossime mosse?»

«Ci sono ancora molte parentesi da chiudere. Solo Andrew Thomas, Isla Mackey, Liz Foundry e altri cinque membri del club della corsa presentano alibi solidi: il resto non ha testimoni che corroborino le loro testimonianze. Neanche la nostra Helena Rice».

«Non avrai preso di mira lei, voglio sperare?»

«Non ci sono prove contro Helena, quindi no. In realtà, pensavo di cambiare approccio provando a risolvere il puzzle e a rintracciare le mattonelle bianche e nere della foto».

Leyland fece un verso sdegnato. «Ecco che ci ricaschi. Impieghi male le tue risorse».

«È chiaro che le mattonelle siano il fulcro di qualsiasi cosa il killer abbia in mente».

«O forse è solo un ago in un pagliaio o meglio, un ago in una stalla!». Fece pausa per dare modo a Sean di ridere.

Ma Sean non rise.

Leyland serrò la mascella. «Fa' che questa di sprecare tempo non diventi un'abitudine, come costringere la povera Michaels, una persona con le sue capacità, a cercare tappeti. Ve la siete giocata di poco, non farmi rimpiangere di avere scelto te».

«No, signore».

«Allora, cos'altro farai?».

Le prime parole che gli vennero, Sean dovette ingoiarsele. «Non c'è bisogno del *micromanagement*, signore. Sono io che porto avanti l'indagine».

«E lo stai facendo, allora? Perché a me sembri in difficoltà». Il volto di Leyland si riempì di finta preoccupazione. «Forse perché tua zia è la donna che ha ricevuto i tasselli del puzzle. Dovremmo parlare di questo: sta offuscando il tuo giudizio».

«Non è vero». Almeno non credeva.

«Non ha mai risposto alle chiamate o alle e-mail di Michaels e non si è fatta trovare a casa durante nessuna delle sue visite».

Sean non avrebbe mai dovuto avvisarla dell'interrogatorio. «Possiamo tornare al caso? Dato che secondo lei la stampa sarà presa dalla questione del puzzle, sa se c'è qualcuno all'interno della polizia, o al di fuori, che potrebbe aiutarci a risolverlo?»

«Non abbiamo risorse per altre risorse», sorrise Leyland, soddisfatto della sua frase.

«Credo che siamo solo all'inizio e voglio cercare di prevenire le mosse di chiunque ci sia dietro tutto questo».

«Sarà meglio». Leyland unì i palmi come in preghiera. «Farò il tifo perché tu vinca, per il tuo bene».

Stavolta la minaccia non era neanche velata.

A Sean occorse ogni briciolo di forza di volontà per non mandare Leyland a quel paese. A quanto sembrava, nelle sue vene scorreva il sangue di Edie.

Trentasei

Sky squadrò Edie dall'alto in basso, Edie osservò Sky dal basso in alto. Nessuna proferì parola. Edie non credeva che il suo cuore fosse in grado di battere tanto forte e tanto in fretta. Intorno a loro, le risate, le chiacchiere e il tintinnio dei bicchieri di tè scemarono in un flebile brusio.

«È bello rivederti», disse Edie alla fine.

«Anche per me». Sky aveva uno sguardo così dolce, così affettuoso. «Non ti offro una tazza di tè perché so che non ti piacerebbe».

«Un biscotto lo accetto volentieri, però».

Sky le porse il piatto di Rich Teas stantii e poi voltò lo sguardo verso la fila di cappelle che costeggiavano il lato meridionale della chiesa. «Vuoi parlare in un luogo più privato?».

Edie annuì e la seguì nella cappellina dedicata a Santa Brigida. Fra quei tralicci, le statue e i mazzi di gigli bianchi c'erano solo loro, a un fiato di distanza.

«È questa la tua preferita, giusto?»

«Te lo ricordi». A pensarci, era plausibile che Sky ricordasse come le piaceva il tè, ma non si sarebbe mai aspettata che rammentasse la sua cappella o il suo santo preferito. Però in fondo neanche lei aveva mai dimenticato nulla di Sky, malgrado tutti i tentativi.

«Ricordo tutto».

Edie abbassò lo sguardo, sforzandosi di nascondere le emozioni manifeste sul suo viso. Sotto i loro piedi si alternavano le pietre tombali con su incisi i nomi di illustri membri del clero e parrocchiani. Camminavano sul passato, forse in bilico sul futuro.

«Come stai, Edie?», chiese Sky. «Intendo come stai *davvero*. So che odi i convenevoli, quindi forse dovremmo passare direttamente alle cose importanti». Sky sembrava leggermente cambiata. Di sicuro era persino migliorata con l'età.

«A dire il vero, non saprei come rispondere».

«Allora spiegami cosa stai combinando adesso». Dal tono in cui lo disse, sembrava che volesse chiederle se era pronta a scappare via con lei. Forse se n'era accorta, perché aggiunse subito. «Nella vita».

«Non è cambiato molto per me». Non aveva bisogno di aggiungere "da quando te ne sei andata": era implicito tra loro.

«Non può essere vero».

«Abito sempre nella stessa casa…». La loro casa. «Ancora insieme ai gatti. Non gli stessi, ovviamente. Suppongo che il cambiamento maggiore è che adesso elaboro i cruciverba per i giornali locali e nazionali».

«È fantastico!». Sky suonava genuinamente sorpresa e contenta, cosa che a Edie provocò una fitta di dolore. Quella era una cosa che di certo avrebbe già saputo, se solo avesse coltivato il minimo interesse in lei. Ma stava ragionando in maniera ipocrita e illogica, se ne rendeva conto: anche lei si era guardata bene dall'andare a scoprire la benché minima cosa sul suo conto. Aveva preferito restare incollata alla loro vecchia vita, come una di quelle farfalle alle sue trappole adesive.

Sky aspettava che continuasse e le sorrideva incoraggiante.

«Anche Sean sta benone. È ispettore di polizia, si è sposato ed è in procinto di adottare un figlio con suo marito».

Sky batté le mani estasiata. Aveva gli occhi lucidi. «Che meraviglia!».

Edie sapeva di doverle chiedere notizie a sua volta, ma starle vicino riapriva già vecchie ferite. Non voleva buttarci sopra del sale.

Ma qualcosa doveva pur dire. Era per questo che si era presentata lì. «Al mercato, quando ci siamo incrociate, sono scappata via come un topo. Volevo solo dirti…». Fece una pausa, sforzandosi di non crollare. «Volevo chiederti scusa».

«E per cosa? Sono io a essermene andata».

Edie fissò il pavimento e ripensò a tutte le cose che aveva sbagliato nella sua vita, dalle relazioni ai cruciverba falliti. E, cosa più importante, ripensò a tutte le cose che aveva sbagliato con lei. «Per non essermi mai fermata a riflettere. Ma soprattutto per non avere ascoltato. Avrei dovuto comprendere come ti sentivi, farti più domande, elaborare il tutto insieme a te. Dovevo aiutarti a diventare ciò che desideravi, come tu hai fatto con me». L'emozione le strozzò la voce.

«Va tutto bene», disse Sky, senza tanti giri di parole. «Hai fatto tutto quello che potevi fare».

«Non è stato abbastanza».

«Non per me, ma va bene così. Significa che all'epoca non eravamo fatte per stare insieme».

Edie sollevò lo sguardo. Significava che adesso era il momento giusto per loro? La speranza le fece battere il cuore. «E ora?»

«Ora...». Sky sorrise, sporgendosi a guardare oltre la porta della cappella. «Ora ho il mio negozio di gioielli, sono sposata con una donna meravigliosa. Roberta, la donna che cantava accanto a me».

Il cuore le si fermò di colpo ripensando alla donna dai capelli argentati con cui poco prima aveva condiviso il libretto dei canti.

Ma Sky andò avanti. «Abbiamo due figli, entrambi adulti ora. Quando la madre di Roberta è morta, voleva allontanarsi da casa sua, così le ho proposto di venire qui».

A Edie venivano in mente un migliaio di recriminazioni e risposte acide, tutte con l'intento di ferirla. Ma così avrebbe giocato sporco. Sky non era mai stata criptica con lei: ai tempi, le aveva detto chiaro e tondo che vita desiderasse per loro. Edie non l'aveva ascoltata. E ora aveva raggiunto tutti i suoi obiettivi, solo non insieme a lei. «Se fossero convenevoli», disse, quando finalmente trovò le parole, «ti direi che sono felice per te, ma non è così. Sono devastata. Persino dopo così tanto tempo».

Sky chiuse gli occhi. «Mi dispiace. Anche io ho dei rimpianti. Ma credo che il rimorso debba essere lo sprone ad andare avanti, non una trappola che ti incatena al passato».

Rimorso = *morir so*

Il viso di Roberta, la moglie di Sky, spuntò dal pannello di legno al lato della cappellina. Lanciò un'occhiata incuriosita a Edie, poi si voltò verso Sky. «Stiamo per ricominciare».

«Tu va', intanto. Io vi raggiungo tra un attimo, tesoro. Saluto Edie e arrivo».

La bocca di Roberta formò una piccola O, mentre le sopracciglia divennero due alti semicerchi colmi di sorpresa. «Ah. Certo». Si allontanò subito, voltandosi a guardarla di tanto in tanto.

«È molto bella», disse Edie.

«E una maga dei cruciverba. Le dirò di cercare quelli ideati da te».

Il coro ripartì con *Away in a Manger*. Il canto era soffice e vellutato come una ninnananna, sebbene risuonasse in tutta la chiesa.

«È strano per te, tornare qui?», domandò Sky. «È rimasta una sola persona dei tempi nostri, Stella Acres, e ha detto che hai smesso di venire tanti anni fa».

«Non volevo cantare. Tanto meno a Natale».

«Cosa provi nei confronti di questa festa, ora?».

Edie si voltò a guardare i gigli bianchi, simbolo di rinascita. Sky aveva ragione, il rimorso era una trappola. Edie aveva sbagliato, lo sapeva. Ma forse era venuto il tempo di liberarsi e abbracciare questo presente natalizio, anziché continuare a odiarne il passato. «Credo che forse siamo a un nuovo livello della nostra relazione».

Trentasette

Sean, con grosso disappunto di Michaels, e pure di Leyland se l'avesse scoperto, scelse Ama come braccio destro per l'interrogatorio del preside. Nello zaino aveva una copia del libro scritto dal dottor Berkeley ai tempi del suo percorso accademico: *Verso una pedagogia di successo e realizzazione*.

Erano nella sala interrogatori numero 2 che, chissà come, continuava a odorare di *fish and chips*. C'era stato un periodo in cui Sean aveva provato a individuarne il motivo ma, a parte la teoria che i turisti di notte si rintanassero lì dentro per divorare i loro snack, la questione era rimasta avvolta nel mistero.

Accanto a Berkeley sedeva Shay Chichester, l'avvocato sapientone e ben vestito che spesso e volentieri rendeva impossibile la vita agli agenti della stazione di Weymouth.

«È un piacere rincontrarla, dottor Berkeley», disse Sean, dopo il solito rito preliminare in cui annunciava che l'interrogatorio era registrato e che Berkeley era libero di sospenderlo in qualsiasi momento.

«Che ore sono?», domandò Berkeley. «Scusi, ma non ho l'orologio. Però mi piace il suo, ispettore Brand-O'Sullivan. Sembra vecchio come il mio».

Sean guardò di riflesso il quadrante, poi piazzò lo zaino sul tavolo. «Quasi le tre e venti. Deve fare qualcosa di più importante?»

«Devo terminare gli acquisti di Natale, come tutti del resto. Inoltre la signora Challis mi ha incaricato di prendere cibo e bevande per il pranzo dello staff di domani. Un esercito di limpidi ceffi, tirati a lucido per l'occasione. Gradirei finire in fretta».

«Non ci metteremo più del dovuto, glielo assicuro». Sean prese il libro dalla borsa. «Sto leggendo questo. Mi piace, è davvero illuminante».

«Si senta libero di comunicarlo al mio editore. Mi farebbe comodo una ristampa».

«Da quanto si evince, sostiene che bisogna applicare un metodo di coaching all'insegnamento. Stabilire gli obiettivi, realizzare sogni. Condivideva anche questa filosofia con la dottoressa Princeton? O soltanto il letto?»

«Questo tono è necessario?», intervenne l'avvocato.

Ma il dottor Berkeley mantenne un sorriso pacato. «Realizzare i propri sogni è una filosofia comune a tanti educatori e figure sanitarie. Sono certo che persino gli agenti di polizia abbiano dei sogni».

L'agente Phillips scoppiò a ridere e cercò subito di camuffarlo con un colpo di tosse.

«Io ne ho a volontà», rispose Sean, «ma non vado in giro a scriverne. Nel libro, dice che bisogna puntare a qualsiasi cosa si desideri. E se non la si ottiene?».

Berkeley deglutì. «Per me, quando un determinato obiettivo incontra un ostacolo insormontabile, il trucco è rimodellare il sogno in qualcosa di più raggiungibile. Il mantra che recito sempre ai miei studenti è: cambia scopo, cambia gioco. Cambia pure nome, se devi».

«Non è così semplice per tutti».

«Me lo chiede a titolo personale? So che lei e suo marito state cercando di realizzare un vostro sogno e adottare un bambino. Credo che sia una cosa magnifica. Un figlio mette tutto nella giusta prospettiva, ti riempie di determinazione».

Sean lo guardò stupito. «E lei come sa della mia vita privata?»

«La mia segretaria, la signora Challis, va molto d'accordo con la sua prozia Edie. E non fatico a capire perché. È venuta a trovarmi oggi a pranzo ed è stato molto piacevole. È proprio un portento».

Sean non sapeva cosa rispondere.

«Non le ha detto del nostro incontro? Mi ha mostrato il tassello di un puzzle in cui compariva il volto di un filosofo, pensava che potessi darle una mano. Ma non sono certo di averlo fatto, purtroppo».

Sean sentiva addosso lo sguardo confuso di Ama e non poteva certo darle torto. Che stava combinando Edie?

«Magari», rispose cercando di riprendere il controllo, «è meglio se ci concentriamo su cosa stava facendo in centro a Weymouth la notte dell'omicidio di Veronica Princeton».

«Dopo essere andato a trovare mia madre mi sono fermato a comprare delle patatine – in quel posto sul lungo mare, che le serve nel secchiello con la paletta, non so resistergli! – e a ritirare dei contanti». Si sporse sul tavolo e cominciò a bisbigliare con fare cospiratorio. «Anche se sono anni che partecipo a riunioni e assemblee, non sono un tipo mattutino e ho preferito farlo allora».

«E perché doveva ritirare con tanta urgenza?».

«Mi piace che i nostri professori e il personale ricevano dei pensieri per Natale da parte della scuola, ma li faccio con i miei soldi. Al governatore non piace che si usino i fondi pubblici per i professori. Che Dio ce ne scampi, se il personale si sente apprezzato. E così, mi serviva un ventone per comprare il whisky e la cioccolata migliori di Aldi».

«La rosticceria confermerà?».

Il dottor Berkeley annuì, arrossendo. «Ci vado più spesso di quanto mi piaccia ammettere. In effetti, l'odore che c'è qui dentro mi sta già facendo salire l'acquolina in bocca. Credo che mi fermerò là, prima di andare a casa».

A quel punto la porta si spalancò di colpo, sbattendo contro il muro scheggiato. Leyland comparve sulla soglia e Michaels era al suo fianco con il sorriso sulle labbra.

«Eccoti qua, Edward!», fece Leyland, entrando.

Il dottor Berkeley si alzò in piedi, sorridendogli. Tese la mano e l'ispettore capo la strinse forte. «Julian! Non mi aspettavo di incontrarti oggi!».

«Sono qui per due ragioni: la prima è assicurarmi che l'ispettore Brand-O'Sullivan ti tratti bene». Leyland lanciò un'occhiataccia a Sean, che sprofondò nella sedia.

«Certo, abbiamo fatto una bella chiacchierata sulle patatine», rispose Berkeley, «e sull'importanza di avere un obiettivo».

«Be', il tuo è battermi sul campo da golf prima o poi, dico bene?», rise Leyland.

«A tutti fa bene sognare», rispose Berkeley con un mezzo sorriso.

«Magari se mangiassi meno patatine, il tuo sogno diventerebbe realtà!». Leyland gli tirò una pacca sulla schiena.

«Ma di che parli?», rispose a tono Berkeley. «Io porto la stessa taglia di pantaloni di quando avevo vent'anni. Mica come te».

Sean non sopportava le spavalderie da uomini. «E qual è la seconda ragione, signore?»

«Avvertirti che l'alibi del dottor Berkeley è stato corroborato per entrambe le occasioni. Dunque, è libero di andare».

«Quindi l'ha fatto!», disse Berkeley. La voce era appena un mormorio e, quando Sean si girò a guardarlo, vide che il preside era sorpreso tanto quanto lui. «Si è fatta avanti!».

«Sì, la signora Sandra Challis ci ha fornito un dettagliato resoconto delle vostre serate. E che serate, oserei dire, Edward».

«Ma perché avete mentito entrambi?», chiese Sean, mentre quella pista inconsistente gli si sgretolava tra le mani. Due persone che si innamorano, che intrecciano vite e parole, non avrebbero dovuto farlo sentire tanto disperato. Ma la verità era che non aveva niente, e un altro giorno era passato.

«Ci frequentiamo da un po', ma Sandra non voleva alimentare i pettegolezzi a scuola. Pensava che avrebbero minato la sua autorità».

«Ai ragazzi non interessa chi va a letto con chi», disse Sean.

«Si riferiva ai genitori. Sono molto più complicati da gestire degli studenti».

«Ora va' pure a finire le tue spese natalizie, Edward. Non ti disturberemo più». Leyland si fece da parte per farlo passare e gli fece l'occhiolino. Già, era proprio un tipo da occhiolini.

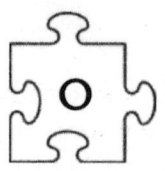

Trentotto

Carl Latimer era tornato a casa da poco, ma si annoiava di già. La signora Bleniou, nell'appartamento sotto al suo, gli aveva preparato una moca di caffè e una magnifica chetocolazione a base di formaggio, olive e carne. Gli aveva persino lasciato una lattina di birra a portata di mano, eppure non aveva pensato di avvicinargli il telecomando.

Sarebbe rimasto bloccato così, incapace di muoversi, finché non fosse tornata. La costola rotta gli faceva vedere le stelle e il gomito pulsava. Gli antidolorifici con cui l'ospedale l'aveva spedito a casa erano una merda. Poteva chiedere al pusher di passare a casa, ma non voleva farsi vedere in quello stato, con la gamba frantumata e ingessata che poggiava su una torre di cuscini. Li aveva mollati lì la sua ex quando si era stufata di lui: almeno alla fine erano serviti a qualcosa. Stava comodo, ma comunque bloccato. Senza musica, TV, porno o corsa. Per un uomo attivo come lui, era una tortura.

Il lato positivo era che non gli toccava più insegnare a dei ragazzini goffi come calciare una palla. E la signora Bleniou sarebbe tornata presto. Era andata soltanto a fare la spesa.

Era contentissima di trovare la porta sempre aperta, così poteva entrare in qualsiasi istante per badare a lui. Non aveva mai visto il suo appartamento prima d'ora, non che non ci avesse provato, e in genere gli lasciava i pasti davanti alla porta. I piatti erano sempre marroni e coperti da un cappello di stagnola come dei complottisti svitati. Il cibo non era male, però. Chi lo sa, forse poteva pure sviluppare una passione per il cibo greco, alla faccia della sua ex. Gli diceva sempre che non sarebbe mai cresciuto, e invece eccolo lì che mangiava le olive.

Almeno la signora Bleniou aveva aperto i finestroni del salotto. Il divano, con il suo schienale alto – che gli era costato un braccio e una gamba, espressione che non trovava più così divertente – era rivolto verso il vetro che si affacciava su Weymouth. Poteva vedere se la neve si decideva a cadere e scoprire se aveva ragione a pensare che la donna del palazzo di fronte recuperasse roba dai bidoni della spazzatura.

Un'auto si fermò in un punto cieco. Dal rumore, non sembrava la Fiat della signora Bleniou, senza contare che se n'era andata solo da mezz'ora. Udì la porta aprirsi e richiudersi di scatto. Forse un fattorino che cercava di arrotondare i guadagni a Natale.

Sentì suonare al citofono del portone, poi qualcuno lo fece entrare. I passi riecheggiarono per le scale, fermandosi al primo piano. Magari il pacco era per lui. Un regalo della scuola. Un cesto di frutta. Una bottiglia di whisky. Avrebbe chiesto al tipo di portargli il telecomando.

La porta di casa si aprì e qualcuno entrò distintamente nel suo appartamento. Provò a girarsi per vedere chi fosse, ma non riusciva a tirarsi su. «Lascia tutto sul tavolo, grazie». Il fattorino odorava di colonia, forse la usava per coprire la puzza di sudore che emanava. Succedeva pure a Carl quando era ansioso. Non doveva essere semplice consegnare sempre tutto nei tempi stabiliti, soprattutto in periodi dell'anno come questo. Ma non si dovrebbero accettare lavori che non si è in grado di fare.

Il fattorino non rispose. E non se ne andò neanche.

Carl cominciava a sentirsi a disagio. «Ehi? Ho detto che puoi lasciare tutto sul tavolo».

Il fattorino si avvicinò, il passo chiaro e distinto sul laminato.

Carl provò di nuovo ad alzarsi, ma non aveva la forza. Per un attimo intravide il fattorino, ma in faccia portava un cappellino da baseball e una maschera e in mano stringeva un martello. L'adrenalina gli urlava di scappare, ma lui non riusciva nemmeno ad alzarsi dal divano. Il martello gli crollò addosso, spaccandogli la testa. E mentre il sangue gli finiva negli occhi, vide uno dei cuscini lasciati dalla sua ex incombergli addosso. In un attimo, si ritrovò con la scritta «Prosecco Time» schiacciata in faccia.

«Perché?», domandò Carl. Ma la stoffa soffocava la parola e lui non sentì mai la risposta.

Trentanove

L'assassino si chinò, avvicinando l'orecchio alla bocca di Latimer. Dai polmoni non arrivava alcun suono e aveva smesso di dimenare la gamba e il braccio già ben tre minuti fa. Ma doveva fugare ogni dubbio. Rimase così con il fiato sospeso, quasi imitandolo. Nulla. Era morto davvero.

L'assassino pensò di scattare una foto di Carl sdraiato e patetico, ma sapeva di essere migliore di così. Non tanto, ma i piccoli particolari fanno pur sempre la differenza.

Si guardò intorno, posando gli occhi sui tre frullatori della cucina e i contenitori di frullati proteici allineati agli angoli. Sulla mensola di vetro c'era una grossa foto incorniciata di Latimer. Chissà quante volte l'aveva guardata Carl, crogiolandosi nella sua immagine. Voleva sputargli, alla foto o anche al corpo, ma poi avrebbe lasciato prove. Aveva fatto abbastanza: mantenuto la promessa inespressa di riscuotere vendetta per ciò che Latimer aveva fatto.

Ma l'assassino si sentiva stanco e nauseato. Non aveva ancora finito. Doveva morire un'altra persona quella sera, un'altra sorta di fuggiasco smascherato.

Uscì dall'appartamento e, chiudendo la porta, una ghirlanda natalizia cadde sul pavimento. Si allontanò, lasciandosi alle spalle un altro pezzo della sua anima.

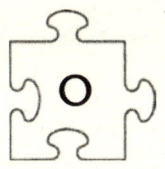

Quaranta

Il tassista continuò a spiare Edie dallo specchietto retrovisore per tutto il tragitto dalla chiesa a casa sua. «Sta bene, cara?».

No, Edie *non* stava bene. Stava così poco bene che si limitò ad annuire anziché lanciargli una frecciatina.

«Se lo dice lei».

Non riusciva a smettere di piangere, le lacrime sgorgavano libere e senza singhiozzi, come uno scroscio di pioggia. Quando Sean aveva tre anni, più o meno, capitava spesso che le si avvicinasse se era triste o arrabbiato e le dicesse: «Fammi smettere di piangere». Lei lo aveva sempre distratto con gli anagrammi. «Se mescoli la parola "triste", esce "tetris" e con "lacrime", "reclami". A pensarci bene, forse significa che le lacrime ci aiutano a riconoscere e affrontare le ingiustizie». Lei non ci aveva creduto tanto, ma sperava comunque che funzionasse.

«Ma io non so leggere, mamma Edie. Non conosco le lettere», aveva protestato Sean. Le lacrime però si erano fermate, impreziosendo le sue ciglia folte e lunghe.

«Presto non sarà più così, Seanie caro. Tutto cambia, alla fine. Che tu lo voglia o no».

Quando l'auto accostò di fronte a casa sua, Edie fece per pagare il tassista ma lui rifiutò i soldi. «Questa la offro io. Mi dispiace vederla triste. Spero che trascorra un buon Natale. Che Dio la benedica».

Tanta gentilezza sconcertò Edie. Al punto che non seppe cosa dire. Il tassista si allontanò senza nemmeno darle il tempo di ringraziarlo.

Dall'altra parte della strada, l'onnipresente Lucy Pringle stava tagliando un cespuglio d'agrifoglio. Ascoltava qualcosa con le cuffie alle orecchie e sorrideva tutta contenta, come se non fosse al centro di un'indagine della polizia. Era stata Riga a riferirglielo, e Edie odiava ricevere notizie di seconda mano. Doveva assolutamente entrare in quel gruppo WhatsApp.

Controllò la posta nel portico, passando al vaglio la pubblicità e le cartoline di Natale. Non c'era niente da parte di Riposa in Pezzi. Almeno non era morto nessun altro.

Malgrado il disordine, la casa le sembrò di colpo di vuota. Accese il bollitore e provò a sopire il senso di solitudine risolvendo il cruciverba che la signora Challis aveva iniziato. Mentre l'acqua fischiava e tutti e tre i gatti si strusciavano contro la sua sedia, il telefono prese a squillare. Era Sean.

«Sono così contenta di sentirti». Strinse il telefono come se fosse la sua mano.

«L'ispettore capo mi ha dato il permesso di informarti che Carl Latimer è stato trovato morto venti minuti fa».

«Come? Una complicazione dovuta alle ferite?»

«Una complicazione dovuta a un omicidio». Sean non era mai sembrato tanto freddo e distaccato. E nemmeno tanto ferito.

«Il sarcasmo non ti si addice. Volevo solo sapere cosa fosse successo».

«Sto andando là ora, poi ne saprò di più. Per ora l'unica certezza è che qualcuno è tornato a finire ciò che aveva iniziato».

«Puoi passarmi a prendere, così mi racconti tutto. Resterò in macchina, se è meglio».

«Ti ho telefonato solo per dirti che la sergente Michaels sarà da te tra un minuto per farti le domande che doveva fare e altre molto più serie».

«Vi ho già detto tutto della scatola».

«Ma non mi hai detto di essere andata da Edward Berkeley con il nuovo tassello del puzzle che hai ricevuto». La ferocia nella sua voce fece a brandelli il cuore già martoriato da Sky. «Cos'altro mi nascondi? Anzi, no, non rispondere. Dillo alla mia collega».

«Non so se posso farcela oggi». Fece una breve pausa. «Ho rivisto Sky, Seanie».

Sentendo l'ormai raro nomignolo, Sean inspirò bruscamente. «Al momento sono l'ispettore Brand-O'Sullivan per te. Potresti avere fuorviato un'indagine della polizia e rischi di essere accusata per depistaggio, oltre che per omissione di prove importanti».

«Non credo che la cosa sia tanto grave. Se solo venissi qui, potrei spiegarti...».

«Non posso, Edie. Sei una parte sensibile dell'indagine. E se anche non lo fossi, al momento non mi va di vederti».

«Lo fai suonare come se fosse colpa mia, ma non sono stata io a lasciare il tassello davanti alla mia porta».

Quel suono ruvido, l'improvviso risucchio d'aria dall'altra parte della cornetta, fu come una coltellata al cuore per Edie.

«Se hai qualcosa da dire, dilla e basta, Sean. Posso sentire».

«Avrei dovuto consegnare il caso nelle mani di qualcun altro nell'istante stesso in cui mi hai chiamato, ma ho pensato che potesse servire ad avvicinarci. Che se avessi avuto qualcosa a cui tenere tanto – anche se solo Dio sa come, visto che non tieni a nient'altro – ci avrebbe aiutato a connetterci». La risata ironica che esplose dall'altro lato del telefono la devastò.

Edie prese dalla tasca i tasselli del puzzle che ritraevano il suo orologio. «Per favore, Sean. Non sai perché lo sto facendo. Non ti ho detto tutto».

Ma lui rise di nuovo. «Sai che novità, Edie. Come al solito, c'è una parte di te che tieni solo per te stessa».

«Non è così. Non stavolta. Ti prego, credimi, Sean. Amore?»

«No, niente "amore"».

Con quell'ultima frase, il suo tanto amato Sean riagganciò.

Quarantuno

«E da questa parte c'è la nostra collezione in pronta consegna». Linus Cramer mostrava all'ultimo cliente della giornata la parete di tappeti esposti nel suo ingrosso di mobili, poco fuori Poole. «Molto in voga in questo periodo dell'anno. A metà tra un tappeto e una moquette. Basta stenderlo sul pavimento del soggiorno o della cucina e la festa è fatta. Ci si può coprire una miriade di peccati». Lanciò un'occhiata al suo cliente per controllare che non si fosse offeso. Non si sa mai, oggigiorno.

Ma il cliente si era avvicinato per osservarne meglio la fantasia.

«Se preferisce, disponiamo anche dell'opzione noleggio: copre i dieci giorni di festività e le dà modo di provarlo prima di procedere all'acquisto o semplicemente di riconsegnarlo quando i parenti avranno levato le tende. Dico bene?». Non aspettò la risposta. Andava avanti con il pilota automatico, già proiettato a casa. Non appena chiusa la porta, Beatrice gli sarebbe corsa incontro urlando: «Papà!», e lui l'avrebbe riempita di baci, per poi salutare con un bacio anche sua moglie. Avrebbero stappato lo champagne e festeggiato il giorno più proficuo di tutto l'anno, almeno finora. Adorava il Natale, e non solo perché la gente tendeva a ordinare nuove coperture per fare bella figura con gli ospiti.

«Vorrei quello con le nappine dorate. L'ho visto sul sito».

«Si riferisce al nostro modello deluxe. Se posso permettermi, è una scelta eccellente. Uno dei migliori…».

«È ben assorbente?».

Interrotta la sua litania, Linus rispose: «Non è una domanda che riceviamo spesso. Dato lo spessore, suppongo che possa assorbire un'intera bottiglia di vino prima che riesca a colare sotto. Ma in questo caso, non sarà possibile restituirlo al negozio, ovviamente».

«Non dovrò restituirlo».

«Qualcuno qui darà una gran festa! Posso venire?». Linus esplose in una delle sue calorosissime risate, di quelle che riuscivano sempre a lusingare i clienti. Oscillò le sopracciglia come a intendere che per "festa" si riferiva a una qualche specie di orgia.

Ma questo cliente non lo guardava neanche. Poco importava. A Linus non premeva granché rendere felice il cliente, né sapere chi fosse. L'importante era convincerlo a comprare qualcosa.

«Bene. Posso suggerirle un modello? È il più spesso che abbiamo, molto apprezzato dal mercato. Ed è disponibile anche in rosso scuro: qualsiasi macchia si dissolverà in un minuto». Linus attraversò le file di tappeti arrotolati, disposti come balle di fieno invernale. «Questo potrebbe fare al caso suo».

Il cliente ispezionò il tappeto, passando un dito tra le frange dorate come se fossero corde di un'arpa. «Lo prendo. Subito».

Linus riuscì a contenersi, evitando di esultare di fronte al cliente. Aveva venduto il tappeto più costoso. Avrebbe comprato il miglior spumante disponibile alla stazione di benzina.

Mentre rovistava nel cassetto di fianco alla cassa in cerca del nastro per i pacchi, il cliente parve finalmente rilassarsi. Linus conosceva bene la sensazione che si provava dopo avere portato a termine un compito, era un po' come riemergere nel mondo reale. «Non è che ha contanti, vero? Il terminale dà qualche problema».

Il cliente tirò fuori una mazzetta di banconote dal portafoglio e gliela consegnò. A giudicare dallo spessore, l'importo era quello giusto. Che bella giornata.

«C'è solo lei qui? Sembrate un po' a corto di personale».

«C'è stato il pranzo di Natale dell'azienda, oggi. Di tutte le filiali. Gli altri erano troppo sbronzi per tornare al lavoro, così li ho mandati a casa». A dire il vero, uno era stato licenziato e l'altro si era beccato un richiamo. Come ci si può sbronzare in quel modo alla prima festa di Natale dell'azienda? Non importava. C'era personale a sufficienza per affrontare i saldi di gennaio, dopodiché lo aspettavano le Seychelles. Erano anni che metteva da parte i soldi sotto il materasso. «Io assorbo tutto, invece. Come questo bestione qui». Batté la mano sul tappeto arrotolato. «E poi qualcuno deve pur mantenere il treno sul binario giusto, no?»

«Certo che sì. Qualcuno deve portare a termine il lavoro».

Stampata la ricevuta e riposte ordinatamente le banconote nella cassa, Linus sentiva di avere portato a termine il lavoro in maniera brillante.

«Ho parcheggiato sul retro», disse il cliente. «Mi aiuterebbe a trasportare il tappeto? È troppo pesante per me».

«Con piacere. Che la festa abbia inizio».

Avviandosi verso l'uscita posteriore, Linus pensò di invitare qualche amico a casa la sera della Vigilia. Avrebbero potuto cantare qualche canzone natalizia o guardare un film sul suo impianto di home cinema. Aveva comprato una macchina per i popcorn che funzionava davvero, non come l'ultima, e c'era pure un frigorifero dei vini, per non parlare poi…

Un colpo violento alla nuca mise improvvisamente fine a quei pensieri. Linus crollò a terra, colpendo il pavimento con la testa in fiamme. I tasselli di un puzzle gli piovvero addosso come fiocchi di neve. Il tappetto rosso si stese di fronte a lui mentre il sangue dello stesso colore gli colava sugli occhi. Poi, inevitabilmente, tutto quel rosso si tramutò in nero.

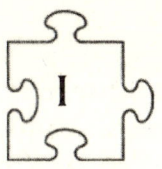

Quarantadue

«Vengo da te», disse Riga, quando Edie le telefonò. «Ti farò da avvocato».

Edie camminava su e giù per il corridoio, in attesa dell'arrivo della sergente. «Non mi serve un avvocato. E poi tu *non* sei un avvocato».

Riga fece un sospiro. «Ho detto che ti *farò* da avvocato, mica che lo sarò davvero. Di sicuro troverò una ventiquattrore da qualche parte. Sarà divertente. Tipo commedia amatoriale, ma con meno tradimenti coniugali. Recito ogni parte. Il mio motto a teatro è che devi saper fare un po' di tutto: cuci, tagli, levi, adatta, balla».

«È una cosa seria, Riga». Peggoty faceva avanti e indietro insieme a lei, sollevando il musetto con un'espressione che poteva essere interpretata come apprensione.

«Ma va'. Mezz'ora, e sarà tutto finito. Non devi fare altro che dirle che qualcuno ha infilato un pezzettino di puzzle nella tua porta e che tu volevi sapere chi fosse il tizio raffigurato, così sei andata a chiederlo a un esperto».

«Così sembro patetica. E poi non è la verità: ho altri pezzi».

«Be', ne hai più di quanto credi, a giudicare dalla busta piena che ho trovato prima nel portico».

Edie si fermò di colpo, di fronte alla porta, ora aperta, del salone. «Che cosa? Perché non me l'hai detto subito?»

«Volevo aspettare che tornassi. Ora sei tornata».

«Non dovrei neanche guardarli, ma consegnare la busta sigillata alla polizia insieme agli altri tasselli di cui loro non sono a conoscenza».

«Be', *certo*, *potresti* fare così, ma...».

«Ma se la minaccia fosse reale? C'era scritto di non consegnarli alla polizia, altrimenti metterei...».

«Metteresti Sean in pericolo. E *anche* te stessa. E poi, c'è qualcosa che ti fa pensare che la polizia stia risolvendo gli enigmi?»

«No, per niente».

«Allora per me la faccenda è chiara. A loro non devi dire niente».

«Sei mia complice, come al solito». Esitò per un istante. I cruciverba le avevano insegnato che esiste sempre un altro lato da cui vedere le cose. «Mi chiedo se possa sfruttare l'occasione per scoprire cosa sa la polizia che noi non sappiamo».

«Invertire le parti, certo».

«Proprio così. Non serve che ti ricordi di portare i nuovi pezzi del puzzle, vero?»

«Certo che no. Voglio vederli anch'io. È una fortuna che non l'abbia già fatto».

Nel vialetto entrò una macchina, e dopo un attimo il motore si spense. «È qui».

«Arrivo tra pochi minuti. O meglio, il tempo che impiegheranno le mie gambe a portarmi lì e degnarti dell'onore di un buon supporto morale e favolose doti recitative».

Sean si sentiva dolorante e frastornato come quella volta che un'auto l'aveva investito mentre andava in bicicletta. In vita sua aveva litigato con Edie in pochissime occasioni, ma erano state tutte devastanti. Sapeva che era dovuto ai suoi disturbi dell'attaccamento, l'aveva scoperto in terapia. E sapeva anche di doversene guardare bene, se fosse riuscito davvero a diventare padre. Ma quello era un *se* gigantesco. Sean aveva perso i genitori e il fratello quando era troppo piccolo perché ora potesse riuscire a ricordarsi qualcosa, per quanto provasse a rovistare nei suoi ricordi.

Sentiva il petto costringersi. Ma non poteva avere un attacco di panico. Non adesso. Stava cercando disperatamente l'inalatore sulla scrivania, quando Ama bussò alla porta ed entrò. «Tutto bene, signore?».

Sean prese due respiri profondi dall'inalatore blu. «Ho appena strigliato Edie». Nella sua voce richeggiò un rantolo.

«E l'ha pure informata dell'arrivo di Michaels. Che giornataccia per lei». Ama aveva uno sguardo divertito e, quando vide che era riuscita a suscitare una lieve risata da parte di Sean, sorrise anche lei. «Sta andando a casa di Latimer, giusto?».

Sean annuì. «Helena è già arrivata, a quanto pare. Voglio che tu venga con me a raccogliere le dichiarazioni a caldo dei vicini, controllare le registrazioni dei videocitofoni, le solite cose. Dovrai bussare di porta in porta, temo».

Ad Ama brillavano gli occhi. «Sono qui per questo. E per informarla che ho trovato una connessione tra Carl Latimer e Veronica Princeton: ho visto su Facebook una foto del Natale scorso e lei era in posa accanto a lui, gli teneva una mano sul petto».

«Ben fatto. Continuiamo a scavare. Ci serve di più».

«Ho di più, signore. Ho finito di incrociare le informazioni ottenute dalla segretaria su Carl Latimer con i file che il reparto informatico ha recuperato dal computer della vittima non appena arrivata la notizia del decesso. Niente di buono».

«Quindi la signora Challis diceva il vero riguardo le lamentele che le erano arrivate su di lui?»

«Due ragazze quattordicenni riportarono all'allora segretaria della St. Mary che Latimer, non ancora sedicenne, aveva ottenuto senza consenso foto e video intimi che le ritraevano e li aveva condivisi con i suoi amici. Il padre era un reporter di guerra e lo aveva incoraggiato a sperimentare la fotografia usando la sua camera oscura». Ama fece un respiro profondo. «E a quanto pare ci sono video più recenti, anche dei giorni nostri. Alcuni persino caricati su siti porno».

«*Revenge porn*».

«Pare, ma il termine implica una qualche motivazione per la condivisione».

«Vero. Le vittime sono riconoscibili?».

Ama esitò. «Difficile dirlo. Forse. Posso farglielo sapere appena ne avrò la certezza».

«Si tratta di qualcuno che conosci?».

Ama si mordicchiò un labbro. «Preferirei non fare nomi finché non sono sicura. Si tratta di qualcuno collegato al caso».

Sean bruciava di curiosità, ma sapeva di doversi fidare di lei. «D'accordo, scopri quello che puoi, ma sta' attenta. È un lavoro orribile e il dipartimento informatico sa come gestirlo. Be', come gestirlo meglio, a ogni modo».

«Grazie, signore».

«Chi era il preside all'epoca?».

Ama controllò gli appunti. «Una certa signora Singer. A quanto pare, l'ha sospeso per una settimana ma poi ha messo a tacere le lamentele. Non c'erano prove di quanto accaduto alle ragazze».

Sean ricordava che Edie gli aveva parlato di una certa signora Singer, qualche anno prima. Era stata una conversazione strana, per questo gli era rimasta impressa.

Era successo poco dopo il suo ingresso nelle forze dell'ordine. Erano andati al Lookout Café, di fianco alla pista da bowling sul lungomare, e avevano ordinato due panini con l'uovo strapazzato. Edie si era lamentata del numero di scale che avevano salito per arrivare alla terrazza e poi ancora di più del vento, dei gabbiani, della vista. Come al solito, aveva scelto un posto lontano dal mare e si era seduta di spalle al panorama, lanciando di tanto in tanto qualche occhiata furtiva dietro di sé quasi avesse paura che il mare la inseguisse.

«Odi il mare quasi quanto il Natale, eh?», aveva detto Sean. «Davvero non ti capisco».

«Sai perché non sopporto il Natale».

«Questo sì, anche se non ti farebbe male allentare un po'. Lo facevi, quando c'era Sky».

«Ho allentato un *pochino*, ed è stato un grosso errore. Mi ha fatto abbassare la guardia».

«Ma perché il mare?»

«Hai mai sentito il detto che "le cose peggiori succedono in mare"?»

«Certo».

«Be', è vero. E no, non voglio parlarne».

Erano rimasti in silenzio per qualche istante. Edie aveva immerso tutta una serie di bustine da tè nella sua tazza da asporto, con lo sguardo rivolto alle case sulla scogliera. «Neanche la signora Singer sapeva nuotare, ma non è mai finita sotto. Non come me».

«Chi è la signora Singer?».

Edie si voltò verso di lui, mettendolo a fuoco come se si fosse temporaneamente persa nel passato. «La preside della St. Mary quando insegnavo io, e forse anche dopo». Poi si era alzata in piedi senza preavviso e se n'era andata, mollando Sean, il panino e la loro conversazione su quella terrazza.

Il fisso prese a squillare sulla scrivania. Era Carly della reception. «Ha appena telefonato suo marito, ispettore. Gli ho chiesto se voleva che le passassi la chiamata, ma ha detto che aveva fretta. L'assistente sociale ha organizzato un incontro pre-natalizio con una bambina per una potenziale adozione».

Sean si alzò in piedi, incapace di contenere l'eccitazione montante. «Dove? Quando?»

«Lodmoor Country Park. Al bar. Appena possibile».

«D'accordo, grazie, Carly».

Sean buttò tutte le sue cose nello zaino, reggendo il telefono con il mento. «Se Liam ti richiama, digli che sono per strada».

Si mise lo zaino in spalla.

«E la scena del crimine?», chiese Ama, mentre Sean spalancava la porta dell'ufficio.

«Va' subito là e avverti che arriverò più tardi. Farai le mie veci nel frattempo. Sei pronta».

Ama gli fece un gran sorriso.

E forse anche lui era *pronto* a diventare papà. Era ora di scoprirlo.

Quarantatré

«Quindi non c'è stata altra corrispondenza fra lei e Riposa in Pezzi?». Michaels sedeva sul divano di Edie, lanciando qualche occhiata furtiva a mister Bumble acciambellato sul cuscino accanto.

«A parte quanto trovato sullo zerbino, dalla mia buca delle lettere non è entrato altro». Edie si congratulò con sé stessa per quella mezza verità: non stava mentendo, non tecnicamente almeno. Era una fortuna che Sean non ci fosse: lui avrebbe notato che stava rigirando le parole. Aveva fatto pratica.

In un angolino, seduta su una poltrona a bere una tisana alle erbe, Riga fece una risatina sarcastica.

«Non c'è niente da ridere, signorina Novack. Se ci interrompe di nuovo, dovrò chiederle di andarsene».

«Sarò silenziosa come la notte di Natale». Giocava con Michaels come Peggoty con i topi.

«Ma il Natale è chiassoso», rispose Michaels con la fronte contratta.

«Non se lo trascorri da sola. Sento allegria nell'aria, voi no?». Riga sollevò lo sguardo, posando una mano sulla fronte con una disperazione teatrale.

«Va bene, okay». Michaels tornò a guardare Edie, spaventandosi quando si rese conto che mister Bumble le era sgattaiolato a fianco. La fissava senza sbattere gli occhi grigi e snervanti. «E perché non ha informato l'ispettore Brand-O'Sullivan o un qualsiasi agente di polizia non appena ha ricevuto questo ulteriore pezzo del puzzle?».

Edie fece spallucce. «Non mi era parso rilevante».

Michaels trascrisse la risposta lentamente, scuotendo la testa incredula. «Carl Latimer è morto, signora O'Sullivan. Le vite di altri sono in pericolo. Tutto è rilevante».

«Sono ben consapevole che ci sono altre persone in pericolo, sergente Michaels».

«Sembra indifferente agli altri come lo era ai tempi del liceo», disse Michaels, serrando la mascella.

«Le ho insegnato io?!». Edie le studiò il volto con attenzione, ma non si accendeva nessuna lampadina.

«Solo per una lezione. All'ultimo anno. Ma mi è rimasta impressa».

Che peccato che con lei non fosse accaduto lo stesso. «Vogliamo procedere con l'interrogatorio? Così io potrò tornare alla mia vita e lei a controllare video di sicurezza o quello che le pare».

Michales si stizzì e mister Bumble le saltò sulle gambe. Edie sapeva che l'attenzione di un gatto non era segno della bontà di una persona. Tutto il contrario. I gatti vanno matti per i cretini.

«Gliel'ha detto *lui*?».

Edie e Riga raddrizzarono la schiena: aveva involontariamente toccato un nervo scoperto. Aveva fatto breccia e forse sarebbe riuscita a penetrare la corazza. «Sean non condividerebbe mai un'informazione del genere. Ma è una cosa risaputa».

«Si è trattato solo di un frame o due. Poteva sfuggire a chiunque. Se Phillips non fosse stata tanto entusiasta di mettermi in cattiva luce, neanche lei avrebbe mai visto Berkeley o Newman».

Edie scosse la testa con compassione. «Ha tutta la mia comprensione. So che significa non vederci bene». In realtà no, lei ci vedeva benissimo.

«Un conto è non vederci bene, un altro sentirsi chiedere di non vedere. Io vedo molto più di…». Michaels s'interruppe di colpo, rendendosi conto di quanto stava rivelando.

«Oh, non si fermi, agente», disse Riga. «Prego. Era appena diventata interessante».

Le bufere erano rare nel Dorset, così rare che a Sean non era mai capitato di affrontarne una alla guida. Attraversare le strade ondulate era più difficile del solito. Mise il riscaldamento al massimo. Aveva i brividi, ma il freddo non c'entrava niente. Avrebbe conosciuto Juniper!

Se le cose fossero andate come dovevano, sarebbe stato il più bel regalo di Natale di sempre. E dentro di sé, sentiva che sarebbe stato così. Anche se quel caso aveva messo a dura prova le sue certezze, era ancora convinto che le cose belle accadessero. Che ogni persona, in cuor suo, fosse buona e che fosse proprio questo a mandare avanti il mondo, non i raccomandati, i contatti e la corruzione.

Il Lodmoor Country Park era bellissimo di giorno, con quell'infinità di spazi verdi protetti, le aree adibite agli eventi e al circo, il pub e svariate attrazioni. Tuttavia, era strano che Sunny avesse suggerito di incontrarsi proprio lì ora che era buio. Era il ventidue dicembre e, anche se nessuno l'avrebbe mai detto, il sole cominciava il suo lungo tragitto verso il dominio. La luce diventa molto più importante, quando ti trovi a farne a meno.

Forse c'era un evento dedicato ai bambini: Babbo Natale che, chissà perché, veniva in anticipo per distribuire regalini scaduti agli orfanelli. Stava diventando cinico come Edie, meglio fare attenzione. Tanto tutto lo scetticismo si sarebbe dissolto di fronte al volto felice di Juniper.

Imboccò l'ingresso familiare, parcheggiò nel primo spazio disponibile e scese fra i vortici di neve, chiedendosi cosa ne pensasse Juniper. La immaginò allungare la mano e ridere mentre i fiocchi le cadevano addosso e si scioglievano sul guanto.

Sean si guardò intorno, cercando di capire dove fossero. Le luci del bar erano spente e nel parcheggio non c'erano auto a parte la sua.

Forse, avendo trovato il bar chiuso, avevano spostato l'appuntamento al minigolf dei pirati. Lì c'era la luce dei fari, ma giocare a golf sulla neve non gli sembrava granché come piano. Addirittura Leyland si sarebbe rintanato a bere nel club anziché giocare, con un tempaccio simile. Provò a chiamare Liam, ma non c'era segnale.

In quell'istante, gli abbaglianti di un'auto annunciarono il suo ingresso nel parcheggio. Probabilmente Liam o Sunny, in ritardo per via della neve.

Ma l'auto accelerò nella sua direzione.

Sean la fissò per un istante, confuso, poi si girò e iniziò a correre. Scappò verso la collinetta, ma la macchina correva più in fretta di lui, il motore che ruggiva alle sue spalle.

Sean provò a buttarsi dall'altra parte, ma l'auto lo centrò in pieno scaraventandolo a terra.

Quarantaquattro

L'assassino strinse il polso di Sean. L'ispettore era privo di sensi, ma il battito c'era ancora. Data la violenza dell'impatto, probabilmente gli aveva rotto un fianco, forse una gamba e qualche costola. Di sangue ne vedeva poco, ma non poteva escludere una emorragia interna. Al detective serviva una bella visita medica, peccato che non ne avrebbe avuta nessuna.

Gli legò i polsi con le dita addormentate. Formicolavano, erano intorpidite e tremanti ma non solo per via del freddo. Ogni secondo in più che impiegava a legare Sean, era un secondo in cui rischiava di farsi beccare da un'auto che entrava nel parcheggio. Era stato lì spesso di notte. Ma quella sarebbe stata l'ultima volta.

Si stava agitando, se ne rendeva conto. Il suo piano era brillante, ogni cosa s'incastrava alla perfezione. Almeno sulla carta. Ora doveva fare i conti con la realtà dell'omicidio. La morte di Cramer era stata la peggiore fino ad allora. Era stata incredibilmente difficile da portare a termine, sia dal punto di vista fisico che mentale. E non aveva provato nessun senso di soddisfazione raggiungendo il tanto agognato obiettivo.

Uccidere era un casino, orripilante e vomitevole. Non avrebbe mai dovuto dare inizio a questa storia, ma non aveva avuto scelta. E non ce l'aveva neanche ora. I suoi capelli erano incrostati del sangue di Cramer, affondato pure nella pelle. Ne sentiva ancora l'odore, più profondo a ogni respiro. Il sapore della morte riempiva la sua bocca.

Sentendo salire un'ondata di bile, l'assassino vomitò sul fianco della collina. Il liquido caldo sciolse la neve. Faceva sempre meno attenzione e sempre più fatica a preoccuparsene.

Stretti i nodi intorno ai polsi dell'ispettore Brand-O'Sullivan, lo mise nel bagagliaio coprendo il suo corpo e quello di Cramer con un telone. Tornò sul sedile davanti con il respiro affannato e ripassò il resto del piano, vagliando i modi per renderlo possibile, scomponendolo. Come un puzzle.

Doveva tornare a Godlingston Woods, malgrado i rischi che comportava trasportare un tappeto arrotolato intorno a un cadavere in un posto frequentato da sportivi e proprietari di cani.

Poi non doveva fare altro che portare il detective Brand-O'Sullivan nel luogo finale, dove tutti i pezzi sarebbero stati assemblati.

E allora tutto sarebbe stato pronto per il Natale.

«Avanti, fammele vedere», disse Edie, dopo che Michaels se ne fu andata. Era in piedi di fronte a Riga, il vassoio per i pezzi del puzzle già pronto in mano.

«*Come*, scusa». Riga si piazzò le mani sui fianchi, fingendosi offesa.

«Intendevo le tessere del puzzle, lo sai benissimo».

Riga sorrise ed estrasse la busta che aveva nella borsa.

Edie portò le tessere in salotto per studiarle una a una sotto la lente d'ingrandimento.

Trovò il tassello dell'ultimo angolo, il superiore destro. E si rese conto con un brivido che, se l'assassino stava ancora seguendo uno schema, allora la terza vittima, quella dell'angolo inferiore destro, doveva essere morta o quasi. Aveva fallito di nuovo.

«L'angolo rappresenta il Bastone di Esculapio».

«Rappresenta che?». Riga l'aveva seguita nella stanza e ora sedeva al tavolo accanto a lei. Di tanto in tanto, ravvivava il fuoco nel camino.

«È chiamato anche Bastone di Asclepio, un bastone con un serpente attorcigliato intorno. È legato alla medicina, perché Asclepio era il dio della guarigione».

«Guarire sembra l'esatto opposto di uccidere».

«A meno che qualcuno non creda di risanarsi o risanare qualcun altro tramite questi omicidi».

«Una visione del mondo a dir poco distorta».

«Il fatto è», continuò Edie, «che può simboleggiare anche il caduceo, il bastone portato da Ermes o Mercurio, e quindi diventare un emblema di questi dèi messaggeri. In qualche cruciverba ho usato la doppia interpretazione».

«E in questo caso cosa credi che voglia dire?»

«Potrebbe avere a che fare con la medicina, con il dottor Newman e la dottoressa Princeton. Oppure, nel caso si riferisse a un messaggero, potrebbe trattarsi di un giornalista, uno scrittore o addirittura un enigmista. Dipende dal contesto». Edie passò in rassegna gli altri pezzi. Ancora mattonelle, quadrifogli, sagome di un corpo, onde. Tre tasselli s'incastravano alla perfezione e davano l'immagine di un fuoco accanto a un volto enorme.

E poi ancora tappeti. Le si accese la speranza che quei pezzi fossero un indizio per il terzo omicidio, che forse poteva ancora evitare.

Li portò alla parete del camino, dove c'era il puzzle incompleto. La gioia di incastrare un pezzo a un altro, scuro, fu subito spenta dalla consapevolezza che gli indizi riguardavano l'angolo superiore destro.

Dunque, sempre ammesso che il killer stesse ancora seguendo il suo *modus operandi*, quegli indizi si riferivano a una quarta vittima.

«Forse vuole dirci come l'ha ucciso?», suggerì Riga. «Ha bruciato qualcuno con un testone?».

Edie non voleva pensare a un altro cadavere e si distrasse vagliando i possibili anagrammi di quelle parole. Brace, testone. Brace, testone. Brace, testone...

«Beacon Street!».

«Eh?»

«L'anagramma di brace e testone!».

Edie prese il telefono e scrisse le parole su Google. «È una via di Swanage». Aprì Maps, selezionò la street view e passeggiò virtualmente lungo la fila di negozi e case. «Indovina che cosa c'è lungo la strada?».

Riga scosse la testa. «Non ne ho proprio idea».

«Beacon Street Medical Centre. Considerato l'anagramma e il Bastone di Asclepio, credo che l'assassino mi stia dicendo di andare là. Chiunque sia, sa dai miei cruciverba che mi piacciono gli anagrammi». Edie prese la borsa e chiamò un taxi dall'app. «Vieni con me?».

Riga sollevò una mano. «Ormai sarà chiuso. E se poi», ribatté, «se poi si trattasse di un altro depistaggio da parte dell'enigmista? Se vai oltre il primo istinto, credi che possa esserci dell'altro?».

Riga aveva ragione. Adesso non era più il momento di agire senza pensare. O ascoltare.

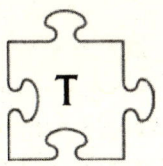

Quarantacinque

Sean galleggiava nel mare, ne era sicuro. Un relitto. Il frammento di una nave alla deriva, un ramoscello spinto qua e là dalle onde. Ma perché proprio in mare? E se anche fosse, perché era così caldo e perché faticava tanto a respirare?

Si sforzò di schiarire la mente, calmare i pensieri.

Si aggrappò a quel poco che sapeva. Non riusciva a vedere niente. Né a sentire le braccia o le gambe, nulla di nulla. Perché?

Aveva provato a raggiungere Liam. All'incontro con Juniper.

Ma loro non c'erano e si era presentato qualcun altro. Un'auto.

Una scarica di adrenalina lo ricollegò al corpo. La testa pulsava di dolore.

L'auto l'aveva travolto. Era caduto sbattendo il viso contro la neve. Dopodiché, non ricordava più nulla.

A giudicare dalle scosse, dalla vibrazione che sentiva sotto al corpo… era in macchina. Probabilmente in quella che l'aveva colpito.

Provò a muoversi, ma sentì una fitta lancinante alla schiena e aveva le gambe bloccate. Forse legate o forse rotte. Non riusciva neanche a capire se avesse gli occhi aperti o chiusi: non vedeva nulla in qualsiasi modo.

L'auto svoltò, mandando Sean a sbattere contro qualcosa e provocandogli un'ondata di dolore lancinante ai fianchi. Riuscì a muovere appena le dita, e sfiorò quella che sembrava una stoffa grezza. Un tappeto con le nappe.

Ripensò al puzzle e il panico gli strinse i polmoni. Era la terza vittima?

Provò ad aprire la bocca per prendere aria, ma gli avevano sigillato le labbra con il nastro adesivo. Dentro di sé si ripeteva di stare calmo e respirare con il naso, come faceva da piccolo ogni volta che era stato sull'orlo di un attacco d'asma o di panico. Quando cercò di sollevare la testa, sentì che qualcosa gli frusciava addosso. Ne era ricoperto. Un lenzuolo di plastica. Un sudario rimediato.

Sean si dimenò in preda al dolore, il corpo in piena produzione di cortisolo. Sapeva esattamente com'era stato legato: mani e piedi immobilizzati, due corde legate al petto e alla vita. Ripensò a tutte le volte che in palestra, durante i circuiti o gli squat all'aperto, si era trattenuto. Adesso sì che se ne pentiva.

Lottava con i polmoni in fiamme, tirando e contorcendosi contro le corde. Non gli importava che lo sentissero. Fingersi morto non era d'aiuto, se nel frattempo rischiavi di morire davvero.

L'auto si fermò. Una delle portiere si aprì e sbatté di nuovo. Il suo cuore batteva al ritmo dei rumori esterni e contava i secondi che lo separavano dall'apertura del bagagliaio. La portiera si sollevò, lasciando entrare una ventata d'aria gelida. Sapeva di pini, neve e terreno tombale. Un gufo bubolava, ma lui non poté rispondergli.

Uno scalpitio e il telo di plastica fu rimosso di colpo, così come il nastro adesivo sulla bocca. La benda sugli occhi rimase al suo posto.

«Ti prego», si sforzò di dire Sean con una voce rauca e graffiante. «Non... riesco... a respirare».

Gli avvicinarono un inalatore alla bocca. Qualcuno premette il bottone con un sibilo, e lui riuscì a prendere due lunghe boccate di polvere steroidea. Ma senza avere nemmeno il tempo di pensare a cosa dire, gli premettero sul naso qualcosa di morbido e profumato.

Cloroformio.

Non sarebbe svenuto subito, sapeva che quella era una cosa da film, ma nel giro di cinque minuti il sistema respiratorio già debole sarebbe stato sotto attacco e lui avrebbe perso lentamente conoscenza.

Gli avvicinarono una siringa alle labbra, iniettandogli un rivolo d'acqua salata nella bocca. Riconosceva il sapore. L'aveva descritto a svariati gruppi di adolescenti, cercando di metterli in guardia sui pericoli del GHB.

Il caloroso abbraccio della droga, viscosa e alcolica, era come un canto di sirene che si alzava nell'etere e lo chiamava a scivolare di nuovo sotto la superficie della coscienza. Almeno in quel luogo non avrebbe dovuto pensare, né sentire.

Ma si sforzò di resistere e rimanere sveglio, sbattendo le palpebre contro la benda. Doveva riflettere, restare lucido. Perché fermargli un attacco d'ansia e poi fargli perdere i sensi? Per quanto tempo l'avrebbero tenuto in vita?

L'auto si inclinò. Sean sentiva l'assassino lottare contro qualcosa, e poi il tappeto arrotolato che veniva trascinato fuori. Buttato sul terreno morbido. Dal tonfo, sembrava più pesante di quanto si sarebbe aspettato.

Sean fu di nuovo ricoperto dal telo di plastica, e il grosso rotolo di tessuto venne trascinato da qualche parte a terra. Il bagagliaio dell'auto si chiuse con un colpo secco.

Sean non riusciva più a restare sveglio. Il dolore nella testa era nulla in confronto al dolore nel cuore. Era completamente solo. E quando la marea lo trascinò a fondo, ne fu sollevato.

Quarantasei

23 dicembre

Sean si risvegliò al frastuono di una porta che sbatteva alle sue spalle. Non riusciva a muoversi, eppure si muoveva lo stesso. Qualcuno lo stava trascinando lungo un corridoio duro e gelido. Lo stropiccio che sentiva gli ricordò una tuta della scientifica e pensò che forse Helena era venuta a salvarlo. Ma poi si rese conto che si trattava del telo di plastica in cui era avvolto. Lo stavano trasportando come una farfalla pesante chiusa nel suo bozzolo, un regalo ancora incartato. Ma chi? Chi lo stava trasportando?

Il suo aguzzino era stanco, faceva diverse pause per riposare e riprendere fiato. C'era odore di terra fresca. Sean non voleva neanche immaginare cosa fosse successo nel bosco.

Si sforzò di restare calmo, di mantenere il respiro costante per quanto il dolore gliel concedesse. Un'iperventilazione lo avrebbe fatto fuori prima ancora dell'assassino.

A un certo punto si fermarono e sentì il clangore di una chiave inserita nella toppa. Ci volle un'eternità perché si aprisse, sembrava bloccata da tantissimo tempo. Alla fine, si levò un cigolio e l'anta cedette.

Sean trattenne il respiro, aspettandosi di venire trascinato in quella misteriosa stanza. Invece il suo rapitore mollò di colpo la presa sulle sue gambe, provocandogli fitte di dolore in tutto il corpo. Si sentì afferrare per le spalle, sul viso il fiato pesante dell'aguzzino. Uno spintone violento lo riportò di colpo nel buio assoluto. Un attimo prima di perdere i sensi, sentì il rintocco della campana di una chiesa. Uno, soltanto per lui.

Edie si svegliò con la zampetta di un gatto sul viso. Peggoty faceva le fusa accanto a lei, la zampetta sollevata e pronta a un'altra carezza.

«Va bene, va bene. La colazione arriva». Edie si tirò su, stanca come non si sentiva da tempo. Aveva passato la notte insonne a mescolare e incastrare le tessere del puzzle nella sua testa per provare a scovare l'indizio che non riusciva a vedere.

Fuori era ancora buio pesto, ma l'orologio segnava le sette e mezzo. Non aveva sentito la sveglia. Ecco perché Peggoty era così impaziente.

Non appena scese al piano di sotto, Edie sentì suonare il campanello. Andò ad aprire la porta e si ritrovò di fronte Liam che ballava sul posto, nervoso e con gli occhi arrossati. Un sottilissimo strato di neve copriva la barbetta incolta che gli correva lungo la mascella. Non lo aveva mai visto così.

«Che succede Liam? Tutto bene?»

«Dimmi che è da te».

«Chi, Sean?»

«Sean, certo! Chi se no?»

«Non lo vedo da due giorni, più o meno».

«Va bene, come non detto». Liam si voltò e prese a marciare verso la sua auto a testa bassa e braccia incrociate.

La paura le strinse il cuore. Era successo qualcosa a Sean, se lo sentiva.

Corse nel vialetto ancora in ciabatte e camicia da notte, ben consapevole delle tende scostate e delle serrande alzate lungo la via. Mostrò il dito medio a chiunque stesse curiosando. Gridò: «Liam, aspetta. Entra, per favore».

Sedevano intorno al tavolo della cucina, con una tazza di tè in mano. «Ho provato a chiamarlo ieri sera», disse Liam, «ma ha risposto subito la segreteria. Ho pensato che me la stesse facendo pagare per non avere risposto alle sue telefonate…».

«Sean non lo farebbe mai. Non è così cattivo. Mica è come te».

Liam sospirò e si strofinò gli occhi. «Possiamo provare a non litigare, Edie? Facciamo una tregua finché non troviamo Sean, okay?»

«Va bene».

«È così? Va davvero "bene"? Perché non mi pare che tu mi abbia mai detto "entra, per favore" prima di oggi. Ed è solo perché Sean è scomparso».

«Non è vero».

«Le rare volte che sono venuto qui, il tuo massimo è stato: "be', visto che ci sei, entra allora"».

«E cosa ti serve, un invito scritto?»

«Mi farebbe piacere sentirmi il benvenuto».

«E a me farebbero piacere un milione di sterline, ma certe cose restano soltanto un sogno».

Liam posò la tazza sul tavolo e fece per andarsene. «Non ha senso se...».

Edie si sentì sopraffatta dalla stanchezza. «Ho detto "va bene", e intendevo sul serio. Potremmo tornare a battibeccare quando Sean sarà al sicuro. Hai provato a chiamare la centrale?».

Liam le lanciò un'occhiataccia. «Certo che ci ho provato. Mi credi davvero un idiota per l'amor del...».

«Abbiamo detto tregua, ricordi?».

Respirò a fondo per calmarsi. «Ama ha detto che avrebbe dovuto raggiungerla sulla scena del crimine, ma non si è mai presentato. L'ultima volta che l'ha visto, stava andando al Lodmoor Country Park per incontrare me».

«E non si è presentato nemmeno lì?»

«Io non c'ero. Non esisteva nessun appuntamento. Qualcuno ha chiamato la stazione fingendosi me e chiedendogli di raggiungermi per incontrare Juniper prima di Natale». La voce di Liam si incrinò appena, come un vaso di ceramica che non aveva superato la prova del fuoco.

Edie era pietrificata sulla sedia. Fezziwig, accanto a lei, sollevò il musetto per capire come mai le carezze si fossero fermate.

«Quindi lo hanno ingannato. E forse rapito».

Per un attimo nessuno dei due parlò.

«Cosa facciamo?». Liam aveva una voce flebile, sconfitta.

«Be', dobbiamo trovarlo noi, no?»

«Noi?», rispose, le sopracciglia arcuate.

«Sì, cazzo. Mettiamoci all'opera».

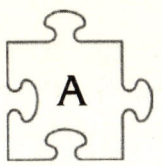

Quarantasette

Ama Phillips era già al parcheggio del Lodmoor Country Park all'arrivo di Edie e Liam. Stava parlando con un tipo della scientifica, in piedi di fronte a un cartello stradale piegato. La macchina di Sean era parcheggiata dall'altro lato. Anche se si vedeva a malapena, con la neve che scendeva a secchiate.

Edie andò sparata verso di loro, mentre il freddo le mordeva la pelle. «Allora, che cosa sappiamo?».

L'agente della scientifica la fissò con un'espressione confusa. «Sono Mark Ulver, responsabile della scena del crimine. Temo di non conoscere il suo grado, signora».

«Lei è Edie O'Sullivan», disse Ama. «La prozia di Sean e sua madre».

Ulver abbassò lo sguardo imbarazzato. «Mi scusi, la credevo un commissario o un agente».

«Fa questo effetto a tutti, tranquillo». Liam era in piedi di fianco a Edie.

«Liam!». Un'agente della scientifica con una folta massa di capelli corse ad abbracciare il più-o-meno genero di Edie.

«Helena, lei è Edie, la…».

«Oh, tranquillo. Non servono presentazioni».

«Non dirlo a me», disse Edie. «Sono stata la tua insegnante, ed ero terribile».

La risata di Helena riecheggiò per tutto il parcheggio. Si coprì subito la bocca con una mano, rammentando la situazione. «Mi dispiace. Per Sean».

«Non dirlo neanche. Non sappiamo se è morto, non sappiamo ancora niente di cosa gli sia successo». Edie addolcì il tono. «Ascoltate, Sean mi ucciderà per averlo detto quando lo troverò, ma non vi darò tregua se non accettate il mio aiuto e voi non mi fornite il vostro».

«Non so se...», disse Ama, cercando manforte da Helena.

«Spetta a te decidere», rispose l'agente della scientifica, «ma se vuoi il mio parere, credo che dovremmo fare tutto il possibile per trovarlo. Solo, a me non dite i particolari. Se Leyland me lo chiede, io non ti ho mai vista. Ora, sto dicendo ad *Ama* che, a giudicare dai segni sulla ghiaia, almeno quelli che siamo riusciti a rilevare sotto la neve, dall'impatto contro il cartello e dal fatto che lo zaino di Sean è stato rivenuto nelle vicinanze, possiamo supporre che ci sia stata una collisione, se non proprio un inseguimento. Ma a *te* non ho detto niente, Edie».

«Avete idea del modello dell'auto?».

Helena indicò un pezzo di metallo a terra sotto il cartello. «È venuto via un parafango e, da una ricerca preliminare, pare appartenere a una Ford nera».

«Ordina a Michaels di occuparsi di questo», disse Edie ad Ama. «Tu devi venire a casa mia. È ora che vi mostri una cosa».

Ama esitò per un istante, poi annuì e raggiunse Michaels qualche metro più in là.

«È bello vedere che sei prepotente con tutti e non solo con me e Sean», disse Liam.

«È una frecciatina o un complimento?»

«Prendilo come un complimento, per il bene della tregua».

Ama tornò da loro con un'espressione preoccupata. «Michaels mi ha appena informato che hanno trovato un cadavere a Godlingston Woods, arrotolato in un tappeto».

«Dimmi che non è Sean, ti prego, non Sean». Edie strinse il braccio di Liam, e lui intrecciò le dita alle sue.

«No, sembra trattarsi di un certo Linus Cramer, gestore e proprietario di un negozio d'arredamento che vende anche tappeti e moquette. L'hanno trovato sotto al punto in cui era stata appesa la felpa, quindi è improbabile che sia una coincidenza. Michaels sta andando là insieme all'ispettore capo. Vogliono che li raggiungi subito anche tu, Helena».

Helena era già pronta ad andare.

«Noi», continuò Ama, rivolgendosi a Edie, «dobbiamo trovare Sean e...».
«Impedire l'omicidio del quarto angolo».

Poteva lavare e strofinare all'infinito, ma l'assassino non sarebbe mai riuscito a togliersi dalle mani o dalla mente i resti di quella giornata e di quella nottata. Nelle orecchie sentiva ancora l'ultimo respiro di Linus Cramer, i rantoli asmatici e le urla agonizzanti di Sean quando l'aveva fatto scivolare per gli scalini di pietra verso l'oscurità. Erano spettri che acqua e sapone non potevano scacciare.
Eppure eccolo lì, al lavoro: a compilare, fischiettare e bere tè. Come fosse tutto normale. Ma niente era normale da più di vent'anni. Forse non lo era mai stato, e tutti quegli sforzi si sarebbero rivelati vani.
Sarebbe stato un assassino per sempre. Qualunque cosa guardassero, i suoi occhi sarebbero stati quelli di un assassino. Chiunque avesse amato, il suo cuore sarebbe stato quello di un assassino. Aveva trascorso così tanto tempo pensando a come portare a termine il suo piano, che non aveva riflettuto su cosa avrebbe fatto dopo. La vita sarebbe diventata una maschera di morte. Non credeva di poterlo sopportare.
E non aveva ancora finito. Ora che aveva catturato l'ispettore e piazzato la trappola per il pezzo forte finale, restava solo un omicidio da portare a termine.
Ma se non si fosse rivelato ciò che desiderava? Se quel pezzo non si fosse *incastrato*?

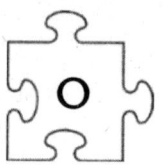

Quarantotto

Ama fissava il muro con le prove. «Hai nascosto tutta questa roba? Tutti i tasselli del puzzle, tutti i messaggi?».

Edie annuì senza troppo trasporto. Trovava l'espressione sconvolta di Ama dolce e al tempo stesso preoccupante. Superare i vent'anni con tutta quell'ingenuità ancora intatta, poteva solo immaginarlo. E quasi la invidiava.

La ragazza continuò. «Questo è... stupefacente. È una scena del crimine in pratica, ma ciò non toglie che sia stupefacente».

«Quando avremo trovato Sean e preso l'assassino, potete rinchiudermi dove volete. Ma adesso vi serve la mia testa per risolvere gli enigmi escogitati dal colpevole. No?».

Ama annuì. «Andata».

Edie prese dalla tasca la tessera del puzzle che raffigurava l'orologio. I bordi si erano arrotondati tanto li aveva strofinati. «Questo era nella prima scatola. Non ho voluto mostrarlo a Sean né a nessun altro. L'orologio è il suo, e sì, ne sono sicura. Gliel'ho regalato io».

Liam si avvicinò per guardare meglio. «È vero. È l'orologio di Sean». Prese il telefono e cercò una foto in cui lo indossava.

Edie si sentì stringere il cuore. Le mancava tantissimo.

«Nella tessera», notò Ama, «il quadrante è morto e le lancette sono ferme alle undici e mezza. Di mattina, prima di pranzo? O mezzanotte, la scadenza del primo biglietto?».

Edie si domandò se anche Ama stesse trovando infelice l'uso della parola "morto" per dire rotto.

«Bene», disse. Se non avesse avuto le maniche così attillate, le avrebbe tirate su indicando che era ora di mettersi all'opera. «Ditemi tutto quello che sapete. Lanciatemi addosso tutte le informazioni come delle palle di neve. Posso sopportare».

«Da dove inizio?»

«Da quello che sapete su Carl Latimer: se è stato ucciso in casa, le testimonianze dei vicini, cose così».

Presero posto intorno al tavolo da pranzo, e Edie si stupì del conforto che le dava avere gente in casa sua. Ama aprì il suo taccuino, e lei guardò con approvazione la grafia chiara e ordinata della ragazza: perfetta per i cruciverba, non come gli sgorbi della signora Challis.

Leggendo dagli appunti, Ama raccontò della dichiarazione della signora Bleniou, raccolta tra fiumi di lacrime. Era stata lei a trovare il corpo di Carl Latimer e aveva subito chiamato l'ambulanza. Aveva pure costretto Ama a portarsi via un piatto di moussaka. Non c'era molta gente a casa nel quartiere e, dei pochi presenti, solo uno aveva guardato fuori dalla finestra. Dichiarava di aver visto una grossa auto nera parcheggiare lungo la strada, mentre un altro sosteneva di aver aperto il portone del palazzo a un fattorino.

«È riuscito a descriverlo?»

«Ci ha detto soltanto che indossava un cappellino da baseball e una felpa e che aveva il volto coperto. Il vicino era impegnato al telefono, quindi non l'ha guardato bene. Non sa dire nemmeno se si trattava di un uomo o una donna».

«La verità è che la gente non considera i fattorini come gente reale», commentò Edie. «Non li guardano neanche. Succede lo stesso pure con le donne anziane. C'è altro?».

Ama passò alla pagina seguente. «Ho scavato nell'hard drive di Carl Latimer insieme alla divisione informatica e penso che Lucy Pringle possa essere stata una sua vittima. Mi è parso di riconoscerla in una foto che la ritraeva nuda e addormentata. L'ho confrontata con le immagini alla St. Mary e sono quasi certa che sia lei. Doveva avere sui quindici anni».

«No», disse Liam, sconvolto. «È terribile».

«Ci sono altre foto di lui che la tocca mentre è addormentata. Questo le fornirebbe un movente, connettendola al caso».

«Ma è abbastanza per uccidere?», chiese Edie.

«Potrebbe trattarsi di una vendetta, no?», suggerì Liam.

«C'è anche un video», continuò Ama, «di Veronica Princeton e Carl Latimer che fanno sesso nel bosco. Sembra consenziente, ma forse non gli aveva dato il permesso di caricarlo online».

«Il dottor Newman era a conoscenza della relazione tra Carl e Veronica?», domandò Liam.

«Non lo sappiamo. Ma se fosse connesso alla faccenda, potrebbe rivelarsi un'altra solida pista», disse Ama. «Sean mi aveva chiesto di reinterrogare il dottor Newman, dato che non aveva alibi e che le telecamere del circuito di sicurezza lo avevano ripreso in centro la notte della morte di sua moglie. Ma è scomparso».

«In che senso è scomparso?», fece Liam.

«Manca da casa e dal lavoro da più di ventiquattro ore».

«Che macchina ha?», domandò Edie.

Ama ricontrollò gli appunti. «Una berlina nera. Piuttosto nuova».

«Forse tiene Sean prigioniero proprio in questo momento». Liam scattò in piedi e si mise a camminare avanti e indietro per la stanza.

«È una possibilità, certo. Abbiamo allertato la motorizzazione, ma di questo ci occuperemo noi. Ora è importante che voi vi concentriate là dove *potete* aiutare».

«Okay, quindi noi dobbiamo incollare tutti i pezzi del puzzle», rispose Liam. «In fondo, è in questo che è brava Edie».

«Quanti tasselli avete trovato sulla scena del crimine di Latimer?», domandò Edie ad Ama.

«Cinque. Quattro sono uguali ai tuoi, ma il quinto è diverso. Tu hai ricevuto un pezzo extra, e così anche noi». Ama scrollò le foto nel telefono fino a trovare quelle dei tasselli. Il pezzo diverso ritraeva un calice dorato su uno sfondo bianco. «Ti dice niente?».

Edie si sentiva stranamente ritrosa. «Continuano a tornarmi in mente le parole "brace" e "testone", che sono l'anagramma di Beacon Street, e quel simbolo legato alla medicina. Forse indicano qualcuno al Beacon Street Medical Centre?».

Ama uscì dalla stanza e chiamò la clinica, mentre Liam e Edie stavano in silenzio.

«Andrà su tutte le furie quando scoprirà che hai fatto», disse Liam alla fine. «Se c'è una cosa che proprio non sopporta, è essere tenuto all'oscuro». Fissava il vuoto come se stesse scrutando tra i suoi segreti. «Io la sera devo sgattaiolare via e calmarmi con un drink per non fargli vedere quanto sono nervoso».

«Per l'adozione?».

Liam annuì e affondò la testa tra le mani. «E se fossi un padre incapace? Se non riuscissi a farla sentire amata o se volessi cambiare idea ma ormai è troppo tardi?».

Edie provò la bizzarra voglia di abbracciarlo. «Quasi tutti i genitori o i tutori si sentono così prima dell'arrivo di un bambino. È l'ignoto. La parola che manca all'interno del cruciverba».

«Ti sei sentita così anche tu? Quando ti è stato affidato Sean?».

Edie ripensò al giorno in cui aveva perso gran parte dei suoi parenti, eppure aveva guadagnato una famiglia. «Ero terrorizzata. Ma l'amore che provavo per lui mi ha trasformato il cuore in combustibile, dandomi il fuoco necessario a farcela. Con Juniper accadrà lo stesso anche a voi».

Liam sorrise, ma il volto si fece subito teso per la preoccupazione. «Sempre che Sean ritorni o che Sunny, l'assistente sociale, non metta di nuovo in discussione l'adozione. È già preoccupata per il tipo di lavoro che svolge».

Edie gli andò vicino, cingendogli le spalle larghe con un braccio. Quando Liam cominciò a singhiozzare, lo strinse ancora più forte.

«Gli abbracci non sono il tuo forte eh, zia Edie?», scherzò Liam, ridendo fra le lacrime.

«Va' a quel paese, Liam», rispose Edie, tirandolo a sé.

«Lo troveremo, vero?». Liam sembrava un bambino spaventato. E lo era, in fondo. Non aveva neanche quarant'anni, era praticamente un moccioso. Allora perché si ostinava a essere tanto dura con un bambino?

«Lo troveremo, te lo prometto», gli disse.

Ama rientrò nella stanza con il viso arrossato. «La clinica mi invierà un elenco completo con i nominativi di tutti i membri del personale e dei pazienti, ma nel frattempo ho chiesto informazioni sui principali attori del caso: ho scoperto qualcosa». Restò in silenzio, aspettando la reazione di Liam e Edie.

«Continua, dai», dissero all'unisono.

«Lesley Maupert ha lavorato lì fino a un paio di anni fa, quando l'hanno sorpresa a rubare oppiacei. Era un'infermiera. Il dottor

Berkeley, invece, era registrato come paziente insieme alla famiglia: sua moglie, finché non è morta, e la figlia Bridget, fino a quando non si è trasferita altrove. Berkeley ha lasciato la clinica l'anno scorso, ma il centro ha ancora due pazienti che ci riguardano: Lucy Pringle e la signora Challis».

Edie scattò in piedi di colpo. «Dobbiamo andare a due feste di Natale».

«Chi sei tu?», fece Liam. «E che ne hai fatto della zia Edie?»

«Stasera vedremo Lucy e le chiederemo che combina, ma prima ci aspetta un pranzo». Indicò il pezzo del puzzle che Ama le aveva appena mostrato. «E se quel *calice* si riferisse a *Challis*?».

Quarantanove

La St. Mary's School era avvolta nel buio, fatta eccezione per il blocco centrale che ospitava la palestra e l'area dedicata al personale. Dalla lunga vetrata che correva di fronte alla segreteria, s'intravedeva il movimento della festa. Gli insegnanti andavano in qua e là con i loro drink in mano, ma del preside non c'era traccia.

Da fuori, quel rettangolo si affacciava su bocche che si spalancavano e serravano, risate esagerate e smorfie. Edie ne avrebbe fatto un quadro, come Toulouse Lautrec con Montmartre.

«Lascia parlare me», disse Ama. «Sandra Challis non ha movente e, al contrario, ci ha già fornito un alibi. Quindi da lei cerchiamo soltanto un indizio».

«Suppongo che il dottor Berkeley sia il suo alibi e viceversa, no?». chiese Edie, deliziata.

Ama annuì.

«Lo sapevo! Ben fatto, Sandra!».

«Sì, ma pure con un alibi», disse Liam, «non potrebbero aver pagato qualcun altro per uccidere e rapire?»

«Che ottimismo, Liam. Sei luminoso come il sole, eh».

«Il sole! Sunny!», rispose Liam, tirando subito fuori il telefono. «Devo dirle che sta succedendo. E chiamare pure la nostra assistente sociale».

«Non hai detto che è preoccupata per i pericoli che comporta il lavoro di Sean? Che questa storia mette a rischio l'adozione?»

«Sì, ma si aspetta sincerità da parte nostra. E tanto lo verrà a sapere comunque. Siamo a Weymouth».

Mentre Liam restava indietro a parlare con le assistenti sociali, Edie e Ama si unirono alla festa.

«Edie!». Sandra Challis le corse incontro. Indossava un vestito voluminoso, la stampa riproduceva una fantasia di agrifogli. Somigliavano a quelli del puzzle.

«Bel vestito, Sandra. A tema, originale».

Sandra rispose con un inchino. Aveva le guance arrossate. La festa doveva essere cominciata prima, per lei. «Sono davvero contenta che tu sia venuta».

«E io sono davvero contenta che tu mi abbia invitata».

La signora Challis fece una faccia strana. Sembrava che avesse trovato una moneta da una sterlina nel suo budino e stesse cercando di non ingoiarla.

«Ti presento l'agente Phillips».

Il sorriso suadente della segretaria svanì all'istante. «Non credo che la presenza della polizia sia appropriata. È una festa, se c'è lei non si scioglieranno neanche i capelli».

Edie e Ama guardarono di riflesso l'acconciatura di Sandra: non c'era verso di sciogliere quel casco di lacca. «Hanno rapito mio nipote, barra figlio, barra ragione per cui sono venuta alla festa, Sandra. C'è un puzzle che dobbiamo risolvere. E ci serve il tuo aiuto».

La signora Challis restò a bocca aperta, ma poi pian piano annuì. «Lasciate che vi porti un drink, prima. Un vero drink, non la robaccia che ho preso per gli insegnanti».

Quando si dileguò, Edie chiese ad Ama: «Che cosa dovremmo cercare?»

«Se la signora Challis è coinvolta, ci servono prove solide e non circostanziali. Come dice Sean, gli avvocati scavano burroni dalle crepe».

Edie l'aveva già sentito pronunciare quella frase, ma a proposito delle relazioni. Lo pensò intrappolato chissà dove, forse ferito e solo. L'orologio al polso. Il corpo disteso su delle mattonelle nere e bianche. Sì, ma dove?

Le serviva una distrazione, così prese un piatto dal tavolo del buffet e lo caricò di sandwich, involtini di salmone e formaggio spalmabile e spiedini di pollo.

Arrivò anche Liam che, guardando il suo piatto, scosse la testa. «Come fai a mangiare con Sean scomparso?»

«Per trovarlo, ci servono risorse. Cibo incluso. E se vuoi un consiglio da una donna che ha visto di tutto: approfitta del buffet. Sempre. E punta alle proteine, fa' valere i soldi spesi».

«Ma non hai mica pagato tu tutta questa roba». Ama non aveva colto l'allusione, e nemmeno il punto.

«Berkeley sì, però. E a me non dispiace mangiare a sbafo, finché il cibo è saporito».

Sandra Challis tornò da loro con due drink in mano, poi si dileguò di nuovo per andare a cercare il dottor Berkeley. Edie stava per seguirla, quando una voce alle sue spalle la fermò.

«Non sapevo che saresti venuta anche tu, Edie!». Lucy Pringle, con un cappello da Babbo Natale in testa e un maglione glitterato con una renna dal naso rosso che diceva *Buon Natale, caroh-oh!* «È arrivato il periodo delle feste! Non sai a quanti party partecipo ogni giorno, incluso il mio! Anche se», Lucy si sporse verso di lei, abbassando il tono di voce, «io darò un banchetto come si deve. Finito qua, andrò da Marks a ritirare tutta la roba che ho ordinato».

«Che piacere vederti, Lucy». E non stava mentendo. Averla lì significava poterla inchiodare in qualsiasi momento e non dover partecipare al suo orribile party e a quell'orribile banchetto.

Il pon-pon sul cappello di Lucy si mise a brillare, ovviamente. «Sono stupita che l'onnipotente signora Challis ti abbia fatto entrare. Io sono la presidente del comitato genitori e per poco non mi riduco a sgattaiolare oltre la segreteria per entrare!».

Edie prese un morso di pollo. «Sandra è una mia amica». Mosse le sopracciglia con una smorfia eloquente. «Facciamo insieme i cruciverba».

Lucy ebbe un attimo di esitazione, poi continuò a parlare. «Liam lo conosco ovviamente. Ma l'altra tua "amica" chi è?». Lucy pronunciò la parola amica con un fare allusivo, sebbene non alludesse a niente se non a un misto di lussuria e pregiudizio. «Mi sembra di averla già vista da qualche parte».

«Lei è l'agente Ama Phillips».

Lucy rimase spiazzata, un velo di preoccupazione le contrasse il viso e buttò giù in un sorso solo il bicchiere di vino scadente che aveva in mano. «Vi lascio alle vostre cose, allora. Ne ho avuto abbastanza della polizia».

Edie osservò Lucy con molta attenzione. Non c'era verso di immaginarla mentre portava a termine un omicidio o un rapimento. Eppure era parte del puzzle. «Vorremmo parlarti, in realtà». Edie si guardò intorno, poi spinse la riluttante Lucy in un angolino appartato, proprio accanto alla vetrina dei trofei.

«Crediamo che Sean sia stato rapito. Per caso riconosci queste mattonelle?». Edie le mostrò una foto della tessera del puzzle che mostrava i quadrati neri e bianchi.

«Somigliano a quelle di un posto che abbiamo visto a Scarborough», disse Lucy, strizzando gli occhi. «E forse a quelle del Ritz, ma non posso esserne certa: l'ho visto solo in televisione».

Edie si voltò per non mettersi a urlare in faccia a Lucy: «AIUTAMI!».

«Abbiamo motivo di credere che lei sia collegata a un altro caso che stiamo seguendo», disse Ama, prendendo le redini del discorso.

Lucy aggrottò la fronte, contraendo le labbra in un broncio. «Ho già ammesso di avere spedito quei messaggi».

«Abbiamo scoperto che anche lei è tra le vittime di Carl Latimer». La voce di Ama assunse un tono così gentile che Edie si sentì stranamente commossa.

Gli occhi di Lucy cominciarono a vagare per la stanza, di colpo lucidi. «Come fate a saperlo?»

«Abbiamo indagato su una serie di lamentele nei suoi confronti, vecchie e recenti».

«Non è un'informazione che diverrà di dominio pubblico, vero?». Lucy sembrava così piccola e spaventata.

Edie s'intromise per rassicurarla. «Certo che no. Quel bastardo sarà sottoposto a un'indagine, ma i nomi delle vittime resteranno confidenziali. Dico bene, agente Phillips?».

Ama annuì. «Non serve neanche che venga in stazione. Utilizziamo un'altra sede per le indagini più delicate».

In quel momento, nella sala entrò il preside e il brusio scemò.

«Sarebbe disposta a seguirci?», chiese Ama a Lucy. «Dopo aver finito qui?».

Lucy lanciò un'occhiata al preside, poi annuì. «Dopo che avremo finito, sì».

Il dottor Berkeley si avvicinò al buffet, con in mano una grossa torta natalizia. Con molta cura, la piazzò al centro del tavolo. Il dolce era rivestito di ghiaccia reale e ospitava una scena della Natività.

Voltandosi, il preside vide Edie insieme ad Ama, Liam e Lucy. Chiuse gli occhi, borbottò qualcosa sottovoce e poi disse: «Amen».

Batté il coltellino da dolce sul flûte di champagne che aveva in mano.

«Grazie infinite per essere venuti», fece il dottor Berkeley. «Non che vi abbia dato altra scelta». Fece una breve pausa per le risate, e la signora Challis fu la prima ad assecondarlo. «So benissimo che è Natale e che preferireste stare con le vostre famiglie, è così anche per me. Non vedo l'ora di tornare a casa da loro e tra non molto potrete fare lo stesso anche voi o potrete riunirvi da qualche parte. Mi pare di capire che qualcuno abbia suggerito di mangiare un curry tutti insieme. Non preoccupatevi, io non verrò: vi lascio rilassare senza gli occhi del capo addosso. Ora, però, vorrei festeggiare con voi in un altro modo. Questo è il mio ultimo Natale alla St. Mary. Il mio ultimo Natale a Weymouth, in realtà».

Edie osservò con attenzione le reazioni degli insegnanti. Alcuni si scambiavano occhiate scioccate o tristi, altri decisamente più euforiche. Molti coprirono la sorpresa con i bicchieri di vino, ma la signora Challis restò in piedi in mezzo alla stanza con lo sguardo puntato su Berkeley, gli occhi spalancati e la bocca aperta.

«So che la notizia è una sorpresa per tutti. Considerate l'annuncio come una comunicazione ufficiale, mi rivolgo al comitato genitori. È stato un privilegio dirigere la St. Mary in questi anni. Questa scuola è stata come una famiglia per me e ne custodirò i ricordi fino al giorno della mia morte». Tagliò una fetta di torta di Natale e la sollevò, insieme al bicchiere pieno. «Alle famiglie! Legame eterno».

Nella stanza, qualcuno sollevò il calice ma nessuno si unì al brindisi. Perlopiù si guardavano tutti, confusi.

Berkeley prese un boccone di torta e scolò il bicchiere. Chiuse gli occhi. «Deliziosa».

Sandra corse da lui e lo prese per mano.

Berkeley non riusciva a respirare, il palmo premuto sul petto. Cadde a terra, rovesciando la torta dal tavolo, tossendo e schiumando dalla bocca.

Ama cacciò un telefono in mano a Edie – aveva già digitato il numero dell'ambulanza – e corse dal preside. Gli controllò il polso e il respiro, iniziando la manovra di massaggio cardiaco. Il petto si gonfiava quando gli soffiava nella bocca, ma gli occhi guardavano la finestra bordata di neve senza sbattere.

Qualcuno rispose dal centralino.

«Ho bisogno di un'ambulanza alla St. Mary's School, a Weymouth», gridò Edie. «C'è un uomo in arresto respiratorio».

Sollevò lo sguardo verso la folla di insegnanti che li circondava, senza sapere cosa fare. Qualcuno stava con il telefono in mano, filmava la scena. Non c'era mai limite al peggio, pensò Edie.

«Sta partendo un'ambulanza», risposero dal centralino. «Resti in linea per favore, e mi dia tutte le informazioni possibili».

«Io sono Edie O'Sullivan e il preside della scuola, Edward Berkeley, sta morendo. Ha avuto come un attacco di tosse e poi ha iniziato a schiumare dalla bocca».

«Avete idea di quale possa essere stata la causa?».

Edie si avvicinò al tavolo del buffet, concentrandosi sul flûte di champagne e il piatto di Berkeley con i resti della torta. Avevano un forte odore di marzapane. «Forse avvelenamento da cianuro».

Allontanandosi dal tavolo, pestò qualcosa di duro. I pupazzetti della Natività inscenata sulla torta erano sparsi a terra. Erano fatti di porcellana e dipinti con cura, ma non ritraevano Maria, Giuseppe e Gesù. Mostravano una donna con lunghi capelli biondi, un uomo alto dalle fattezze sorprendentemente simili a quelle del dottor Berkeley e tra loro una bambina piccola che li teneva per mano.

Si rigirò i pupazzi tra le mani. Sulla base, c'era scritto «B.B.».

Cinquanta

Sean riprese suo malgrado conoscenza. La paura non gli permetteva di dormire oltre. Rabbrividiva nel suo bozzolo di plastica, sdraiato su un pavimento duro. Se fosse per via del freddo o dell'adrenalina che gli urlava di scappare, non avrebbe saputo dirlo. Oh, se solo fosse stato in grado di scappare.

Provò a muoversi, ma non solo le corde erano legate molto strette, ferendogli i polsi, le caviglie e la vita, ma la gamba, la schiena e il fianco erano in preda all'agonia. Il dolore si irradiava in tutto il corpo, bollente e accecante. Se la gamba era rotta, cosa di cui era quasi convinto, fuggire era impossibile.

La benda era scivolata via dagli occhi, ma non faceva alcuna differenza. Non vedeva altro che buio pesto. Non riusciva a capire per quanto tempo fosse rimasto incosciente, né se fosse giorno o notte, la Vigilia o Natale.

Dal freddo sembrava di essere all'aperto, in mezzo alla neve, eppure era al chiuso. Dall'eco generata dal telo di plastica, doveva trattarsi di uno spazio ampio con i soffitti bassi. L'aria era carica di muffa. Qualcosa, una manciata di metri più in là, gocciolava.

Da fuori arrivò un suono. Un rumore di passi, come sul selciato. Una risata. Dovevano essere al livello della strada, mentre lui era sotto. Un seminterrato, una cantina.

Provò a urlare, ma la lingua era spessa come un tappeto e il suono gli rimase incastrato fra i denti. Sulla bocca aveva ancora il nastro adesivo. Gli fece tornare in mente il periodo del college, quando Edie gli mandava dei soldi per il compleanno pubblicizzando il prezioso contenuto del pacco sigillando ogni centimetro della busta.

Se Edie fosse stata lì, avrebbe fatto di tutto per risolvere quella situazione di merda. Faceva così durante una crisi. Entrava in uno stato di calma che le permetteva di esaminare ogni dettaglio e fare il necessario, senza tante storie e senza rendersi intrattabile con i suoi soliti meccanismi di difesa.

Si sarebbe scagliata contro il suo rapitore senza badare alla propria incolumità. Ma come poteva sapere dov'era?

In quel momento, sentì qualcosa proprio sopra di lui. Un suono attutito, difficile da distinguere, ma somigliava a un grido. Di colpo, si rese conto che nel silenzio ovattato del sottosuolo mancava un suono: un suono che, come Edie, era sempre presente in sottofondo. Un ticchettio delicato. Gli avevano preso l'orologio, ma perché?

Sean scoppiò a piangere. Forse non era più bendato, ma brancolava ancora nel buio.

«Non capisco». Edie rimase a guardare mentre l'ambulanza privata portava via il corpo Berkeley. Il mare, in lontananza, si era tinto d'arancione. «Gli indizi non puntavano a lui, come quarta vittima».

«Era un paziente della clinica», tentò Liam.

«Non è abbastanza. Non dovrebbe essere lui: è un errore, lo *sento*. Come un puzzle che non si incastra, come voler inserire a tutti i costi una parola di otto lettere in uno spazio di quattro».

Erano fuori, all'ingresso della St. Mary, insieme agli altri invitati della peggior festa di Natale della storia. Era passata già un'ora da quando erano iniziate le indagini preliminari sulla scena del crimine. Dentro, gli agenti della scientifica facevano il loro macabro lavoro, ma Helena non c'era – forse era ancora tra i boschi. Fuori, diversi poliziotti raccoglievano dichiarazioni. Della Ingrit, naturalmente, era già sul posto e cercava di intervistare i membri del personale e del comitato genitori. Aveva appena finito di parlare con Lucy Pringle, che si era di nuovo attaccata al telefono, e ora puntava Sandra Challis. Seduta sul prato gelido, Sandra si dondolava sul posto con il vestito bagnato fradicio. Nessuno era riuscito a farla alzare, nemmeno Edie. L'unica cosa che aveva potuto fare era stata convincere gli altri a consegnare le loro sciarpe per coprirla e fornirle un po' di calore.

La segretaria non faceva altro che ripetere: «Perché?».

Della Ingrit si accovacciò accanto a lei, con il taccuino pronto in mano.

«Levati dalle palle, Della», le gridò Edie.

Alcuni insegnanti scossero la testa, guardandola con disgusto.

«Stavo per dirti la stessa cosa».

«Così non sei d'aiuto, Edie», disse Liam, a bassa voce.

«Aiuto *me*».

Stava calando la notte. E, per una volta, Edie ne fu sollevata. Il buio avrebbe nascosto le lacrime. Sean era scomparso da quasi ventiquattro ore. Almeno non avevano trovato il corpo.

Ama si trascinò fuori dalle doppie porte, i capelli scompigliati sfuggivano dall'elastico. Li raccolse di nuovo e bevve un sorso d'acqua. «Papà me lo diceva che fare il detective sarebbe stato duro, ma io rispondevo con una risata. Adesso non rido più».

«Tuo padre sarà fiero di te quando gli dirai cosa hai fatto», rispose Liam. Per la prima volta, Edie pensò che sarebbe stato davvero un buon padre.

Ama lo guardò con un sorriso triste e ironico. «Non ne avremo l'occasione, purtroppo».

«Che succede là dentro?», chiese Edie per cambiare argomento. «Avete trovato qualcosa?».

Ama guardò dall'altra parte del parcheggio dove si aggirava l'ispettore capo Leyland.

Edie la guardò negli occhi. «Staremo muti come pesci. Come se non sapessimo nulla».

«Sembra che si tratti di suicidio. Sulla scrivania abbiamo trovato un biglietto di addio e una chiave, che però non apre né la cassaforte della scuola né quella nel suo ufficio. Non ci resta che controllare a casa sua. Durante la perquisizione del cadavere, è stato rinvenuto il tassello di un puzzle nella tasca di Berkeley. C'era il suo nome scritto sopra, la grafia è la sua. Nessuna immagine. È chiaro che sia stato fatto in fretta e non appartiene al set che hai ricevuto tu».

«Non c'è niente che indichi dove si trova Sean?», chiese Liam.

«No, mi dispiace tanto. Ma stiamo ancora cercando».

«Cosa c'era scritto sul biglietto?», domandò Edie.

«Solo: "Mi dispiace. Ho dato tutto ciò che avevo. Ora basta per favore. Voglio essere il pezzo che porta pace"».

«Basta cosa? Gli omicidi?», fece Liam.

«Penso proprio di sì. A quanto pare, il dottor Berkeley ha appena scalato la nostra lista dei sospettati».

«Ma a chi è destinata la lettera?», rifletté Edie.

«Sentite, niente di tutto questo ci aiuta a trovare Sean». Liam si mise a camminare avanti e indietro. Vibrava dall'ansia e dalla foga di fare *qualcosa*. Edie lo capiva perfettamente.

«Possiamo andare, ora?», chiese ad Ama. «Ho bisogno di rifare il punto della situazione. Guardare gli indizi e vedere cosa mi sfugge».

«Non penserete mica di tornare a casa? Recatevi in centrale», rispose l'agente, rivolgendosi a entrambi. «Abbiamo bisogno di una dichiarazione completa, senza contare che è molto più sicuro che andare in giro a cercare Sean».

«Abbiamo già rilasciato una mini-dichiarazione a uno dei tuoi colleghi barbosi», disse Edie indicando un poliziotto. «E nessun posto è sicuro come casa mia».

«Neanche una stazione di polizia?», fece Liam. «Credo che Sean vorrebbe saperti là. Posso accompagnarti lungo la strada».

«A essere sincera», rispose Edie sbadigliando, «ho bisogno di dormire. Non riesco a tenere gli occhi aperti. Aspetta, che significa "lungo la strada"? Dove stai andando?».

Malgrado fosse sera, Edie vide chiaramente Liam che arrossiva. «Voglio controllare i nostri soliti posti, miei e di Sean, magari è da qualche parte. In fondo, pensiamo che sia stato rapito solo per via dello zaino». Aveva uno sguardo disperato, distaccato dalla realtà.

«Abbiamo trovato la sua auto nel parcheggio, Liam. Con la chiave inserita. Senza contare che l'hanno minacciato, ne ho la prova a casa. Stai fuggendo dalla realtà e non posso biasimarti. L'ho fatto anch'io per anni, ma questo non ti aiuterà a riportare Sean a casa».

Solo allora si rese conto della realtà: con un tuffo al cuore, Edie capì che non avrebbe più riavuto Sky.

«Qualunque cosa facciate, vi prego di non correre rischi», disse Ama.

«E tu?», domandò Edie.

«Una volta finito qui, interrogherò Lucy Pringle su Carl Latimer e vedrò cosa riesco a ottenere dalla signora Challis. Poi passerò al vaglio i video di sorveglianza e cercherò qualsiasi cosa riguardi Sean. Sono famosa per notare i piccoli dettagli. Come te, Edie».

«A proposito, le statuine sulla torta di Natale sembravano fatte a mano. Ho notato che raffiguravano la famiglia Berkeley, compresa la figlia. Sembravano congelati nel tempo».

«E con questo?», Ama sospirò, stanca.

«Sul fondo ci sono le iniziali B.B. Forse le ha fatte proprio lei: si chiamava Bridget, se non sbaglio».

«Se anche fosse», ribatté Ama, «potrebbe avergliele mandate dallo Yorkshire oppure potrebbero essere vecchie di chissà quanti anni. Anche mio padre metteva sempre le stesse sciocche decorazioni sulla torta di Natale».

«È solo che, durante il brindisi, Berkeley ha parlato della famiglia e...».

«Ci penso io. Ora andate a casa. Vi aggiornerò domani. E contattatemi immediatamente se scoprite qualcosa».

Cinquantuno

«Resta qui stanotte, ti prego», disse Edie, mentre Liam l'accompagnava a casa. «Se devo giocare la carta della vecchia signora, lo farò, ma preferirei che scegliessi da solo di restare. Ha senso stare insieme in un momento come questo. Dobbiamo sostenerci a vicenda».

Liam le rispose con un sorriso fugace, che durò il tempo di un battito di ciglia. «Hai cambiato melodia».

La casa di Lucy, dall'altra parte della strada, era immersa nel buio. L'assenza del Babbo Natale fluorescente era snervante. Edie ne avrebbe sentito persino la mancanza. Come le sarebbe mancato infuriarsi per il frastuono, ora che i Pringle non avrebbero più dato nessuna festa.

«Non ho cambiato melodia», disse. «Magari soltanto chiave. Adesso ascolta la zia Edie, però, che è davvero esausta: entra in casa». La cosa strana era che Edie aveva bisogno che restasse.

Ma Liam scosse la testa. «Non ci riesco, non mentre lui è chissà dove, là fuori. Ti rovinerei la moquette a furia di camminare avanti e indietro. Penso che finirei addirittura per mettermi a sbraitare».

Quel rifiuto l'annientò. L'ira divampò per coprire il senso di umiliazione. «Io ti tendo una mano e tu mi ripaghi così».

«Devo stare da solo, altrimenti non sarò in grado di funzionare al meglio». Liam provò ad accarezzarle un braccio.

Ma Edie si ritrasse. «Avevo ragione, fin dall'inizio. Che razza di padre sarai, se ti allontani non appena le cose si mettono male?»

«Così sei ingiusta».

Anche se vedeva il dolore sul volto di Liam, non riuscì a non affondare il colpo. «Ma inconfutabile». Scese dall'auto sbattendo la portiera e guardò Liam allontanarsi con un nodo allo stomaco che si faceva via via sempre più stretto.

«È stata una lunga giornata per tutti e due. Ti perdonerà, vedrai». Riga preparava una tisana della buonanotte. Era più pallida del solito e sembrava che necessitasse di quella pozione magica molto più di Edie.

Erano in veranda. Il giardino all'esterno era illuminato da centinaia di lucine natalizie. Fino a poco tempo prima le avrebbe considerate pacchiane, ma ora le trovava rincuoranti. In qualche modo, le ricordavano Sean.

Riga mescolò la tisana con il miele, aggiunse un goccio di brandy e piazzò una tazza coperta di fronte a Edie. «Portala a casa, ti aiuterà a dormire. Devi riposare».

Sedevano sulle poltrone, avvolte da coperte sferruzzate. «Non dire "riposare". Riposa in Pezzi mi ha già disturbato il sonno fin troppo. E pur volendo, non riesco a dormire. Non con Sean che risulta scomparso. Piuttosto, dimmi del cianuro».

«In genere non lo raccomando per l'insonnia. Il riposo che provoca può risultare eterno», le sorrise Riga.

Ma Edie non era dell'umore per le sue solite battute. «Dall'odore di mandorle e dalla reazione che ha avuto il dottor Berkeley, suppongo che la morte sia stata causata dal cianuro».

«Deve aver provato molto dolore, anche prima di addentare il marzapane».

«Come lo sai?»

«WhatsApp ha colpito ancora».

Edie ripensò a Lucy Pringle seduta sui gradini della scuola con il telefono in mano. Muoveva le dita come una pazza, crogiolandosi nella gloria di essere stata la prima ad avere diffuso il pettegolezzo. «Forse se lo meritava».

«Nessuno merita una cosa del genere».

«Lasciamo i risvolti filosofici per la prossima volta. Di sicuro sai come si ottiene, l'avrai studiato in uno dei tuoi erbari».

«Cosa vuoi sapere?».

Edie sentiva di nuovo montare il fastidio. In genere Riga non era così lenta a seguire il filo dei suoi ragionamenti. «Senti, penso che il preside sia l'assassino e che abbia deciso di fermare il "gioco" prima del tempo. Però mancano ancora una quindicina di pezzi del puzzle. Assumendo che il *modus operandi* sia sempre lo stesso, dopo la morte di qualcuno – presumibilmente legato al Beacon Street Medical Centre – dovrei ricevere i tasselli mancanti e lottare contro il tempo per trovare il mio bambino entro mezzanotte. Ma se R.I.P. è morto, e io non gli auguro altro che pace e riposo eterni, Sean è da qualche parte là fuori, da solo, e io non ho uno straccio di indizio su come trovarlo. *Qualsiasi* informazione potrebbe essermi d'aiuto».

«D'accordo, va bene. In giardino ho diversi ciliegi e devo sempre badare che nessuno dei miei animali ne mangi i noccioli o le foglie perché, se masticati, possono rilasciare l'acido cianidrico che rende il cianuro tanto pericoloso. Una volta, ho dovuto somministrare a forza del carbone attivo a Nicholas mentre lo portavo dal veterinario per avere ingerito diversi noccioli».

Nicholas il carlino guaì sulla sua poltrona.

«Questo non mi aiuta. Serve che mi ispiri, Riga».

«Credo di non servirti affatto, invece».

Edie si dimenò sulla sedia. «Che significa?». Aveva bisogno di lei più di quanto potesse sopportare.

«È tutto nei messaggi che R.I.P. ti ha mandato». Riga fissò Edie a lungo senza la solita scintilla a illuminarle gli occhi.

«Di che stai parlando?»

«Nel biglietto di Natale, ha detto che sei brava a custodire i "segreti" e non sai barare. Ho come l'impressione che R.I.P. stia cercando di tirare fuori la verità da te».

La paura le scorse nelle vene, tramutandosi subito in rabbia. «Stai dicendo che Sean è scomparso a causa mia? Che è colpa mia se l'hanno rapito?»

«No. Ma se vuoi saperlo, penso che *tu* lo pensi».

«Perché adesso mi stai dando addosso?».

Riga si lasciò scappare un lungo sospiro frustrato che scemò in un brutto attacco di tosse. «Sto cercando di aiutare. È quello che cerco di fare sempre. Ma tu non ascolti».

Edie ripensò alla conversazione con Sky. Scattò in piedi, la tisana ancora in mano. «Forse perché non c'è nessuno che vale la pena di ascoltare. Inclusa te».

Riga distolse lo sguardo, le guance appena arrossate. «In tal caso, forse è meglio che vai».

Cinquantadue

24 dicembre, Vigilia di Natale

Nelle vicinanze, le campane di una chiesa rintoccarono la mezzanotte. Sean sperava che fosse la Vigilia di Natale, ma oramai aveva perso del tutto la cognizione del tempo. La Vigilia era sempre stato il suo giorno dell'anno preferito e, se pure così non fosse, avrebbe finto comunque. In genere, si svegliava prestissimo e guardava *Festa in casa Muppet*, cantando ogni singola parola. Poi beveva sidro caldo e incartava i regali, preparando una montagna di *mince pie*. Quella notte, però, sperava soltanto di non morire.

Si sforzava di dare un senso a quanto accaduto. Perché qualcuno sfidava e puniva Edie? Cosa aveva fatto di male?

La zia non era un angelo, lo sapeva. Durante la sua vita aveva finito per ferire un mucchio di persone. Le sue verità, spesso troppo dure, allontanavano la gente. Tranne lui. Era una donna burbera, certo. Imprecava e aveva il dito medio facile ma, quando lo voleva, sapeva amare di un amore feroce. Per lei non era stato semplice prendersi cura di un bambino. Eppure l'aveva fatto e la sua infanzia, anche se non gli aveva mai permesso di celebrare il Natale come si deve, era stata piena di amore, risate ed enigmi. Edie c'era stata a ogni compleanno, ogni riunione dei genitori o gara di judo. Gli aveva comprato il primo paio di Dr. Martens, la sua prima Westwood. L'aveva tenuto per mano quando aveva avuto il cuore a pezzi, l'aveva portato per musei e teatri. Gli aveva consigliato i migliori bar gay della città e messo in guardia sui peggiori marchi di popper. C'era stata sempre.

Fuorché a Natale. Scompariva dalla Vigilia a Santo Stefano, per poi tornare con un nuovo puzzle o un cruciverba fatti apposta per lui.

Il motivo lo sapeva, ovviamente. In un modo o in un altro, tanta gente l'aveva lasciata a Natale. Ed era una ragione più che valida per andare alla deriva e odiare il Natale.

Nel periodo in cui c'era stata Sky, Edie era stata meglio. Un anno, in cui era particolarmente felice, gli aveva persino permesso di fare l'albero e leggere *Canto di Natale* prima di andare a letto. Certo, l'albero stava in giardino e per tutta la storia Edie non aveva fatto altro che criticare l'evoluzione del personaggio di Scrooge, ma somigliava tanto al Natale che da bambino desiderava.

Persino adesso, rinchiuso là sotto, adorava questo periodo dell'anno. E se fosse stata davvero la notte della Vigilia, non gli restava che sperare di potere tornare a casa. Gli tornò in mente l'incipit di *Canto di Natale* e recitò le prime parole: "Marley era morto, tanto per cominciare." Non avrebbe fatto la stessa fine. Doveva restare all'erta. Faceva così freddo e il dolore alla testa era così insopportabile, che temeva che se si fosse addormentato di nuovo non si sarebbe risvegliato mai più.

I sogni di Edie erano perseguitati dalla morte. La sua. Quella di sconosciuti. Di Sky. Di Sean. Di Riga.

Si svegliò di soprassalto urlando: «No!».

Accese la lampada sul comodino e guardò l'orologio. Le quattro del mattino, la Vigilia di Natale. Il giorno peggiore dell'anno. Almeno era a letto, anche se Sean non era nel suo. E chissà se ci sarebbe mai tornato. Tutti quegli anni a proteggerlo, tenerlo al sicuro, per poi lasciare che le cose andassero a finire così. Aveva perso anche lui insieme a tutti gli altri.

Peggoty, Fezziwig e mister Bumble le lanciarono un'occhiata, per poi riaccucciarsi agli angoli del letto. Edie cercò di affogare il dolore seguendoli in un sonno pesante.

Al mattino, Edie non si preparò una tazza di tè. Non rispose al campanello né al telefono. Come ogni Natale da quando Anthony era morto, ignorò il mondo. Solo che stavolta non le andava di leggere, fare puzzle o guardare un film. Non riusciva a fare altro che pensare a Sean e al suo rapitore ormai morto.

Ogni secondo che passava in casa era un secondo in meno nella vita di Sean, ma sentiva che gli ingranaggi del suo cervello si erano bloccati. Non era riuscita a risolvere niente e non avrebbe dovuto nemmeno provarci. Aveva tenuto nascosti i pezzi del puzzle per proteggere suo figlio. E invece l'aveva perso comunque.

Avevano ragione, lei e Riga. Era *davvero* colpa sua.

E ora aveva finito per allontanarla e allontanare anche Liam, due alleati che soltanto ora si rendeva conto di amare più di quanto si fosse mai resa conto. Quante altre cose non sapeva?

La luce che filtrava dalle tende cominciava già a tingersi di arancione. Ripensò a tutte le volte in cui Sean l'aveva supplicata di festeggiare un "vero Natale" con l'albero in casa, le lucine, le calze, il tacchino, le decorazioni e quant'altro e a tutte le volte che lei aveva risposto di no. Le poche concessioni che gli aveva fatto erano banali e tutte nel periodo in cui c'era stata Sky. Aveva privato il suo bambino della magia di quel momento dell'anno, e per cosa? Avrebbe potuto farlo felice, e invece l'unico regalo che gli aveva procurato era la morte, incartata con un bel fiocco rosso.

Forse anche lei avrebbe dovuto mettere i noccioli delle ciliegie in un dolce e morire.

R.I.P. Edie.

Qualcuno bussò al piano di sotto, la buca delle lettere cigolò aprendosi e richiudendosi di colpo.

Per un attimo Edie la ignorò, ma non riusciva a togliersi il pallino dalla testa. E comunque doveva dare da mangiare ai gatti. Sbuffò e scese dal letto, infilando la vestaglia. I mici la seguirono, sentendo il profumo di dolcetti nelle sue tasche.

C'era una busta sullo zerbino che diceva «NON SEI IL BENVENUTO!». Una busta che portava la firma di R.I.P.

Cinquantatré

L'ultimo bigliettino di R.I.P. era uguale a tutti gli altri: una cartolina di beneficenza, economica e ricoperta di agrifogli.

Signorina O'Sullivan (hai sempre insistito per farti chiamare signorina, non è vero?),
questa è la mia ultima lettera prima di incontrarci. E ci incontreremo molto presto. Se vuoi che Sean sopravviva, rimescola i ricordi della St. Mary, realtà dolosa, rielabora il significato di quelle volte. Abbandona la tana, nega l'eccesso, trattieni il fiato in gola, il filo della verità riannoda.
E finalmente, avremo pace.
R.I.P.

Stavolta Edie telefonò subito ad Ama.

«Non hai visto chi l'ha imbucata?», domandò l'agente.

«Tu vedi tutti quelli che si fermano alla tua porta?»

«Be', sì, ma io ho uno SmartFlat e una videocamera sul portone che si connette direttamente all'app. So sempre chi arriva e posso decidere se farlo entrare. L'ha vista anche Sean, pensavo te l'avesse suggerita, no?»

«L'ennesimo consiglio che avrei fatto bene a seguire».

«Non ha importanza ora. Magari si è trattato di un corriere pagato prima che il dottor Berkeley si uccidesse. Do una controllata ai servizi di spedizione locali: forse possiamo rintracciare il mittente. O riempire qualche spazio vuoto, chissà».

«È confermato che l'assassino è Berkeley?»

«La cassaforte nel suo ufficio…».

Fui fico.

«…conteneva uno zaino con un martello e uno strumento usato per posare le moquette macchiati di sangue, stivali infangati che presumo ci porteranno al terreno presente nel bosco, guanti bianchi e sporchi compatibili con le fibre trovate su Veronica Princeton e quattro bottiglie vuote di cianuro fatto in casa... È stato molto accurato: non lascia proprio alcun dubbio».

«Attento», fece Edie. *Attento = Tentato.* «E Sandra Challis?»

«La poverina è sotto shock. L'aveva convinta a mentire per lui, a dire che erano insieme le sere degli omicidi, ma a quanto pare non aveva idea di cosa stesse combinando o di cosa tramasse per la festa di Natale».

«Ma perché li avrebbe uccisi? Lui amava Veronica Princeton, o almeno così sembrava».

«Per gelosia, pensiamo. Non sopportava di vedere Veronica e Carl insieme. Inoltre, è saltato fuori che Lorelei Berkeley ha lavorato come ragioniera per Linus Cramer».

«No!».

«Ho raccolto diverse testimonianze dei dipendenti di Cramer, molti parlano di una condotta dubbia da parte sua sia nei riguardi dei membri femminili dello staff che delle pratiche aziendali. Suppongo che non vogliano più nascondere le sue colpe sotto il tappeto, ora che è morto. Scusa il gioco di parole».

«Quali colpe?»

«A quanto pare la storia ufficiale, che Cramer raccontava a chiunque, era che Lorelei rubava denaro dalla società madre. Parliamo di decine di migliaia di sterline che ogni anno finivano in un conto offshore. Qualcuno l'ha denunciato all'ufficio delle entrate e un contabile forense ha condotto un'indagine, ma non sono riusciti a rintracciare il denaro. Senza prove concrete, Lorelei non poteva essere incriminata. Così l'hanno licenziata, rovinandole la reputazione».

«E qual è la versione non ufficiale?»

«Lorelei ha scoperto le irregolarità fiscali di Cramer e lo ha affrontato. E lui ha rigirato contro di lei l'accusa di appropriazione indebita. Non ha sopportato lo vergogna e si è suicidata poco dopo».

C'era un tassello fuori posto in questa storia, ma Edie non riusciva a capire quale.

«Ho dovuto contattare anche Bridget Berkeley, per informarla del padre. Poverina, non la smetteva di piangere. Mi ha confermato che ha fatto lei le statuine sulla torta di Natale, anni fa».

«Proprio come pensavi tu, quindi. E il dottor Newman? Come si inserisce nel quadro?»

«È ancora irreperibile ma...», Ama si fermò.

«Va' avanti».

«Al momento crediamo che Berkeley e Newman lavorassero insieme. Berkeley potrebbe aver ucciso le vittime, mentre Newman è il cervello dietro il puzzle. Ed è ancora a piede libero».

Un brivido gelido le corse lungo il collo. Aveva perfettamente senso che fossero due i colpevoli dietro gli omicidi. Si sforzò di tenere a freno la paura. «A proposito, ho trovato altri pezzi del puzzle nella busta. Ora il centro è completo». O meglio, lo sarebbe stato se avesse inserito il tassello con sopra ritratto l'orologio di Sean. Ma non voleva tirarlo fuori dalla tasca. In un certo senso, completando la sagoma temeva di fare avverare la sua morte. Non aveva mai pensato di essere tanto superstiziosa.

«Qualcosa di utile per trovare Sean?», chiese Ama.

«Non mi pare. Sono uguali agli altri: tessere bianche e nere lucide come nuove, un contorno spesso come gesso per il corpo, agrifoglio...».

«Circondato dal mare. Già. Non molto su cui lavorare».

Ama restò in silenzio. Edie la sentiva ticchettare la penna contro il taccuino. «Quindi dobbiamo aspettare che tu risolva l'enigma».

«Senza pressione».

Quando chiuse la chiamata, mister Bumble si trascinò ai suoi piedi e le strusciò la testa contro la gamba. Aveva un pezzo di puzzle incastrato nel pelo. Lo rimosse come si fa con una zecca. Era quello raffigurante l'orologio di Sean.

Un singhiozzo le strozzò la gola. Aveva deluso Sean, sbagliato tutto. Forse a questo punto doveva mettersi a pregare, magari rivolgersi alla santa protettrice di tutte le donne perse nel mondo, Maria Maddalena.

Dentro di lei scattò qualcosa e restò immobile, trafitta dalla sensazione di avere capito qualcosa anche se non sapeva cosa. C'entrava con la Maddalena, l'apostola tra gli apostoli. Ma cos'era che la tormentava?

Edie lesse l'ultimo biglietto daccapo, ancora e ancora. Era pieno di possibili anagrammi. In fondo, il messaggio era chiaro: anche lei usava spesso termini come *riscoprire, separare, rivedere, riorganizzare* per suggerire di mescolare le lettere.

Mescolando le lettere di "realtà" venivano fuori diversi anagrammi. *Realtà = altera. Realtà = altare. Realtà = talare. Realtà = relata.*

Lo stesso poteva dirsi per quel passaggio strano, "gola, il filo". Quindi, "gola, il fi", che poteva essere: *gola, il fi= falò, ligi. Gola, il fi = agli, filo. Gola, il fi = figliola.*

Figliola. Quante volte l'aveva ripetuto? Per un genitore i figli sono sempre bambini.

Poi c'erano ancora "dolosa" (*dolosa = là, sodo; dolosa = da solo; dolosa = dosalo*) e "tana nega" (*tana nega = annegata*).

E poi l'ultima frase del primo messaggio: "Non sei mai stata brava a barare e a mentire." Una lettera fa la differenza. Mentire, mentore. Il tema dell'insegnamento era ricorrente, nel biglietto precedente R.I.P. ripete il leit motif di ogni insegnante: *è il tuo tempo che stai sprecando.* "Il tempo che stai sprecando è il tuo". Da soli, tutti questi termini non valevano molto. Era perlopiù una lunga serie di sproloqui. Si sa che le parole sono fatte per essere manipolate, rigirate per significare ciò che si desidera. La chiave, come aveva capito il vescovo Berkeley, era capire cosa scartare affinché le cose si incastrassero. Solo applicando un tema, come in ogni puzzle che si rispetti, poteva emergere il messaggio. E Edie era convinta che il tema in questione fosse un evento che aveva seppellito in un angolo remoto della sua memoria. Un ricordo che la perseguitava e che quindi scacciava di continuo.

Figliola. Annegata. Mentore. Altare. Da solo.

Esaminò il biglietto: la fantasia di agrifogli sul fronte, la promessa di donare il dieci percento del ricavato della vendita a un'associazione per la lotta contro i tumori impressa nel retro. Presi separatamente, questi pezzi non significavano molto. Messi insieme, però, ogni cosa assumeva un terribile senso.

Edie ripensò al consiglio non richiesto che Riga le aveva dato la sera prima. Doveva riconoscere i suoi torti e confessare.

C'era un motivo se aveva seppellito così a fondo il suo passato. Una parte di lei le urlava di scappare, di trovare un modo qualsiasi di distrarsi. *Distrarsi = stradirsi.* Ma non ci riusciva adesso, non più. Non poteva distrarsi, doveva guardare in faccia il passato perché Sean potesse vedere il suo futuro.

Si lasciò pervadere dai ricordi.

Le immagini arrivarono a fiumi. Era il mese dopo la partenza di Sky. Un pomeriggio tetro di gennaio. Edie era sulla spiaggia insieme alla sua classe. Gli studenti raccoglievano conchiglie e legnetti per comporre un'opera d'arte sulla sabbia. Sollevando gli occhi, aveva visto Sky passeggiare sul lungomare.

Si era voltata e l'aveva seguita a distanza, senza mai lasciare la spiaggia. Non aveva pensato che gli studenti corressero qualche pericolo. Weymouth si affacciava su un golfo, il mare era sempre calmo. Di tanto in tanto arrivava l'alta marea a infastidire la zona, ma nient'altro. Quando Sky aveva imboccato Esplanade sparendo dalla vista, Edie era rimasta a fissare il punto che la donna aveva occupato fino a un attimo prima, immobile. Non seppe mai per quanto tempo.

A un certo punto aveva sentito un frastuono. Urla.

Si era precipitata dalla classe, ora riunita sul ciglio dell'acqua con le onde invernali che si schiantavano sulle scarpe leggere. Una ragazza con l'inconfondibile cappellino rosso della divisa scolastica era in mezzo alla corrente, con l'acqua che le arrivava al petto. Continuava a immergersi sotto la superficie e risalendo a prendere fiato, urlava: «Non la vedo!». Fino a che un altro berretto non era venuto a galla.

Edie si era fiondata in acqua, incurante del gelo che le impregnava i vestiti e la pelle.

«Chi è?», aveva chiesto non appena raggiunta la ragazzina.

«Holly Thomson», aveva risposto lei.

Avevano cercato Holly per più di un'ora, anche con l'aiuto della squadra di salvataggio, ma il corpo di quella ragazza così piena di forza e potenziale era rimasto disperso in mare. E da quel giorno, Edie seppe che anche una parte di lei andò dispersa.

Pian piano la tragedia era scemata, dissolta come la parola AIUTO scritta sulla sabbia e cancellata dalla corrente.

«È nell'interesse della St. Mary, e del suo», aveva detto la signora Singer, l'allora preside della scuola. «Che lei dica alla polizia che ha vegliato sugli studenti per tutto il tempo e che ha ordinato di non avvicinarsi all'acqua».

«Ho detto di non entrare in acqua, ma non avrei dovuto allontanarmi. Uno di loro mi avrà pure visto andare via».

«Nessuno crede alla parola di uno studente», aveva risposto la signora Singer. «Poco importa quello che diranno gli amici di Holly».

All'inizio Edie non riusciva a ricordare il nome della migliore amica di Holly, quella che si era tuffata alla ricerca del corpo. Ma ora che scavava tra i ricordi, il volto le appariva chiaro e nitido: lo aveva visto in un altro contesto, qualche anno prima.

Edie tornò con i piedi per terra. Era senza fiato, i polmoni che scoppiavano con tutte le cose che avrebbe dovuto dire. Aveva tenuto questa faccenda nascosta per più di vent'anni. Non l'aveva mai raccontato a nessuno.

Uno dei biglietti di R.I.P. diceva che doveva dare voce alle sue colpe. Nei cruciverba, ogni volta che si fa riferimento alla bocca o alle orecchie, bisogna pensare a un sinonimo o una parola dal suono o dalla grafia simili. *Colpe = volte.*

Guardò di nuovo l'immagine del calice e del vino rovesciato, rosso come il sangue. Era ora di scendere in profondità, nella cripta dei suoi ricordi.

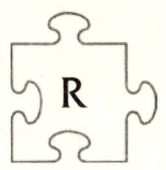

Cinquantaquattro

Davanti alla St. Mary Magdalene's Church, si era formata una fila lunga fino al cimitero. I fedeli affrontavano il freddo avvolti in sciarpe e cappelli di lana e tra loro c'erano diversi bambini, svegli ben oltre il coprifuoco, che strofinavano gli occhietti stanchi.

«Babbo Natale è già passato a casa nostra?», chiedeva uno, mentre Edie lo superava.

«Babbo Natale verrà solo dopo che ti sarai addormentato, tesoro», gli spiegava la madre sollevandogli il cappuccio sopra il cappello. Tempo un secondo, e il bambino lo aveva abbassato di nuovo.

Aveva solo quattro anni quando al suo risveglio, la mattina di Natale, Edie aveva trovato la calza vuota: al posto dei regali, una madre defunta e un fratellino piccolissimo ricoverato d'urgenza in ospedale. Nessun bambino al mondo dovrebbe mai affrontare una cosa simile. Ma poi pensò a Sean, alle calze piene di regali che gli aveva negato in tutti quegli anni. Per lui non c'erano state notti magiche e calme, pane caldo e sorprese sotto l'albero.

Fece una promessa in cuor suo. Giurò ai santi, e a Sean, che se fosse riuscita a salvarlo, avrebbe passato il resto della sua vita a farsi perdonare.

La porta che conduceva alla cripta era nella parte posteriore della chiesa. Il chiavistello era chiuso, ma scivolò via facilmente come se l'avessero oliato da poco.

Era già stata in quel luogo. E adesso si reggeva alla stessa ringhiera scrostata, scivolando sugli stessi scalini di pietra reclamati dal muschio. Le ricordava la cripta di St. Michan a Dublino, con lo scheletro esposto nella bara dietro la ringhiera come un monito contro ogni possibile sconfinamento.

Era dura scacciare i fantasmi. Persino a distanza di tanti anni, scendendo per le scale aveva come l'impressione di ridiscendere all'ultima lezione che aveva tenuto in quegli spazi umidi e freddi.

Era una supplenza per la St. Mary. Anche se si era ripromessa di non metterci più piede, di tanto in tanto l'agenzia per cui lavorava la mandava lì e dunque le toccava accompagnare gli studenti nelle uscite, sebbene mai al mare. Quella volta, aveva chiesto alla St. Mary Magdalene's di aprirle le porte della cripta, con le sue meravigliose volte, per sprigionare la fantasia degli studenti. Il pavimento all'epoca era dissestato. Così sporco che nessuno poteva sospettare che quelle mattonelle grigie e cadaveriche fossero in realtà bianche.

Una ragazza se n'era rimasta per conto suo per tutto il tempo. Seduta a terra, buttava giù una bozza di santa Brigida. Edie le si era avvicinata. «È la mia santa preferita».

La ragazza aveva la testa china, il volto coperto dai capelli.

«Lo so. Mi ha già insegnato». Sollevò il viso, ma non la guardò negli occhi. Aveva un'aria vagamente familiare.

«Scusa, sono una frana con i nomi».

La ragazza indicò la santa. «Ci chiamiamo quasi allo stesso modo».

«Posso dare uno sguardo al tuo disegno, "Quasi allo stesso modo"?».

La bozza che le aveva mostrato non rivelava segni di grande talento. C'era qualche bel chiaroscuro, forse, un buon uso del carboncino, ma niente più di questo. «Che ne dice?»

«Che dovresti lasciar perdere una carriera in campo artistico!».

La ragazza rimpiccioli.

«Non saprei che altro fare».

«I tuoi genitori che dicono?»

«Mia madre è morta e a mio padre non importa nulla di me».

Edie si era chinata accanto a lei, facilitata dai fianchi ancora agili. Faccia a faccia con la ragazza, aveva detto: «Anche mia madre è morta quando ero bambina. È un evento che inevitabilmente ti segna, ti lascia incompleto. Ecco perché faccio i puzzle, per provare a rimettere insieme i pezzi. Non ci riesco mai, ma almeno ci provo».

«Puzzle?»

«Cruciverba, parole intrecciate, rebus... enigmi a cui puoi trovare una risposta, al contrario della vita. Lascia perdere l'arte e l'amore, come ho fatto io». Si guardò intorno. «Dammi retta, trova un lavoro sicuro con risposte certe. E continua a cercare il tuo pezzo mancante». All'epoca, era andata fiera di quel consiglio.

Ma ora, ripensando a ciò che aveva fatto, Edie chiuse gli occhi. Quei consigli di tanto tempo fa, plasmati con l'atto di recare sollievo, avevano causato un grande danno. Quando risollevò le palpebre, guardò in faccia una nuova consapevolezza: non poteva più nascondersi, né da sé stessa né dagli altri.

Ai piedi delle scale, si guardò intorno sforzandosi di vedere nel buio. «Sean?», chiamò. La sua voce riecheggiò nella cripta senza ricevere risposta.

Prese il cellulare dalla tasca e accese la torcia, accorgendosi subito della completa assenza di segnale. Spostò il fascio di luce qua e là per la cripta, e le vide subito: nuove mattonelle immacolate, bianche e nere, che rivestivano tutto il pavimento. La raccolta fondi era servita a rimpiazzare le lastre di pietra grigie e rotte che c'erano ai suoi tempi.

Edie percepì un movimento in un angolo della stanza. Si fiondò in quella direzione e trovò Sean steso a terra. Sollevò il telo di plastica che lo copriva e vide il corpo sistemato come nelle altre scene del crimine. Era immobile, la testa poggiata su un cuscino, schiena e arti sul pavimento congelato proprio a fianco a una colonnina sormontata da un calice. In una mano teneva stretto l'inalatore, proprio come da piccolo le stringeva il mignolo.

Si chinò su di lui. Respirava. Grazie, Brigida. Grazie, Monica. «Seanie, tesoro, ciao. Ti tirerò fuori di qui, non temere».

Era gelido. Dovevano averlo tenuto lì da quando l'avevano rapito. La gamba sembrava rotta, il labbro sanguinava e il braccio era piegato in maniera strana. Non sarebbe mai riuscita a trascinarlo fuori da sola. Doveva tornare di sopra e cercare aiuto, chiamare un'ambulanza.

All'improvviso un'ombra si materializzò da dietro una colonna spessa. Sembrava uno spettro, il cappuccio della felpa della St. Mary tirato su, la sagoma stagliata nel buio. Quando l'ombra intercettò il fascio di luce proiettato dal telefono, Edie si accorse che si trattava di una giovane donna.

«Mi serve aiuto», disse Edie, cullando la testa di Sean tra le mani. «È mio figlio. Morirà se non lo tiriamo fuori di qui».

«Questo spetta a te deciderlo, signorina O'Sullivan». La donna incappucciata le puntò addosso una pistola.

Anche se non riusciva a vederle il volto, Edie sapeva benissimo chi fosse. «Ciao, Bridget», le disse, con un misto eguale di odio e compassione.

«Ti ricordi di me, che sorpresa. Eppure non l'hai mai fatto quando ero tua alunna». La donna – anzi, la ragazza – parlava con un odio impregnato di tristezza.

Anche se da bambina o da ragazzina non era mai riuscita a inquadrarla, questa versione di lei le appariva del tutto sconosciuta.

«Come mi hai scoperta?»

«Tu e tuo padre mi avete lasciato abbastanza indizi per arrivare fin qua. Posso ancora salvare Sean, almeno, anche se ho fallito con gli altri».

«Non è mai stato compito tuo salvarli. Veronica, Carl e Cramer dovevano morire e lo stesso vale per te. Ma prima volevo mostrarti che non sei così onnipotente come credi, che non puoi trovare la risposta di ogni enigma e persona o cancellare i tuoi errori e riscrivere la storia. Sean era soltanto un'esca: mio padre non doveva investirlo, solo stenderlo con il cloroformio. Lui non ha colpe, ma tutti voi sì».

«Non so nulla del male che ti è stato fatto. Qualcosa ho scoperto, ma brancolo ancora nel buio. Vorrei che me ne parlassi, Bridget. Ultimamente mi sono resa conto che non ascolto abbastanza».

«Ho fatto tutto questo», disse Bridget a fatica, come se ogni parola le costasse un grosso sforzo, «perché *tu* parlassi». Dondolò appena, facendo oscillare la pistola.

Edie puntò la torcia verso un angolo della cripta. «Ci sono delle sedie laggiù. Ne prendo due». Con l'arma di Bridget puntata addosso, Edie si affrettò verso una pila di sedie e ne trasportò una dopo l'altra verso il punto in cui era disteso Sean, quasi esanime.

«Visto che sei tu a portare pistola e rancore, partirei dal primo angolo del puzzle: Carl Latimer. In base a un rapporto recuperato dalla signora Challis e alle informazioni ottenute da Ama Phillips, azzarderei a dire che eri una delle ragazzine di cui Latimer ha abusato, scattandoti foto e video intimi senza consenso. Immagino che li abbia mostrati ai vostri amici, a chiunque. Eri così giovane all'epoca».

Bridget tremava. Malgrado tutto, Edie sarebbe corsa ad abbracciarla. Ma era in ritardo di più di vent'anni per questo.

«Mi tradiva, ma io lo perdonavo ogni volta perché alla fine tornava sempre da me. Quando poi suo padre se n'è andato, Carl ha iniziato a scattarmi delle foto. Mi aveva convinto, all'inizio. Poi ha preso a farlo mentre dormivo, mentre mi *faceva* delle cose».

«Posso solo immaginare quanto sia stato orribile». Era la prima volta che la sua voce suonava così gentile.

Bridget chiuse gli occhi, ma non riusciva a smettere di tremare. «Non sempre si vedeva la mia faccia, ma sapevano tutti che si trattava di me perché era lui a dirglielo. La preside lo ha sospeso per una settimana, ma non ha voluto infangare la sua fedina penale per non rovinargli il futuro. Mi ha chiamata puttana. Da allora mi sono chiusa in me stessa e alla fine ho lasciato la scuola senza nemmeno dare gli esami finali. Mi sono trasferita al nord, ho cambiato nome. E lui invece è rimasto qui e ha persino ottenuto un lavoro nella stessa scuola, come insegnante».

«Immagino che se la preside Singer fosse ancora viva, sarebbe stata nella tua lista. In fondo, non ti ha creduto».

«Nessuna delle due volte». Il riferimento era chiaro.

Ma a quello ci sarebbero arrivate. Non era solo per guadagnare tempo, che Edie indugiava.

«Immagino che tuo padre fosse troppo impegnato per accorgersene. Una storia che si ripeterà come un ritornello, temo».

«Quindi questo lo hai capito bene. E Veronica? Sai perché doveva morire?»

«Be', diciamoci la verità: non doveva. Poteva continuare a vivere, se solo glielo avessi concesso».

«No».

«Come vuoi. Cominciamo da qui, allora. Ha avuto una lunga relazione con tuo padre. Non so quando l'ha scoperto tua madre, ma di certo non sarà stato d'aiuto quando...».

«Lo sospettava da tempo, ma lui ha sempre negato. Ne è stata certa solo quando gliel'ho detto io. Li ho sorpresi insieme. Papà e Veronica. Di sopra». Inclinò lo sguardo verso l'alto.

«Erano a letto insieme a casa tua?»

«No, *qui* sopra». Indicò il soffitto. «Seguivo il catechismo. Ero già grande all'epoca, ma sembravo più piccola e a me piaceva stare lì. Papà era un ministrante, e a quanto pare gli piaceva tenere sermoni privati alle donne. Si era rintanato in una cappella insieme a lei e io li ho seguiti. Si baciavano, si toccavano. Io ho lasciato cadere la candela che avevo acceso per celebrare l'Avvento. La cera colava sul pavimento, la fiamma bruciava ma loro rimasero imbambolati a guardarmi con le mani ancora uno addosso all'altra».

«E quando tua madre è morta, lui si è messo con Veronica?»

«Non aveva la più pallida idea di cosa combinassi io: stava sempre a casa sua. Sono andata a letto con Carl per mesi prima che lo scoprisse. Quando gli ho parlato delle foto e dei video, si è limitato a farmi una predica sul valore della responsabilità».

Sean aveva cominciato a battere i denti. Non gli rimaneva molto. Edie lanciò un'occhiata alla porta. «Possiamo portare Sean all'ospedale? Poi potrai avere tutto quello che vuoi da me».

«No. Continua a spiegarmi come si incastrano i pezzi».

«Una cosa che non ho capito», disse Edie, «è cosa c'entrava la clinica della fertilità. Forse un depistaggio?»

«Due anni fa sono tornata. Avevo un nome nuovo e una vita nuova. Non desideravo altro che una famiglia, una vera famiglia in cui ci si amava e ci si prendeva cura gli uni degli altri. Papà *diceva* di volersi far perdonare e così mi ha convinto a rivolgermi alla Legami Familiari». Ha riso dell'ironia di quel nome. «Mi sono fidata. Solo che Veronica non disponeva dei macchinari giusti e i miei embrioni erano ormai "da buttare". Ha detto proprio così. "Sono da buttare", come lo sono stata io per gran parte della mia vita».

«Tuo padre l'ha aiutata a coprire tutto?»

«Veronica era un'assessora all'epoca e sapeva benissimo a chi rivolgersi. Inoltre papà aveva ottime conoscenze, tipo il dottor Newman e gli altri compagni di golf. Veronica non ha mai pagato per avere rovinato gli ovuli e gli embrioni, mentre la povera gente che aveva derubato era stata punita fisicamente, emotivamente e finanziariamente».

«Gente come Lucy Pringle».

«Ha avuto due gemelli, però. Non ha di che lamentarsi».

«Tutti in questo caso hanno di che lamentarsi. Soprattutto tu. Ma questo non ti dà il diritto di uccidere».

«Non mi importa niente dei diritti».

«Questo è ovvio. E Linus Cramer se lo meritava perché ha trattato male tua madre, suppongo».

«La manager era una sua amica e mia madre si era rivolta a lei in confidenza. Quella "amica" le ha consigliato di non procedere con una denuncia ufficiale. Anzi, le ha detto di "nascondere tutto sotto il tappeto", e non era ironica».

«Ma Cramer l'ha scoperto e si è vendicato?»

«C'erano delle irregolarità nei registri, irregolarità che mia madre per prima aveva indicato. Quando la finanza è venuta a bussare alla porta, hanno puntato il dito contro di lei. L'hanno licenziata, umiliata, lasciata senza un soldo. Una madre single. La sera prima di uccidersi era andata a casa di Veronica per supplicare mio padre di tornare da noi. Lui le ha sbattuto la porta in faccia».

«E l'ultimo angolo?», chiese Edie. «Il pezzo mancante non era tuo padre, vero?».

La voce debole di Bridget si fece più acuta. «Papà mi aveva promesso di migliorare le cose. Aveva detto di voler cancellare tutti gli orribili torti che mi erano stati fatti».

«Ma non poteva tollerare gli omicidi».

«Mentre li pianificavamo, parlava di etica, morte e giustizia. Da chimico, sapeva come preparare il cianuro. Ma quando è stata ora di mettersi all'opera, si è rivelato l'uomo codardo e debole che era. Pensava di poter prendere il posto di Charles Peacock, come se il puzzle si potesse modificare».

«Charles Peacock. Lavora al Beacon Street Medical Centre?»

«Papà doveva ucciderlo ieri sera e recapitarti gli ultimi pezzi del puzzle. Ma se il corpo era smanioso, la mente è sempre stata debole. Se fosse stato forte come me, sarebbe riuscito a resistere alla tentazione ed evitare di scoparsi altre donne».

«E se tu avessi avuto un corpo forte, avresti fatto tutto da sola».

«Il dottor Peacock sarebbe morto alla sua scrivania al Beacon Street Medical Centre, completando il puzzle. E invece ora l'immagine non sarà mai chiara».

«I puzzle», disse Edie, «sono come le promesse incaute: sono fatti per essere infranti».

«Dovrebbe pagare per quello che ha fatto». Bridget lanciò un'occhiata al suo zaino. «Peacock ha liquidato il dolore di centinaia di donne insieme alle loro malattie. Ovaie policistiche, endometriosi, cancri».

«Vuoi dire il *tuo* cancro».

«Allora l'hai capito», disse Bridget. «Pensavo che non avresti risolto tutti gli enigmi».

«Me ne sono resa conto soltanto ora. Ma gli indizi c'erano sin dall'inizio: i biglietti a sostegno di un'associazione per la lotta al cancro, gli agrifogli – *Holly*, come il nome di quella ragazza – disegnati sopra».

Bridget annuì. Edie non riusciva ancora a vederle il volto, ma sentiva di poter dire con certezza che la ragazza era soddisfatta di quel riconoscimento. Se solo lo avesse perseguito in un altro modo.

«È terminale, immagino. Il tuo cancro. Ecco perché hai dato inizio a questo sterminio».

«Amen», rispose Bridget con una punta di sarcasmo. «Tumore al cervello, inoperabile. Lo sento nella testa, sai? Che cresce, divora tutto lo spazio».

«E questo ci porta a me, al mio ruolo nel puzzle, giusto?»

«Tu chi saresti, Edith O'Sullivan? Qual è il tuo pezzo?»

«Io sono quella che avrebbe potuto aiutarti. Sarei dovuta restare al tuo fianco alla morte di Holly e prendermi la responsabilità dell'accaduto, riconoscere di aver abbandonato la classe. E invece ho lasciato che il mio cuore spezzato spezzasse il tuo».

«Holly non doveva morire». La voce era quella di una bambina ora. «Cercavo di reggermi a lei, ma eravamo troppo lontane dalla riva. Continuavamo a spingerci sott'acqua. Fino a che lei non è più risalita. Mi sono immersa, ma i suoi capelli mi scivolavano via dalle mani come alghe».

La scena sembrò invadere lo spazio nella cripta. A Edie parve di sentire l'odore di alga bruna.

«Non dovevano incolpare te, tu stavi solo giocando. La colpa è stata tutta mia».

«E cos'altro mi hai fatto?»

«Ho infranto i tuoi sogni di artista, proprio qui in questa cripta. Ti ho detto di seguire la stabilità e non la creatività. E ti ho dato l'idea del puzzle».

«No, l'idea è *mia*». Bridget alzò la voce. «Non puoi prenderti anche questo insieme al resto». Si alzò in piedi, vacillando ancora. Estrasse una boccetta di liquido scuro dallo zaino e lo versò nel calice. Il liquido aveva il profumo dolce dell'etere e del marzapane.

Con la pistola ancora puntata su Edie, Bridget ordinò: «Ora che hai confessato, bevi la tua Comunione».

Edie lanciò un'occhiata a Sean. «Che ne sarà di mio figlio?»

«Bevi e chiamerò l'ambulanza, andrò alla Messa e mi costituirò. Ma prima, devi bere».

Edie annuì. C'era una sorta di giustizia in questo gioco. Senza staccare gli occhi da Sean, si portò il calice alle labbra. «Mi dispiace. Chiedo perdono a tutti. A Bridget, Holly, Sean, Liam, Riga e gli altri. E tu sei stata bravissima. Ti do una stella dorata, una A, il massimo dei voti. Sei la mia allieva migliore».

Bridget abbassò il cappuccio e sorrise, la pelle grigiastra tirata sugli zigomi sporgenti.

Edie aveva già visto quel viso, ma non ricordava dove.

«Bevi, Edie», ordinò Bridget, inclinando il calice.

Ingoiando il liquido dolciastro Edie capì, oramai troppo tardi, dove aveva visto Bridget ultimamente: sulle foto Facebook dei Corridoi di Weymouth. Magra, minuta, sempre staccata dagli altri, come un'isola.

Isla. La personal trainer di Sean.

Bridget Berkeley alias Isla le legò le mani, sistemandole l'orologio di Sean intorno al polso. «Spero che sia una cosa veloce».

Dalla navata sopra di loro arrivò una risata, seguita dalle prime note di una melodia malinconica suonata dall'organo.

Bridget sollevò lo sguardo, mostrando il sorriso più triste che Edie avesse mai visto. Sembrava persa nei suoi sogni, sogni che non sarebbero mai divenuti realtà. «È cominciata la Messa di mezzanotte».

Edie non riuscì più a respirare e cadde dalla sedia. Il calice rotolò rumorosamente sulle mattonelle mentre lei si stringeva la gola. Scalciò contro il pavimento, gli occhi sgranati. Ma era tutto inutile.

Sean si mosse e si lasciò scappare un gemito.

«Ti voglio bene, Seanie», cercò di pronunciare Edie, ma non le restava più fiato. Le palpebre pesanti calarono, così come il buio.

Cinquantacinque

Bridget salì le scale con difficoltà, scossa dai tremori. Non capiva perché la morte della signorina O'Sullivan l'avesse sconvolta tanto. L'aveva pianificata da tempo. E se l'era meritato, per non aver protetto a dovere lei e Holly. Forse era debole come suo padre, in fin dei conti.

Riuscì ad aprire la porta, ma non a chiudere il chiavistello. Il corpo oramai non rispondeva più. Se i suoi clienti non fossero stati tanto egocentrici, se ne sarebbero accorti. Avrebbero capito che scriveva i tempi nell'app senza mai andare a correre, si sarebbero preoccupati del suo calo di peso anziché complimentarsi. Tuttavia, aveva avuto la forza di inserire l'ultimo pezzo del puzzle. E ora aveva la determinazione necessaria a mantenere la parola data, persino con Edie O'Sullivan. Al contrario del padre, *lei* manteneva le promesse. Si era vendicata con tutti, per lei e per Holly. I genitori non conoscono mai a fondo la collera del lor figlio.

Dopo avere chiamato l'ambulanza e la polizia, si unì alla folla in fila per entrare in chiesa. Le sembrava di riuscire a respirare finalmente bene dopo secoli. Il tumore al cervello che il dottor Peacock aveva liquidato come "mal di testa ormonali" avrebbe ben presto divorato quel poco di vita che le restava. Anche lei sarebbe morta.

E prima, doveva ripulirsi di ogni colpa e confessare.

I Purbeck Singers iniziarono a cantare. Le prime parole di *Away in a Manger* le fecero venire in mente quei bambini cullati e amati dai loro genitori e non trascurati e presi in giro. Confessò allora, nella sua testa e nel cuore, tutto ciò che aveva fatto. Ma senza provare rimorso.

Quando fu il suo turno di ricevere la comunione, Bridget s'inginocchiò sul cuscino e bevve un sorso di vino. Il sacerdote pulì il calice e le fece il segno della croce sulla fronte. *Che la pace sia con te.*

Fuori, il canto delle sirene si mescolò alle note del coro.

Bridget aprì la bocca e il sacerdote incappucciato, a testa bassa, posò l'ostia sulla sua lingua. Lei chiuse gli occhi, aspettando che si sciogliesse.

Ma non lo fece. Era troppo solida. Troppo di cartone.

Riaprendo la bocca, Bridget ne estrasse il tassello di un puzzle. Lo fissò a lungo. I bordi erano smussati e l'immagine centrale mostrava l'orologio di Sean.

«Non capisco». La testa le martellava all'impazzata.

Il sacerdote sopra di lei sollevò una mano in segno di perdono e benedizione. Qualcosa scintillò sotto il bagliore della candela. Bridget si sforzò di mettere a fuoco: sul polso del prete c'era l'orologio di Sean.

Restò pietrificata. «Che succede?».

Lentamente, il prete si abbassò il cappuccio. In piedi di fronte a lei, c'era Edie O'Sullivan.

«Un miracolo di Natale», disse.

Cinquantasei

Senza fiato, Bridget si aggrappò al banco di preghiera. «Non capisco».

Edie corse a sorreggerla, consapevole dello shock che doveva provare la povera ragazza malata.

Il diacono tossì, invitandole a continuare da un'altra parte. Al fianco di Edie era spuntata Ama Phillips, che adesso aiutava sia lei che Bridget a rialzarsi. Si levò qualche mormorio dalla congregazione mentre le tre donne scivolavano verso la cappella di santa Brigida.

Edie, ancora frastornata dal vino avvelenato, cercava di riprendere fiato mentre la poliziotta recitava alla ragazza la filastrocca che inizia con "Hai il diritto di rimanere in silenzio". «Sono contenta di vederti», le disse alla fine.

«Sono contenta che tu mi abbia avvisata prima di entrare», rispose Ama.

«Sean è...».

«Ci sono i paramedici con lui. Insieme a Michaels e Liam».

Edie sentiva di dover scoppiare a piangere, ma non poteva, non ancora.

Bridget continuava a fissarla senza registrare le loro parole, quasi avesse visto un fantasma resuscitato. «Dovresti essere morta. Sei il pezzo finale. Perché non sei stesa sulle mattonelle bianche e nere?»

«Ho bevuto un mucchio di carboni attivi a casa della mia amica Riga, prima di venire. Speravo di riuscire a contrastare l'effetto del cianuro che immaginavo avresti usato». E non aveva fatto solo questo prima di uscire. Si era scusata con Riga e le aveva chiesto un appuntamento, in caso fosse sopravvissuta.

Riga aveva detto di sì.

«Mi dispiace di aver rovinato il tuo disegno, così come ho rovinato la tua vita. Ma dovevo pensare al mio quadro: ho ottant'anni e voglio vivere ancora a lungo».

«Almeno ti ho insegnato qualcosa», disse Bridget. «La vita è un puzzle a cui ogni giorno aggiungiamo e togliamo pezzi».

«Ero io la tua insegnante, avrei dovuto guidarti *io*. Avrei dovuto aiutarti a rimettere insieme i cocci. Potrai perdonarmi per questo?».

Bridget scoppiò a piangere, disperata e piegata in due dai singhiozzi. Edie la strinse forte tra le braccia. Due donne infrante. Una vecchia che faceva da madre a una bambina. E alle loro spalle, santa Brigida le accoglieva a braccia spalancate.

Mentre Ama spingeva dolcemente via Bridget, le disse: «Devi rilasciare una dichiarazione, Edie. Dobbiamo raccogliere tutte le informazioni prima che le dimentichi».

«Vuoi dire che sono così vecchia e rimbambita che rischio di dimenticare che mi hanno quasi ammazzato?»

«No, solo che... Voglio sapere come hai fatto a capire».

Edie sentì che la vista si offuscava di nuovo. «Te lo dirò all'ospedale. Ho ingerito del veleno e mi serve una lavanda gastrica. Ma prima di ogni altra cosa, devo vedere mio nipote. Non vi dirò niente se prima non mi portate da lui».

Cinquantasette

25 dicembre, Natale

L'ospedale aveva ricoverato Sean in una camera fuori dal reparto per concedergli più privacy. Eppure, la stanza era piena come una calza la mattina di Natale. Il capo ispettore Leyland sedeva imbronciato in un angolo, con la faccia di chi aveva appena ingoiato un cavoletto di Bruxelles particolarmente fetido. Michaels era accanto a lui, l'espressione uno specchio della sua. Ama, al contrario, si stava divertendo un mondo. Non faceva che scartare monetine di cioccolato, cacciandosele in bocca con uno sguardo luminoso.

Sean si guardava intorno confuso. Aveva la testa fasciata, la gamba e il braccio ingessati, i fianchi cosparsi di ematomi e cerotti insanguinati. Almeno non erano rotti. Era ancora vivo, e Edie dovette darsi un pizzicotto sulla mano per non scoppiare a piangere. Liam gli sedeva accanto a un lato del letto e lei non avrebbe lasciato l'altro per nulla al mondo. Gli stringeva la mano.

«Ci può dire cosa è successo davvero?», le ringhiò Michaels. Pareva proprio infastidita dalla domanda, come se non sopportasse di dover chiedere a Edie di soddisfare una sua curiosità.

«Ho messo insieme gli indizi nei biglietti e i pezzi del puzzle», spiegò Edie, «e ho capito che Sean era nella cripta. Io e Bridget c'eravamo già state una vita fa, quando avevo la possibilità di aiutarla e invece non l'ho fatto. Ipotizzando che le macchie rosse potessero rappresentare il vino e ripensando alle parole cattive che avevo riservato a Bridget, ho immaginato che, se ci fosse stato davvero un complice, probabilmente avrebbe ucciso con del vino avvelenato. Con del cianuro, considerato ciò che era accaduto al dottor Berkeley. Allora ho bevuto carboni attivi prima di entrare alla Messa di mezzanotte che, ovviamente, si sarebbe tenuta nell'orario specificato nel primo messaggio».

«Non mi lamenterò più, se troverò del carbone nella mia calza», disse Liam.

«E poi ho infilato dei fazzolettini nella maglietta e nelle maniche, così da sputare il vino quando non mi guardava. Come faccio con le gomme da masticare, insomma».

«E pensare che c'è gente che dice che fa male masticare la gomma», commentò Ama battendole il cinque.

Sean scosse la testa con un sorriso sulle labbra. «Mi ha sempre stupito la tua capacità di sputare la gomma in maniera tanto discreta».

«I vecchi sanno come sputare. E per fortuna Bridget era più presa da ciò che avveniva nella navata della chiesa. Ho finto di svenire e, dopo che se n'è andata, ho preso il taglierino che avevo nascosto nella tasca interna». Edie puntò il dito verso Ama. «Non andare mai in giro con gonne o pantaloni senza tasche, mi raccomando».

«E fazzoletti nelle maniche», aggiunse Liam.

«Che diavolo le è venuto in mente?», disse Leyland. Per tutto il tempo l'aveva fissata come un animale selvatico dello zoo. «Se le avesse dato più veleno? Se non si fosse trattato di cianuro? Sareste morti entrambi».

«Ma non lo siamo». Sean raddrizzò la schiena, trasalendo per il dolore al fianco. «Che ne è stato di Isla? Voglio dire, di Bridget?».

Leyland si alzò in piedi, assumendo una posa ufficiale. «Bridget Berkeley è stata accusata di omicidio plurimo e tentato omicidio ma, stando a quanto dice il medico che l'ha in cura, non arriverà alla condanna. Il tumore avanza velocemente ed è probabile che morirà prima che inizi il processo».

«Riceve comunque le cure di cui ha bisogno?», domandò Sean. Edie gli accarezzò il braccio. Riusciva a provare compassione persino ora, persino nei confronti della donna che l'aveva quasi ucciso.

«Ha delle attenuanti che sono d'aiuto», aggiunse Ama. «I vecchi colleghi della palestra a Harrogate sono rimasti sconvolti da quanto accaduto. Hanno parlato di Bridget come di una persona gentile, premurosa e dedita ai suoi clienti. Dicono che queste azioni non sono affatto da lei e il medico afferma che il tumore potrebbe aver influenzato il suo modo di pensare e la sua personalità».

«E per quanto riguarda il dottor Newman?», chiese Edie.

Leyland tossì, imbarazzato. «I miei amici l'hanno trovato in un casinò a Bournemouth, era messo male. È dipendente dal gioco d'azzardo e ha accumulato molti debiti. Pagheremo noi la sua riabilitazione».

«Noi?», chiese Edie.

Sean si schiarì la voce, suggerendole di cambiare argomento. Le avrebbe spiegato tutto lui, solo non ora.

«Ora che avete sentito tutta la storia», disse Sean, «non voglio sembrare scortese, ma...».

«Sei quasi morto», lo interruppe Edie. «Puoi essere scortese quanto vuoi».

Sean allungò un braccio verso la porta. «Allora levatevi tutti dalle scatole. Lasciatemi riposare, così potrò convincere l'ospedale a dimettermi domani e iniziare le vacanze di Natale anche se è Santo Stefano».

«Questa è la prima e l'ultima volta che ti permetto di parlarmi così, Sean». Leyland si alzò e si diresse verso l'uscita.

«Lei sì che ci sa fare con i regali di Natale, capo ispettore Leyland», scherzò Edie con una punta di sarcasmo.

Leyland si trattenne un attimo sulla porta. «Anche se devo ammettere che sei stato bravo». Lanciò una veloce occhiata a Edie. «Tu e tua zia, siete stati bravi *entrambi*. Sono sicuro che al commissario farà piacere sentirlo. Perché non vi unite a noi sul campo da golf, quando ti sarai rimesso?».

Edie scoppiò a ridere. «Golf? Ma perché non...».

Stavolta fu Liam a interromperla con un colpo di tosse.

Edie sospirò frustrata. «Perché no. Contateci, sarò quella con i pinocchietti a scacchi». Cosa non avrebbe fatto per il suo pronipote.

«Non credo che il golf faccia per me, signore», rispose Sean. «A meno che da qualche parte ci sia un mulino. Ma sarei più che felice di sfidarla a freccette».

Leyland si mise a ridere e se ne andò fischiettando *Driving Home For Christmas*.

«Buon Natale, capo», gridò Sean alle sue spalle. Michaels lo seguì, salutandoli con un ultimo commento al vetriolo. «Sarà una fortuna se riesci a trovare un dottore che ti visiti il giorno di Natale, ispettore Brand-O'Sullivan».

Ama li salutò con la mano e un sorriso angelico stampato in faccia. Edie guardò quei giovani la cui vita doveva ancora cominciare sul serio. Che potesse durare il più a lungo possibile per tutti loro.

«Ma io *sono* fortunato», rispose Sean, posando la testa sulla spalla di Liam. «Diglielo».

«Cosa deve dirmi?». Edie gli strinse la mano.

«Sunny ha detto che ci proporrà ufficialmente come genitori adottivi di Juniper», annunciò Liam. «E, se la madre sarà d'accordo, potremo adottare anche sua sorella o fratello».

«E il pericolo che hai corso?», ribatté Edie.

Sean sorrise con orgoglio. «Sunny è rimasta colpita dall'onestà di Liam e dal lavoro di squadra svolto dalla famiglia, il che include anche te, Edie. E ha aggiunto che statisticamente le coppie gay si rivelano bravi genitori adottivi».

Edie sentì stringersi il cuore, una fitta oramai familiare quando pensava ai bambini e alla loro vulnerabilità. Presto ci sarebbero stati altri due O'Sullivan da proteggere.

Ma poi guardò Sean e Liam, le mani intrecciate. Ce l'avrebbero fatta. E anche lei. «Congratulazioni!».

«Anche a te», sorrise Sean. «Prozia-barra-nonna Edie».

«Stavolta non farò errori».

Cinquantotto

26 dicembre, Santo Stefano

La faccia di Liam quando aprì la porta e trovò Edie sull'uscio di casa era il ritratto dello shock. La fissava a bocca aperta con le corna da renna in testa e il grembiule da cucina addosso.

Edie reggeva in mano due calze rimediate – un paio di collant da centoventi denari tagliati nel mezzo. Gliele fece dondolare davanti al viso come una Mamma Natale osé. «Eccomi qua. Zia Edie è arrivata».

«Che succede?»

«Sono venuta per la cena di Natale, anche se è Santo Stefano! Sean ha detto che ci avreste dato dentro con i festeggiamenti». Mostrò lo champagne che reggeva nell'altra mano, nascosta dietro la schiena. «Ho portato anche un amico!».

«Ah, sì?». Liam continuava a strabuzzare gli occhi, come se in qualche modo lo aiutasse a processare la notizia. Di certo non lo aiutava il fatto che lei, famigerato Grinch del Natale, indossasse un maglione rosso – preso in prestito da Riga – con dei lustrini neri che dicevano: "Buon Natale, sfigati!"

«Credo che l'invito sia da parte di entrambi. Allora, posso entrare? Vorrei salutare l'altro nipote».

Liam indietreggiò come se si fosse trovato di fronte a una bomba pronta a scoppiare. E in effetti lo era, ma di gioia stavolta.

Sean si trovava in salotto, con la gamba sollevata e il braccio malconcio ingessato. I lividi sul viso si erano fatti più scuri rispetto al giorno prima e, voltandosi a guardarla, fece una smorfia di puro dolore.

«Non ti muovere! Vengo io da te». Sistemò le calze accanto al camino e sfilò il cappotto, divertita dallo sguardo esterrefatto di Sean davanti al suo maglione.

«Che cosa hai in mente», disse alla fine, scuotendo la testa con il sorriso sulle labbra.

«Allora, vi ho portato una calza ciascuno: ci sono più che altro cose che ho rimediato a casa visto che i negozi sono chiusi, più qualche intruglio curativo di Riga e un cruciverba che ho fatto appositamente per te. Sai, nel caso ti annoiassi».

«Grazie».

«Ho escluso il Natale dalla vita di entrambi per troppo tempo. È ora di calarci nello spirito. Insieme».

La casa era calda e profumava di festa. Le patate ad arrostire in forno, il tacchino a riposo, il cavolo in cottura con tutte le sue spezie, il vino che respirava, la salsa di pane che bolliva, il sugo che gorgogliava, i cavoletti che si mescolavano, le castagne che si spaccavano, Buck's Fizz e caffè in preparazione. Tutti quegli odori si mescolavano alle fragranze dell'abete, dell'edera e delle ghirlande di *pomander* che serpeggiavano su ogni superficie, creando una cacofonia di profumi. Ed era perfetto così.

Liam tornò dalla cucina.

«Mi dispiace», gli disse. «Per essere stata una stronza. Mi comporterò meglio».

Lui spalancò le braccia e Edie si lasciò avvolgere con una punta di titubanza. Il suo era un abbraccio caloroso e profumava di eucalipto. «Lo sapevamo che prima o poi avresti accettato, dovevamo solo continuare a invitarti».

«Quanto meno ci speravamo». Sean aveva il suo solito sorriso grande e sornione stampato in faccia.

Edie poteva pure continuare a convincersi di essersi presa cura di lui per tutti quegli anni, ma in verità era stato Sean a vegliare su di lei per tutto quel tempo. Le aveva dato fiducia, e a ragione. Da adesso avrebbe seguito il suo esempio. Avrebbe concesso il beneficio del dubbio alle persone, le avrebbe ritenute buone e mosse da belle intenzioni, almeno finché non avessero mostrato il peggio.

«Be', eccomi alla fine». Si guardò intorno, posando gli occhi sul fuoco allegro e caldo. «Mi piace molto qui».

Liam e Sean si scambiarono uno sguardo sorpreso, ma Liam si riprese subito. «Vieni, ti faccio fare il giro della casa», le disse.

Avevano rimodernato dall'ultima volta che era stata lì, la carta da parati Lacroix che gli aveva regalato l'anno prima ora decorava la lunga parete del soggiorno. Edie trovava tracce di sé ovunque guardasse, fin dentro le cornici che mettevano in mostro sue foto e cruciverba. Persino il soprammobile vicino alla foto del matrimonio, a un esame più attento, si rivelò il bigliettino sarcastico che in passato aveva nascosto sul fondo della confezione di biscotti che Sean saccheggiava di continuo da adolescente. L'aveva tenuto e custodito in un fermacarte di vetro. L'amore che avevano per lei era evidente: allora perché aveva nascosto il suo per così tanto tempo? Almeno sperava che gli indizi fossero stati sempre evidenti.

«E questa sarà la stanza di Juniper», disse Liam. «Il fratellino o la sorellina, se arriverà, starà con noi finché non sarà abbastanza grande per avere una camera tutta sua».

«E Juniper quando arriverà? Tra un mese?»

«Forse prima. Non riesco ancora a crederci!».

«Peccato che si sia persa il Natale», disse Edie, una volta tornati in salotto per bere lo champagne. Pensò ai bambini nelle loro case, intenti a scartare i regali sul pavimento del soggiorno.

Sean si coprì la bocca fingendosi scioccato. «Chi sei tu, che ne hai fatto della prozia Edie-barra-mamma?».

Edie strinse il viso del suo pronipote-barra-figlio tra le mani. «Sono proprio qui, Sean. Dove sono sempre stata. Mi sono fatta prendere da altre cose per, be', troppo tempo. Ma ti prometto che nel presente sarò molto più presente. E visto che parliamo di presenti…».

Lo lasciò e andò in corridoio a recuperare la borsa. Gli passò il contenuto con un gesto teatrale. «Ora aprite il vostro regalo. Su, forza».

«Adesso sì che ti riconosco, zia Edie».

Sean prese lo scatolone coperto di stagnola, la cosa più simile alla carta da regalo che Edie aveva in casa, e iniziò a tirare fuori barattoli di vernice e pennelli. «Grazie, Edie. Anche se dubito che avrò tempo per un nuovo hobby».

«Non sono per te». Edie aprì un barattolo di vernice rossa brillante e ci intinse un pennello. «Volevo regalarti un altro puzzle, ma quest'anno non mi pareva il caso. Allora ho pensato di dipingere un murale per Juniper».

«Cosa sarà?»

«Un arcobaleno di benvenuto. Poi disegnerò tutto quello che vorrà».

Liam aveva gli occhi lucidi. Sean invece stava piangendo. Ma aveva un bel sorriso stampato sulle labbra. «Sei già sporca di vernice».

Edie si specchiò nel vassoio d'argento con sopra i flûte e la bottiglia ormai vuota di champagne. Aveva il naso macchiato di rosso. Prese con cura le corna da renna di Liam e se le mise in testa.

«Chiamatemi Rudolph».

«Ci serve un brindisi». Liam guardò Sean, che a sua volta si girò verso Edie.

Lei si schiarì la gola. «Non sono mai stata perfetta come prozia, amica o amante. Nemmeno come persona. Ero a pezzi e mi rifiutavo di guardare i frammenti della mia vita. Ma il tempo cura tutto, e noi ne abbiamo ancora. Il passato resterà per sempre al nostro fianco e, pur brindando ai suoi fantasmi, non voglio continuare a vivere sulla scia di ciò che è stato. Perciò voglio brindare anche ai fantasmi del presente, e soprattutto al futuro e alla vostra bellissima famiglia». Le tornò in mente il consiglio di Riga, e così mosse le labbra e si buttò. «Vi voglio bene».

Sean e Liam sorrisero mentre lei innalzava il bicchiere. «Al futuro luminoso che ci attende!».

I due ragazzi alzarono i loro calici.

Edie sentiva l'amore che provava nei loro confronti traboccare come un ottimo champagne. «Buon Natale», disse. E per la prima volta da tutta una vita, lo intendeva davvero.

Soluzioni

Gioco numero 1
Canto di Natale – nota declinata – p. 181
Racconto di due città – acca: decori, nodi, tutt – p. 18
Dombey e figlio – boy! Moglie fedi – p. 78
Grandi speranze – zanne? Dispera, gr – p. 128
Tempi difficili – limpidi ceffi, ti – p. 198
Nicholas Nickleby – Baci, lycis, non Lekh – p. 147
Oliver Twist – west rivolti – p. 73
La battaglia della vita – tagli, levi, adatta, balla – p. 211
Le campane – calme, pane – p. 261
Il grillo del focolare – collera del lor figlio – p. 271
Il patto col fantasma – fa, plasmati con l'atto – p. 263
Il segnalatore – Sento allegria – p. 217

Gioco numero 2
Il titolo della canzone è: *The Christmas Song (Chestnuts roasting on an open fire)*, di Nat King Cole

Cordiale natalizio di Riga

(Dose perfetta per una persona, da condividere se necessario)
Un bel glugluglù di buon vino rosso
Un goccio di brandy
Un cicchetto di whisky
Un cicinin di rum
1 cucchiaino di bitter all'arancia
1 cucchiaio di zucchero di canna
1 cucchiaio di zenzero finemente grattugiato
Stecche di cannella
Un rametto di rosmarino per il profumo
Un pizzico di noce moscata

    Innanzitutto, metti l'acqua sul fuoco. Quando bolle, rovesciane 25 ml in una tazza con dentro lo zucchero di canna. Con il resto facci un tè, se ti va. Mescola la soluzione zuccherina con una stecca di cannella e lascia riposare il tutto per dieci minuti. Nel frattempo esprimi un desiderio o fa' una promessa. Puoi preparare una grande quantità di sciroppo magico e usarlo a tuo piacimento.
    Versa lo sciroppo di zucchero e cannella in un bicchiere sfaccettato che filtri la luce. Aggiungi lo zenzero, il bitter e la noce moscata, poi il whisky, il rum e il brandy. Mescola bene. Riscalda il vino a fiamma bassa per qualche minuto se vuoi berlo caldo, altrimenti aggiungilo semplicemente al composto. Mescola in senso antiorario con il rametto di rosmarino, augurando ogni bene a te stesso e al mondo.

Servi con una stecca di cannella, ma fa' attenzione a non pungerti.

Gustalo finché non ti senti rinvigorito o completamente ubriaco.

P.S. Bevi sempre responsabilmente.

Torta di Mele del Dorset di Edie

225g di farina autolievitante
115g di burro non salato a cubetti, freddo
115g di zucchero di canna
1 uovo grande, sbattuto
1 1/2 cucchiaino di cannella in polvere
noce moscata fresca grattugiata
8 cucchiai di latte
240g di mele private del torsolo e della buccia, grattugiate e preferibilmente del Dorset
80g di uvetta sultanina
1 tazza di rum speziato
4 cucchiai di zucchero Demerara

Lascia l'uvetta a bagno nel rum per tutta la notte. Al mattino, scolala e aggiungi il rum speziato al tuo porridge.

Preriscalda il forno a 180°C (160°C ventilato). Se il tuo forno è capriccioso come il mio, regolalo in base al suo umore e alla sua idea di temperatura.

Imburra una teglia tonda e profonda, preferibilmente di 20 cm di diametro, e rivestila con della carta da forno. A me piace scrivere parole sconvenienti sulla carta, ma non ho ancora notato alcuna differenza nella lievitazione.

In una ciotola capiente, setaccia la farina e le spezie. Aggiungi i cubetti di burro e strofinali con la punta delle dita fino a ottenere un composto simile a briciole fini. Aggiungi lo zucchero, l'uovo sbattuto e il latte.

Unisci le mele e l'uvetta sultanina imbevuta di rum. Versa l'impasto nella teglia pronta e scuotila per livellare la superficie. Spolvera uniformemente la parte superiore con lo zucchero di canna per ottenere una crosta croccante.

Inforna e cuoci finché lo stecchino infilato al centro del dolce non esce pulito: di solito ci vogliono dai 35 ai 45 minuti, ma la tua esperienza potrebbe variare, perché i forni sono capricciosi come le persone.

Lascia raffreddare nella teglia per 20 minuti, se ci riesci, poi trasferisci su una griglia.

Servi leggermente tiepida con panna montata, panna liquida, panna doppia, gelato o panna al brandy. È pur sempre Natale, in fondo.

Indice

p.	7	Gioco numero 1
	8	Gioco numero 2
	11	Capitolo uno
	13	Capitolo due
	18	Capitolo tre
	27	Capitolo quattro
	30	Capitolo cinque
	39	Capitolo sei
	41	Capitolo sette
	51	Capitolo otto
	59	Capitolo nove
	64	Capitolo dieci
	71	Capitolo undici
	76	Capitolo dodici
	78	Capitolo tredici
	83	Capitolo quattordici
	89	Capitolo quindici
	97	Capitolo sedici
	103	Capitolo diciassette
	105	Capitolo diciotto
	109	Capitolo diciannove
	114	Capitolo venti
	118	Capitolo ventuno
	121	Capitolo ventidue
	127	Capitolo ventitré
	135	Capitolo ventiquattro
	141	Capitolo venticinque

p. 147	Capitolo ventisei
156	Capitolo ventisette
160	Capitolo ventotto
164	Capitolo ventinove
169	Capitolo trenta
173	Capitolo trentuno
177	Capitolo trentadue
181	Capitolo trentatré
186	Capitolo trentaquattro
190	Capitolo trentacinque
194	Capitolo trentasei
198	Capitolo trentasette
202	Capitolo trentotto
204	Capitolo trentanove
205	Capitolo quaranta
208	Capitolo quarantuno
211	Capitolo quarantadue
216	Capitolo quarantatré
219	Capitolo quarantaquattro
223	Capitolo quarantacinque
226	Capitolo quarantasei
229	Capitolo quarantasette
232	Capitolo quarantotto
237	Capitolo quarantanove
243	Capitolo cinquanta
248	Capitolo cinquantuno
252	Capitolo cinquantadue
255	Capitolo cinquantatré
261	Capitolo cinquantaquattro
270	Capitolo cinquantacinque
272	Capitolo cinquantasei
274	Capitolo cinquantasette
278	Capitolo cinquantotto
282	Soluzioni degli anagrammi
283	Cordiale natalizio di Riga
284	Torta di Mele del Dorset di Edie